中國新聞史研究輯刊

七 編

主編　方 漢 奇

副主編　王潤澤、程曼麗

第 2 冊

獨立地思想：陳獨秀報刊實踐與傳播思想研究（上）

陳 長 松 著

花木蘭文化事業有限公司

國家圖書館出版品預行編目資料

獨立地思想：陳獨秀報刊實踐與傳播思想研究（上）／陳長松
著 -- 初版 -- 新北市：花木蘭文化事業有限公司，2023〔民
112〕
目 4+196 面；19×26 公分
（中國新聞史研究輯刊 七編；第 2 冊）
ISBN 978-626-344-343-3（精裝）
1.CST：陳獨秀 2.CST：中國報業史 3.CST：傳播史
890.9208   112010171

ISBN-978-626-344-343-3

中國新聞史研究輯刊
七 編 第 二 冊
ISBN：978-626-344-343-3

獨立地思想：陳獨秀報刊實踐與傳播思想研究（上）

作　　　者 陳長松
主　　　編 方漢奇
副 主 編 王潤澤、程曼麗
總 編 輯 杜潔祥
副總編輯 楊嘉樂
編輯主任 許郁翎
編　　　輯 張雅淋、潘玟靜　美術編輯　陳逸婷
出　　　版 花木蘭文化事業有限公司
發 行 人 高小娟
聯絡地址 235 新北市中和區中安街七二號十三樓
　　　　　電話：02-2923-1455／傳真：02-2923-1452
網　　　址 http://www.huamulan.tw 信箱 service@huamulans.com
印　　　刷 普羅文化出版廣告事業
初　　　版 2023 年 9 月
定　　　價 七編 6 冊（精裝）新台幣 15,000 元

獨立地思想：陳獨秀報刊實踐與傳播思想研究（上）

陳長松　著

作者簡介

陳長松，江蘇海洲人，新聞學博士、教授，任教於南京林業大學人文社會科學學院，多年來一直從事與新聞傳播學相關的教學和研究工作，主要學術興趣是中國新聞傳播史，迄今已有 10 餘篇學術論文公開發表。

提　　要

　　陳獨秀作為中國近現代新聞傳播史上的重量級人物，其報刊實踐和傳播思想理應受到高度重視，然而由於種種原因，以往的研究遠未到位。本研究以陳獨秀報刊言論實踐與傳播思想為主要研究對象，從新聞傳播史的視角梳理其發展脈絡，在此基礎上深入探討其獨具個性的傳播思想。

　　緒論部分闡明了本研究的價值與意義，對陳獨秀報刊言論實踐與傳播思想的國內外研究現狀做了綜述，並指出已有研究有待完善的地方。同時，對本研究的重點、難點與創新點作了交代，並針對論文中的關鍵概念及幾個相關問題做了說明。

　　第一章主要以《揚子江形勢論略》一文為線索，追溯了維新時期陳獨秀從「士人」轉向維新的心路歷程，對其處於萌芽期的傳播實踐及傳播理念作了分析評點，指出這是陳獨秀涉足傳媒的「預演」，因而其報人生涯實際可以上溯自此。

　　第二章主要討論清末新政時期陳獨秀的報刊實踐活動與傳播思想。在簡括該時期陳獨秀報刊傳播實踐的基礎上，對《發刊詞》《近四十年世風之變態》《論增祺被拘》、「三愛」筆名進行了考證，對《安徽俗話報》的停刊與創刊、「開民智」的宗旨、欄目與內容以及陳獨秀的「論說」做了細緻的論述，指出陳獨秀已形成「思想言論，事實之母」的傳播思想，他認為思想言論具有改變社會、再造事實的功能，這不僅是他積極投身報刊實踐的重要原因，也是其啟蒙思想形成的源頭。

　　第三章主要討論五四新文化運動時期陳獨秀的報刊實踐活動與傳播思想。在概括該時期陳獨秀報刊實踐活動的基礎上，對《甲寅》與《青年雜誌》的關係、殘民之禍，惡國家甚於無國家、《新青年》一二卷經營情況、《新青年》「偏激」印象的生成、《新青年》的「閱讀」與「五四青年」的「分化」以及陳獨秀五四時期新聞評論實踐等六個問題進行了商榷、考證與澄清，認為陳獨秀「隻眼」帶來「光明」，他矢志啟蒙，不僅表現出徹底的批判精神，還滲透了強烈的社會責任意識，這讓其能夠在舉國喧囂之時，發出冷靜、讓人警醒的見解，帶來青年的覺醒，推動中國社會由傳統進入現代。

　　第四章主要討論陳獨秀中共時期的報刊實踐與傳播思想。在梳理該時期陳獨秀報刊實踐的基礎上，討論陳獨秀報刊實踐與中共革命的組織和宣傳，及其表現出的「啟蒙色調」，陳獨秀利用其文字宣傳所長，通過創辦、指導各類黨報黨刊，在黨內外刊物上發表大量的文字，有力宣傳了馬克思列寧主義，並通過理論的宣傳促進了組織的發展。更為可貴的是，面對革命的「框限」，陳獨秀的報刊文字實踐仍表現出啟蒙的「色調」，表現出啟蒙思想家批判、反思與獨立思考的特質。

第五章主要討論陳獨秀托派時期的報刊實踐與傳播思想。在梳理陳獨秀托派報刊實踐與特點的基礎上，討論了陳獨秀所「迷信」的「黨內民主」與托派內部永無休止的路線「爭辯」，「少數派的自由」與托派組織「統一」、「分裂」之間的內在關聯，並指出這不僅讓陳獨秀難有實際的革命動作，也讓其逐漸偏離了中國革命的主航道。然而，雖然囿於托派，陳獨秀還是表現出一定的思想的獨立性，這也預示陳獨秀終將脫離托派成為只代表其個人意見的「終身的反對派」。

第六章主要討論陳獨秀晚年無黨派時期的言論實踐與傳播思想。在梳理陳獨秀晚年報刊言論實踐的基礎上，討論陳獨秀晚年「只注重個人獨立的思想」、「終身的反對派」及其與言論自由之間的關聯，指出陳獨秀「貢獻」了一條獨特的「思想進路」，體現了思想家獨立思想的本色。

結語在簡要回顧陳獨秀報刊實踐的基礎上，對其報刊言論實踐與傳播思想的意義與價值做了評析。陳獨秀報刊言論實踐與社會革命活動相伴而行、水乳交融，前期矢志報刊啟蒙，後期著力報刊革命，在從事啟蒙與救亡的眾多報人中，陳獨秀是其中的「佼佼者」，其辦刊思想和行動的轉變雖然「繁複而急劇」，但背後反映的則是其獨立的思想。他提供了一條頗有個人特色的「思想進路」，以一種普遍的質疑和批判的前置立場，以實踐的歷史的「教訓」「討論」各式理論與主義，「尋找」實現民眾幸福、民族獨立的「解放之路」。陳獨秀的思想文字與實際行動在中國近現代史上都是「獨特」的，在推動歷史發展的同時，也給中國思想史、文化史和新聞傳播史等諸多領域留下了一筆寶貴遺產。

本書獲教育部人文社會科學研究一般項目
《陳獨秀報刊實踐與傳播思想研究》
（21YJA860003）資助。

謹以此書獻給我的妻子
——勇敢的孫美玲女士

致　謝

　　此書稿是本人歷時十餘年的研究成果。從博士學位論文到博士後出站報告再到課題立項撰寫本書，此間得到了眾多師友的幫助。感謝我的博士生導師暨南大學曾建雄教授，我的博士後導師復旦大學黃瑚教授的精心指導。感謝復旦大學劉海貴教授、黃旦教授、蔣建國教授，南京大學丁柏銓教授，華中科技大學吳廷俊教授，臺灣政治大學馮建三教授給予的批評、建議與幫助。感謝中國社會科學院歷史所唐寶林教授提供的寶貴資訊。感謝暨大學長、香港傳道堂林志先生提供的托派時期陳獨秀的部分文獻。感謝淮陰師範學院陳慧鵬先生、宋錦軒先生提供的文獻服務。感謝王鵬先生在書稿校對期間提供的支持和幫助。

　　還要感謝花木蘭文化事業有限公司的楊嘉樂先生、宗曉燕女士等，正是他們無私的幫助，本書才得以順利出版！

目次

緒　論

一、陳獨秀報刊實踐和思想的研究價值

　　陳獨秀作為中國近現代新聞傳播史上的重量級人物，其報刊活動和傳播思想本應受到高度重視，然而，由於歷史遺留問題等複雜因素，國內關於陳獨秀的研究一度成為學術禁區。伴隨著改革開放的進程和思想解放的步伐，陳獨秀的相關研究逐漸興起，國內有關陳獨秀的研究逐漸全面展開，還原陳獨秀作為一個有血有肉、獨具個人魅力的歷史人物，成果斐然，關於陳獨秀的一些重要歷史問題已得到了較好地「澄清」。然而，作為中國近現代新聞史上一位有重要影響的報人，從新聞傳播的視角對其開展的研究還相對薄弱。陳獨秀獨樹一幟的傳播思想和成效卓著的報刊實踐，是中國新聞史的一份寶貴遺產，是有待挖掘的「富礦」。

　　陳獨秀的報刊實踐與傳播思想產生於中國社會動盪變革的晚清末年，成熟於五四至大革命時期，蛻變於土地革命和抗戰時期，晚年在落寞之中，仍有對社會的觀察思考和對自身的反思。作為曾經的維新鬥士、清末新政的鼓吹者、五四新文化運動旗手、中共早期的領袖人物，陳獨秀的報刊宣傳活動和傳播思想自有其獨到之處，值得深入探究。然而受到各種因素的制約，以往對於這位重量級人物的研究過於粗疏乃至膚淺，分析評價也有失客觀公允。

　　在中國共產黨誕生百年之際，回顧所走過的歷程，從中吸取成功經驗和挫折教訓，陳獨秀是繞不過去的一位歷史人物，而報刊宣傳與革命活動在其一生尤其是後半生中可謂水乳交融，認真梳理相關史實，深入挖掘其背後的思想源流，並將其放在中國社會轉型的歷史背景下（即從傳統封建社會向現代社會轉

型的特定歷史環境）審視，既有理論探討價值，又有現實借鑒意義。基於此認識，本書稿對陳獨秀的報刊實踐與傳播思想從以下幾方面展開：

（一）從新聞傳播的視角系統梳理陳獨秀一生所從事的報刊實踐活動與具有代表性的報刊文字，呈現出一幅陳獨秀報刊實踐「全景圖」。除了《新青年》、《每週評論》、《嚮導》、《安徽俗話報》等「眾所關注」的報刊實踐外，還包括陳獨秀「維新時期」文字刻印散播活動的考證與解讀，「托派時期」的辦刊實踐，「抗戰初期」的公開演講和印刷出版的文字，以及其晚年（江津時期）報刊文字與書信的查閱。這不僅可以完善對陳獨秀報刊實踐活動研究的部分缺失，填補新聞傳播學界已有研究的缺憾，還可藉以勘誤過往的各種有關陳獨秀的年譜與文集。

（二）在全面梳理陳獨秀報刊實踐的基礎上，運用豐富史料揭示陳獨秀所處的時代社會歷史條件、政治生態環境的複雜性，分析與解讀陳獨秀報刊宣傳的策略及其思想的生成、發展、演變的深層原因，結合中國近現代獨特歷史語境，釐清其思想的是非功過及歷史價值，探討其在中國新聞史上應有的地位。這不僅有助於「重新發現」陳獨秀報刊思想的「獨特性」，彌補過去對陳獨秀報刊思想缺乏系統深入研究的不足，還可進一步對報刊輿論、啟蒙報刊、政黨報刊、自由報刊理論等與之相關的問題，做出基於中國語境的創新性解讀。

（三）在梳理評析陳獨秀報刊實踐與思想的基礎上，探討陳獨秀的報刊實踐與思想對中國革命和社會發展所具有的啟迪意義和借鑒價值。在清末民初的特定語境中，它曾經起過振聾發聵的警醒作用，推動中國社會由「傳統」向「現代」邁進。當前世界正處於「百年未有之大變局」，改革開放四十多年後中國的國際地位已今非昔比，為實現中華民族偉大復興的中國夢，在以習近平為核心的中共黨中央領導下開啟了新時代、新征程，這尤其需要全面客觀地回顧歷史，認真總結成功經驗和挫折教訓（包括陳獨秀的「思想遺產」），因此，本研究仍然具有某種啟迪意義和借鑒價值，研究成果（包括論文和專著）可以為中國新聞史、中共黨史和陳獨秀專題研究者今後開展深入研究，提供有價值的學術觀點和研究路徑。

二、國內外研究現狀述評

如前所述，由於受到各種因素的制約，以往的新聞傳播史對陳獨秀這位重量級人物的研究相對薄弱，某些方面過於粗疏乃至膚淺，分析評價也有失客觀

公允。從現有的研究成果看，主要呈現出如下幾個特點：

（一）國內陳獨秀研究較為欠缺新聞傳播學科的視角。相較於歷史學、文學、政治學、社會學、哲學等學科的陳獨秀研究，新聞傳播學科的陳獨秀研究較為「落寞」。即如改革開放後學界對陳獨秀一些重要歷史問題的「澄清」與「正名」研究中，採用的視角多為政治革命史視角，少有新聞傳播的學科視角。〔註1〕這一方面是因為對陳獨秀的「正名」主要是對其政治革命過程中相關問題的「正名」；另一方面也是因為文字承載了思想，對陳獨秀報刊文字（尤其是後期的報刊文字）與思想的「解讀」是「正名」的基礎。然而，應該看到，新聞傳播學科視角研究的重要性與正當性，這不僅是因為報刊實踐是陳獨秀啟蒙與革命生涯的重要組成部分，也因為陳獨秀啟蒙與革命生涯與報刊媒介的「近距離」接觸，使得報刊的媒介特性一定程度上得以影響陳獨秀的思想進路與革命進路。因此，從新聞傳播學的學科視角討論陳獨秀報刊實踐生涯與傳播思想，有其獨特的價值。

（二）對陳獨秀辦報實踐活動的描述性內容居多，探討其報刊傳播思想及其成因的深層次學理研究較少。作為《新青年》的「靈魂」、中國共產黨早期領袖，陳獨秀的歷史地位和貢獻使之成為中國新聞史研究無法迴避的重要人物，因而學界研究成果涉及陳獨秀的內容並不少見，但相關研究主要集中於其辦報實踐，以描述其新聞傳播活動居多，而關於陳獨秀報刊傳播思想及其成因的深層次學理的研究成果罕見。個別論著雖也關注陳獨秀的編輯思想，可是以狹義的編輯思想替代報刊傳播思想使其視角具有明顯的侷限性；還有一部分

〔註1〕最有代表性的研究當屬唐寶林的《陳獨秀全傳》（社會科學文獻出版社，2013年）。唐著對陳獨秀托派時期的報刊實踐做了較為詳細的介紹，對陳獨秀晚年的報刊文字引用較多，但相關內容的介紹與引用均服務於傳記，目的也主要在於為陳獨秀「正名」和「辯誣」，雖有助於澄清相關事實，但缺少新聞傳播學視角的解讀。這也可以從頗有代表性的研究陳獨秀的著作得到反映，王觀泉《被綁的普羅米修斯——陳獨秀傳》（臺灣業強出版社，1996年）、任建樹《陳獨秀大傳》（上海人民出版社，1999年）、鄭學稼《陳獨秀傳》（臺灣時報文化出版企業有限公司，1989年）、沈寂《陳獨秀傳論》（安徽大學出版社，2007年）、朱文華《陳獨秀傳》（紅旗出版社，2009年）、朱洪《陳獨秀傳》（安徽人民出版社，2003年），以及袁亞忠《陳獨秀的最後十五年》（中國文史出版社，2005年）、祝彥《晚年陳獨秀》（人民出版社，2006年）、陳璞平《陳獨秀之死》（青島出版社，2005年）、石鍾揚《文人陳獨秀：啟蒙的智慧》（陝西人民出版社，2005年）、張寶明和劉雲飛《飛揚與落寞——陳獨秀的曠世悲情》（東方出版社，2007年）等著作基本以傳記為主。

論著以「外圍研究」喧賓奪主地取代「本體研究」，從政治視角（自由主義理論視角）論述陳獨秀的報刊傳播思想，而未能從新聞傳播視角對其成因進行深入系統的分析解讀。〔註2〕目前學界缺少一部系統深入地探討陳獨秀一生報刊實踐及其傳播思想的史論結合的專著。

（三）現有關於陳獨秀報刊實踐的研究成果主要集中於《新青年》、《每週評論》、《嚮導》及《安徽俗話報》等辦刊活動研究，對陳獨秀其他報刊實踐活動很少涉及。陳獨秀自述其一生「差不多是耗費在政治生涯中」，與其政治生涯相伴的是其「文字生涯」，尤其是報刊文字。學界對陳獨秀主要辦刊活動的「聚焦」，雖然有助於描摹陳獨秀報刊生涯的「輝煌」一頁，但這是一種「有限」的「聚焦」。對於陳獨秀維新時期的傳播實踐和托派時期「失敗」了的報刊實踐，以及其晚年江津時期的書信與報刊文字（即「最後的意見」），或不夠重視，或有意忽略，這些做法有失偏頗，且不利於全面呈現陳獨秀報刊實踐和深入探討其傳播思想。

（四）以往研究成果中往往見物不見人，把陳獨秀獨樹一幟的報刊傳播思想湮沒在對其報刊活動的一般性陳述中。《新青年》、《嚮導》、《安徽俗話報》無疑是陳獨秀辦報實踐最具代表性的三份報刊，作為報刊的主編與靈魂人物，陳獨秀對刊物的創辦、發展以致終刊都有重要的影響。然而，現有的研究對報刊的關注遠勝於對陳獨秀的關注，或者對其不置一詞，或者僅將其作為背景人物予以介紹。新聞史學界往往以對刊物的研究代替對主編陳獨秀的論述，這已經成為一種普遍的做法。〔註3〕由於忽視了對報刊主編的關鍵作用及其深遠影響的深入研究，故而在一定程度上制約了更好地分析解讀陳獨秀「這一個」不可替代的新聞史人物。

至於大陸之外（包括海外華人及港臺學者）專門研究陳獨秀辦報活動及傳播思想的成果目前基本沒有，在陳遼《港臺及海外學者對陳獨秀的研究》（2005

〔註2〕相關代表性成果如鄭保衛主編：《中國共產黨新聞思想史》，福建人民出版社，2004年；戴元光等人：《中國傳播思想史（現當代卷）》，上海交通大學出版社，2005；張育仁：《自由的歷險——中國自由主義新聞思想史》，南人民出版社2002年等。

〔註3〕方漢奇主編、寧樹藩副編《中國新聞事業通史（第二卷）》（中國人民大學出版社，1996年）、黃瑚《中國新聞事業發展史》（復旦大學出版社，2009年）、陳昌鳳《中國新聞傳播史：傳媒社會學的視角》（清華大學出版社，2009年）與吳廷俊《中國新聞史新修》（復旦大學出版社，2008年）等新聞史著述處理這一段史實時，雖各有特色，但都採取了以刊物研究代替主編研究的處理方法。

年）及郭成棠《陳獨秀與中國共產主與運動》（臺北聯經出版社，2006 年 9 月初版第三刷）中，所列成果均沒有專論陳獨秀辦報活動和報刊傳播思想的成果。海外及港臺學者關注的是更為宏觀的思想史和政治史，研究重點為五四新文化運動，且已有論著或為政治視角、思想史視角的研究成果，或為回憶、傳記性成果。

　　總體來看，當前新聞傳播學界對陳獨秀的研究多趨於割裂性的各取所需，尚缺乏對陳獨秀報刊實踐活動進行全面系統的梳理，遑論對其報刊傳播思想發展變化軌跡和成因的深入探討。這不啻是新聞傳播學界特別是中國新聞史此研究領域的一大缺憾！為了全面客觀地評價陳獨秀在中國新聞史上的獨特地位和作用，亟需對陳獨秀在各個時期（含其後期和晚年）的報刊實踐活動進行全面系統地梳理，並對其中最具代表性的樣本進行深入分析解讀，以探究其報刊傳播思想發展演變軌跡及其成因。這是中國新聞傳播史（含相鄰學科）深化陳獨秀研究需要續寫的篇章，換言之，也是此研究領域理應補足的虧欠一課。

三、研究方法、研究思路與篇章結構

（一）研究方法

　　本選題屬於跨學科研究，需要借鑒與運用政治學、文學、社會學等相鄰學科的知識與研究方法，依託新聞傳播史與思想史的專業視角與研究框架，吸收以往多學科關於陳獨秀研究的豐碩成果，圍繞陳獨秀辦報生涯及其新聞傳播思想發展演變這一核心問題，開展縱向與橫向兩個維度相結合的綜合性研究。重點採用以下具體研究方法：

　　文獻研究法：根據一定的研究目的或課題，通過調查文獻來獲得資料，從而全面地、正確地瞭解掌握所要研究問題的一種方法。包括史料整合與文本分析解讀兩部分。一方面整合相關史料及已有的相關研究成果，另一方面高度重視對第一手資料的發掘考辯。在此基礎上力求對陳獨秀辦報生涯的歷史存疑問題予以必要回應和解答；尊重史實，對有關陳獨秀辦報生涯與新聞傳播思想的相關史料進行全面系統的梳理和實事求是的分析解讀，進而得出可靠的結論。

　　個案研究法。是指把研究者有興趣的領域置於特定的時間內，對客體的

種種，作完整、詳盡的研究。〔註4〕在全面系統地梳理與考察陳獨秀辦報生涯的基礎上，選取其中有代表性的報刊實踐活動及相關文本，做深入細緻的個案分析，點面結合地探究其報刊實踐與傳播思想的生成、變化的歷史軌跡、影響因子，為呈現出一個更為真實、完整的報人陳獨秀提供史實和理論支撐，還可通過陳獨秀的個案研究反觀中國近現代報刊實踐及傳播思想的發展演變歷史。

比較分析法。按照特定的指標係將客觀事物加以比較，以更好地認識事物並做出較為客觀、科學評價的方法。本書主要用於對陳獨秀創辦的報刊、參編的報刊與同時代有關報刊進行比較，也包含陳獨秀的傳播思想與同時代其他報刊活動家的傳播思想的比較。目的在於更為客觀地分析陳獨秀報刊實踐的特點以及陳獨秀傳播思想的歷史意義。

（二）研究思路與篇章結構

本書稿主要研究陳獨秀終其一生所從事的報刊實踐活動，以及其中體現出的報刊傳播思想發展、演變的軌跡，即從 1897 年刻印散發《揚子江形勢論略》，他初涉報刊媒介至 1942 年於江津病逝，其間長達 45 年的報刊實踐與傳播思想。在新聞傳播學視角下，結合其他學科的研究成果，以其作為維新鬥士、清末新政鼓吹者、五四新文化運動旗手、中共領袖、托派代表以及晚年的無黨派人士等不同時段所扮演的不同角色，系統梳理陳獨秀的主要報刊實踐活動，力求呈現出一幅陳獨秀報刊實踐生涯的「全景圖」，在此基礎上，分析和歸納陳獨秀報刊實踐的主要特點、發展路向及其成因，進而探究陳獨秀報刊傳播思想的形成和演變的軌跡、意義與歷史借鑒價值。具體篇章結構如下：

緒論部分闡明了本項研究的價值與意義，對陳獨秀報刊實踐與傳播思想的國內外研究現狀做了綜述，並指出已有研究的不足。同時，對本研究的重點、難點與創新點作了交代，針對書稿中的關鍵概念及幾個相關問題做了說明。

第一章　報人生涯的「預演」：維新時期傳播實踐初探（1897 前後）。以《揚子江形勢論略》一文為線索，追溯了維新時期陳獨秀從「士人」轉向維新的心路歷程，對其處於萌芽期的傳播實踐及傳播理念作了分析評點，指出這是陳獨秀涉足傳媒的「預演」，因而其報人生涯實際可以上溯自此。

〔註4〕李茂政：《當代新聞學》，臺灣正中書局，1987 年，第 26 頁。

　　第二章　思想言論，事實之母：清末新政時期的報刊實踐與思想（1902～1905）。在簡括該時期陳獨秀報刊傳播實踐的基礎上，對《發刊詞》《近四十年世風之變態》《論增祺被拘》、「三愛」筆名進行了考證，對《安徽俗話報》的停刊與創刊、「開民智」的宗旨、欄目與內容以及陳獨秀的「論說」做了細緻的論述，指出陳獨秀已形成「思想言論，事實之母」的傳播思想，他認為思想言論具有改變社會、再造事實的功能，不僅是他積極投身報刊實踐的重要原因，也是其啟蒙思想形成的源頭。

　　第三章　隻眼帶來光明：「五四」前後的報刊實踐與思想（1913～1921）。在概括該時期陳獨秀報刊實踐活動的基礎上，對《甲寅》與《青年雜誌》的關係、殘民之禍，惡國家甚於無國家」、《新青年》一二卷經營情況、《新青年》「偏激」印象的生成、《新青年》的「閱讀」與「五四青年」的「分化」以及陳獨秀五四時期新聞評論實踐等六個問題進行了商榷、考證與澄清，認為陳獨秀「隻眼」帶來「光明」，他矢志啟蒙，不僅表現為徹底的批判精神，還滲透了強烈的社會責任意識，這讓其能夠在舉國喧囂之時，發出冷靜、讓人警醒的見解，帶來青年的覺醒，推動中國社會由傳統進入現代。

　　第四章　革命的宣傳與組織：中共時期的報刊實踐與思想（1921～1927）。在梳理陳獨秀黨報黨刊實踐的基礎上，分析陳獨秀辦報活動由啟蒙轉向革命的深層動因，探討陳獨秀黨報實踐與黨報思想與中共高度組織化、政治化之間的複雜勾連，及其對中共建黨的貢獻。陳獨秀利用文字宣傳所長，通過創辦、指導各類黨報黨刊，在黨內外刊物上發表大量的文字，有力宣傳了馬克思列寧主義，並通過理論的宣傳促進了組織的發展。可貴的是，面對革命的「框限」，陳獨秀的報刊文字仍表現出啟蒙的「色調」，表現出啟蒙思想家批判、反思與獨立思考的特質。

　　第五章　少數派的言論自由：托派時期的報刊實踐與思想（1928～1937）。在梳理陳獨秀托派報刊實踐與特點的基礎上，討論陳獨秀「迷信」的「黨內民主」與托派內部永無休止的路線「爭辯」，「少數派的自由」與托派組織「統一」、「分裂」之間的內在關聯性，這不僅讓陳獨秀難有實際的革命動作，也逐漸偏離了中國革命的主航道。儘管囿於托派，陳獨秀還是表現出一定的思想的獨立性，這預示陳獨秀終將脫離托派成為只代表其個人意見的「終身的反對派」。

　　第六章　終身的反對派：晚年無黨派時期的言論實踐與思想（1938～

1942）。在梳理陳獨秀晚年的報刊言論的基礎上，討論陳獨秀晚年「只注重個人獨立的思想」與「終身的反對派」的社會角色及其同言論自由之間的關聯。陳獨秀貢獻了一條獨特的「思想進路」，體現了思想家獨立思考的本色。

　　結語　獨立地思想：陳獨秀報刊實踐與傳播思想再探析。在簡要回顧陳獨秀報刊實踐的基礎上，對其報刊言論實踐與傳播思想的意義與價值做了評析。陳獨秀報刊言論實踐與社會革命活動相伴而行、水乳交融，前期矢志報刊啟蒙，後期著力報刊革命，在從事啟蒙與救亡的眾多報人中，陳獨秀是其中的「佼佼者」，其辦刊思想和行動的轉變雖然「繁複而急劇」，但背後反映的則是其獨立的思想。他提供了一條頗有個人特色的「思想進路」，以一種普遍的質疑和批判的前置立場，以實踐的歷史的「教訓」「討論」各式理論與主義，「尋找」實現民眾幸福、民族獨立的「解放之路」。陳獨秀的思想文字與實際行動在中國近現代史上都是「獨特」的，在推動歷史發展的同時，也給中國思想史、文化史和新聞史等諸多領域留下了一筆寶貴遺產。

四、創新點、重點與難點

（一）創新點

　　1. 通過對《揚子江形勢論略》《〈國民日日報〉發刊詞》《近四十年世風之變態》、《論增祺被拘》等陳獨秀早期文字的考辨與解讀，將陳獨秀的報刊實踐及傳播思想（理念）的研究，「真正」推進到《安徽俗話報》創刊之前。

　　2. 對陳獨秀報刊實踐的一些歷史存疑，進行了嘗試性的探討。如陳獨秀在《國民日日報》的地位及貢獻；被譽為「汝南晨雞，先登壇喚」的《愛國心與自覺心》一文的再讀解；《新青年》第一二卷時期的「慘淡經營」問題；也對部分頗有影響的研究結論進行了學理商榷，如《新青年》與《甲寅》的關係，《新青年》同人「激烈」的言論態度，《新青年》閱讀對左翼與右翼青年共同影響的討論，陳獨秀五四新文化運動時期的報刊評論實踐，這些都有利於深化對陳獨秀報刊實踐的歷史認知。

　　3. 對陳獨秀托派時期的報刊實踐與傳播思想的討論。目前學界對陳獨秀托派時期的報刊實踐與思想的研究是缺失的，相關研究散見於研究中國托派史的著述以及有關陳獨秀的傳記中，但缺乏系統性。從新聞傳播學的專業視角對陳獨秀托派時期的報刊實踐進行系統梳理，討論陳獨秀「少數派的自由」及「黨內民主」的思想，可以填補學界研究空白。

4. 對陳獨秀晚年無黨派時期的報刊言論實踐與思想的討論。晚年陳獨秀在否定托派政黨報刊實踐的同時，積極從事各式言論實踐，在此過程中形成了代表其最後思想輝煌的「最後的意見」。審視陳獨秀「獨立的思想」及其「最後的意見」，討論陳獨秀「獨立地思想」所表現出的獨特的陳氏「思想進路」，有助於更為客觀地評價陳獨秀的思想家的地位。

5. 對陳獨秀革命報刊實踐中「獨立思想」的討論與分析。陳獨秀是以啟蒙思想家的角色轉向革命的，面對政黨的組織壓力，陳獨秀的獨立思想有何新的變化？這種獨立地思想在其政治角色的轉變中又起到了什麼作用？陳獨秀基於獨立思想的言論，尤其是涉及民主主義、愛國主義的言論，以及在此過程中表現出來的自由主義的特徵也是值得討論的。

（二）重點與難點

1. 全面梳理陳獨秀報刊生涯的史實是本研究的一個重難點。針對過往研究存在的薄弱環節（在相當長一段時期裏對其進行專題研究有顧忌），努力挖掘新史料，才能「還原」史實，呈現一幅陳獨秀報刊實踐的全景圖。由於陳獨秀生前不甚「愛惜」自己的文字，除了《獨秀文存》以及抗戰時期出版的部分抗戰文字外，沒有出版自選文集、全集之類的現成資料，在其本人文字「缺席」的狀態下，充分尊重歷史，盡可能客觀準確地分析解讀現有文獻，無疑具有相當的難度。從某種意義上說，它也具有一定的填補研究空白的學術意義，因而是本課題研究的一個重點和難點。

2. 深入探討陳獨秀報刊傳播思想的構成是本研究的另一個重難點。以往對陳獨秀報刊傳播思想所開展的研究，往往沿用革命史的考察視角，具有選擇性建構的特徵，缺乏歷時性的考察。只有較為全面地「還原」史實，並通過系統、深入地研讀陳獨秀的報刊文字，注重其思想的發展變化，才能全面客觀分析歸納陳獨秀報刊傳播思想的發展脈絡與演變軌跡，其中社會歷史環境及其影響因子的錯綜複雜，增加了其研究的難度。

3. 客觀公允地分析評價陳獨秀報刊實踐活動及其傳播思想所具有的獨特歷史地位和作用，探究其對於現實社會的啟迪意義和借鑒價值，是本項研究的又一重點和難點。中國新聞史的過往研究中，陳獨秀的歷史地位和作用及對現實社會的啟迪意義、借鑒價值，被有意無意地忽略或式微。在既有的話語框架中，要恢復陳獨秀報刊實踐與傳播思想的應有歷史地位，既需要橫向比較分析

陳獨秀與其他近現代辦報大家的報刊實踐與思想理念，也需要縱向梳理和發掘其獨有的報刊實踐與思想理念，必須研讀思想史及報刊思想史，確立合適的視角及架構，力求在縱橫交織的座標體系中全面客觀地審視思考其所處的地位、發揮的作用，以及對現實的啟迪意義和借鑒價值，爭取獲得具有突破性的理論創新認識，增強研究結論的科學性與可信度。

五、核心概念的界定與相關問題的說明

（一）核心概念的界定

1. 報刊實踐

本書的報刊實踐，具有廣義與狹義之分，狹義的報刊實踐是指陳獨秀從事的報刊創辦、編輯出版以及報刊撰稿的活動，如創辦（或指導）《安徽俗話報》、《新青年》、《每週評論》、《嚮導》、《共產黨》、《無產者》、《火花》、《熱潮》等報刊，參編《國民日日報》、《甲寅》月刊，以及他為其他各類報刊如《廣東群報》、《前鋒》、《中國青年》、《民國日報》、《東方雜誌》的文字撰述活動。廣義的報刊實踐還包括維新時期刻印散發《揚子江形勢論略》，以及參編《國民日日報》前發起組織的兩次演說會活動，晚年接受報刊採訪、公開演講的言論行為、以及他與朋友的通信文字等。

將上述活動納入報刊實踐的原因在於：刻印散發《揚子江形勢論略》，既反映了陳獨秀對《時務報》等新式報刊的閱讀與「接受」，也具有標示陳獨秀報人生涯「預演」的意義；第一次演說會期間，陳獨秀不僅發起創設「西學藏書樓」，而且組織勵志學社，更提出了擬辦《愛國新報》的主張；第二次演說會期間，陳獨秀不僅通過《蘇報》對相關活動予以報導，而且已有明確的辦報理念，這也見於《蘇報》的相關報導。晚年陳獨秀因為不斷惡化的客觀環境和身體狀況，逐漸遠離了報刊創辦與編輯活動，將主要精力投入文字研究。儘管如此，陳獨秀還是積極關注時勢，圍繞抗戰、二戰、民主自由等問題發表了一些反思性的文字，這些文字對於研究陳獨秀的傳播思想具有重要的意義。因此，上述活動也應該被納入報刊實踐之中。

2. 傳播思想

本書稿所謂的傳播思想，主要是指從新聞傳播學學科視角展開的與報刊實踐相關的新聞傳播思想。應該說，新聞傳播思想並不是一個界限清楚而又容

易研究的主題〔註5〕，本研究在關紹箕、許正林、戴元光等人對「新聞傳播思想」界定的基礎上〔註6〕，嘗試性地對「思想」進行界定。

　　許正林認為，貫穿西方傳播思想的核心要素是「信息的交流」，因此，傳播思想史也就是「人類對信息傳播的觀念表述的歷史描述」〔註7〕。關紹箕將「傳播思想」界定為「思想家或個人對傳播現象或傳播問題所提出的見解、觀念、概念、主張、原理、學說或哲學」〔註8〕。戴元光等人認為，「傳播思想」是「關於人類社會信息流動規律的概念、認知、理解和把握」〔註9〕。上述三種「界定」，許正林與戴元光的意見基本一致，都指向「信息傳播」，關紹箕的定義則指向「傳播現象與傳播問題」。此外，上述三本著述均為傳播思想史著作，而且都採取了宏觀架構，因而對「傳播思想」外延的界定也是廣泛的〔註10〕。

　　應該說，上述三本著述在各自研究的框架內，對「傳播思想」的界定是合適的。作為傳播思想史的著作，對傳播思想的歸納也必須依賴白紙黑字的關於傳播問題的確切的文字表述。然而，本書稿研究的是陳獨秀的報刊實踐與傳播思想。陳獨秀作為報刊活動家，有著豐富的報刊實踐，但其見諸文字的關於新聞傳播問題的意見表達，尤其是較為系統的理論闡述，則少之又少。這事實上給歸納陳獨秀的傳播思想帶來了困難，而這也是陳獨秀傳播思想難以「彰顯」

〔註5〕　關紹箕：《中國傳播思想史》，臺灣正中書局，2000年（民國89年），第3頁。

〔註6〕　應該說關紹箕《中國傳播思想史》，許正林《歐洲傳播思想史》，金冠軍、戴元光、余志鴻等《中國傳播思想史》（古代卷上）等三本著作是兩岸傳播學界研究「傳播思想史」的代表作品，雖存有一些缺陷，但直至目前，學界似乎沒有更具代表性的研究論著出版。故本文對「傳播思想」的界定主要參考上述三本著述。

〔註7〕　許正林：《歐洲傳播思想史》，上海三聯書店，2005年，第3頁。

〔註8〕　關紹箕：《中國傳播思想史》，臺灣正中書局，2000年（民國89年），第3頁。

〔註9〕　金冠軍、戴元光主編，余志鴻編：《中國傳播思想史》（古代卷上），上海交通上學出版社，2005年，第8頁。

〔註10〕　許正林認為「傳播思想史」至少包含兩個主要方面，其一是「信息的交流」的本體部分，這一部分包括交往、語言、符號、理解等；其二是影響「信息交流」的要素部分，這一部分包括影響交往與理解的社會、政治、經濟、文化等因素（見《歐洲傳播思想史》第3頁）。關紹箕則將「中國傳播思想」劃分為五大範疇：語文傳播思想；傳播規範思想；人際觀察思想；人際關係思想；民意與報業思想（見《中國傳播思想史》第3頁）。金冠軍等認為，「……從橫的內容範圍來說，作為近現代中國的傳播思想史論，主要包括政治傳播思想、新聞傳播思想、教育傳播思想，重點是大眾傳播思想」（見《中國傳播思想史》（古代卷上），第8～9頁）。

的重要原因。

　　從研究的實際需要出發，本文嘗試將「傳播思想」界定為：指導報刊活動家進行報刊實踐的根本思想、價值追求，以及在此過程中報刊活動家表達的對信息傳播問題的見解、觀念、概念、主張、原理、學說或哲學。做出這樣界定的理由有三點：一是根本思想、價值追求是具體見解得以產生的重要的思想根源，任何報刊實踐都是在一定的思想指導下進行的，即使報刊活動家並沒有發表任何關於傳播問題的具體見解和主張，其報刊實踐也可反映出報刊活動家本人的價值追求；二是相較於普通人，報刊活動家的新聞傳播思想更具有學術意義，也更具有「代表性」。當然，做這樣的界定，也是為了便於研究陳獨秀後期以新聞傳播思想為主要構成的思想，畢竟其關於新聞傳播問題的論述（特別是公開發表的相關論著）實在有限得很，只能根據其報刊實踐以及散見於各處的片語隻言歸納提煉其新聞傳播思想。需要再次強調的是，本書稿研究的陳獨秀的傳播思想是指通過其報刊文字實踐活動所體現出的思想，尤其是意見表達與傳播方面的思想。事實上，在陳獨秀後期的報刊革命實踐中，其新聞傳播思想也更多指向意見的表達與傳播，尤其是政治意見的表達與傳播層面。

（二）相關問題的說明

1. 關於「陳獨秀報刊實踐和傳播思想」研究時限的劃定

　　本書的研究對象是「陳獨秀報刊實踐和傳播思想」，意即對陳獨秀一生的報刊實踐與傳播思想展開研究，具體時間劃定為 1897～1942 年。將起始時間劃在 1897 年，是因為該年陳獨秀刻印散發了《揚子江形勢論略》，該文既是陳獨秀存世最早的一篇文字，也具有標示陳獨秀傳媒人生涯「預演」的意義。1942年陳獨秀病逝於江津，晚年陳獨秀雖轉向文字研究，但仍不時對「國際大事」發表意見，並與曾經的托派同志交流意見，貢獻了號稱「最後的思想輝煌」的「最後意見」，不僅涉及民主與自由議題，也是對其此前政治生涯的反思，因此，有必要將下限時間劃定在 1942 年。

　　這個時段含有六個歷史時期：一是維新時期；二是清末新政時期；三是五四新文化運動時期〔註11〕；四是中共領袖時期；五是托派領導時期；六是晚年無黨派時期。相對而言，上述六個歷史時期中，前兩個歷史時期的劃分基本沒有問題，陳獨秀在這兩個時期的報刊實踐也確實是在這兩個時段之內。後面四

〔註11〕 為了便捷的需要，書中標題部分以及部分內容使用了「五四前後」，意義與「五四新文化運動時期」相同。

個歷史時期的劃分多少存在一些分歧。因為這四個時期不僅在時間上前後相續，陳獨秀個人思想與行動的發展轉變也存在一個前後的因果關聯。也因此，本文對上述四個時期的劃分不涉及嚴密的學理討論，只是出於研究的便利。當然，陳獨秀這四個四期的報刊實踐與傳播思想顯然存在一個發展變化的過程，這個過程與四個時期的不同身份也是相關的。換句話說，相關討論主要以四個時期與陳獨秀主要身份相關的報刊實踐與傳播思想為主。由此，本書稿將「五四新文化運動時期」劃定為 1914～1921 年〔註12〕；「中共時期」劃定為 1921 ～1927；「托派時期」劃定為 1928～1937；「晚年無黨派時期」劃定為 1938～1942。

2. 在本書稿論述陳獨秀報刊實踐的六章中，對《安徽俗話報》，托派時期《火花》、《校內生活》與《熱潮》，以及晚年無黨派時期的言論實踐進行了較為細緻的欄目介紹與文字梳理。一是因為其重要，二是由於目前已有研究對上述報刊的相關欄目及內容介紹不夠細緻、深入；對《國民日日報》《甲寅》這兩份陳獨秀「參編」的報刊，本書也嘗試性地探究了陳獨秀在其中發揮的作用，以及其地位與貢獻。

3. 本書稿沒有採用某種貫穿始終的特定的研究理論架構。採用特定的理論架構固然能夠提供有益的考察視角，進而得出某些合理的「創見」，但是也很容易淪為「後見之明」。事實上，在陳獨秀研究中，一些成果就具有「後見之明」的特徵。這既背離了歷史的同情，也對歷史人物提出了不能承受之重的「歷史責任」。當然，這並不意味著本書拒絕使用各種研究理論。本書稿是在尊重史實的基礎上，採用思辨方法運用相關理論，並對一些重要問題展開學理商榷。由此得出的結論筆者並不認為是「惟一」的，畢竟陳獨秀本人相關文字的「缺席」狀態，為各種解讀提供了可能性。筆者更傾向於認為通過學理商榷，能夠豐富我們對相關史實的「認知」。當然，學理商榷本身也更有利於逼近歷史真相。而本書努力追求的一個主要目標就是逼近歷史真相，以便使理性認識建立在更為堅實的基礎之上。

〔註12〕具體原因可參見陳長松：《陳獨秀前期報刊實踐與傳播思想研究（1897～1921）》，中國社會科學出版社，2015 年，第 19 頁。

第一章　報人生涯的「預演」：維新時期傳播實踐初探（1897 前後）

　　1894 年爆發的中日甲午戰爭，以中國戰敗、滿清政府與日本簽訂喪權辱國的「馬關條約」結束，中國社會受到極大震動，尤其是對中國士人的影響至深。救亡圖存成為當務之急，康梁順勢而起，宣傳維新思想。他們通過組建學會、創辦報刊，廣泛傳播變法主張，推動了中國新聞史上的「國人第一次辦報高潮」。維新派報刊特別是《時務報》影響了一大批傳統士人，陳獨秀就是其中一個。

　　本章主要初探維新時期陳獨秀的傳播活動與理念。1897 年南京鄉試的經歷讓陳獨秀在「一兩個鐘頭」內就完成了思想轉變。鄉試結束返皖後，陳獨秀即著手刻印散發《揚子江形勢論略》。該文不僅反映出陳獨秀早年對報刊閱讀的興趣，也反映出積極傳播的心態，一定程度上，這是陳獨秀報人生涯的「預演」。因此，陳獨秀作為傳媒人的生涯，實際可以上溯到此文的寫作與傳播活動。

第一節　由「選學妖孽」到「康梁派」

　　《揚子江形勢論略》是目前發現的陳獨秀存世文字中最早的一篇。該文刊印於光緒二十三年（1897 年）冬，係木刻豎排本，署名「懷寧陳乾生、眾甫撰」〔註1〕。以下對《揚子江形勢論略》的寫作背景分析，沒有採用以往宏觀

〔註1〕《揚子江形勢論略》刻印於光緒二十三年（1897 年）冬，現僅存孤本，藏於安慶市圖書館，為木刻豎排線裝本，蝴蝶裝，共 21 頁，署名懷寧陳乾生、眾甫撰，無刊印單位名稱。

的歷史背景分析，主要從個人的思想轉變，對《時務報》的精讀與接受，以及陳獨秀其時的人際交往圈子三個方面進行微觀分析。

一、鄉試見聞，讓陳獨秀徹底與科舉決裂

《揚子江形勢論略》寫於光緒丁酉冬，即 1897 年冬天。1897 年 8 月，陳獨秀與大哥，大哥的先生，大哥的同學和先生的幾位弟兄，坐輪船去南京參加鄉試，這是陳獨秀初次出門，也是陳獨秀唯一一次參加鄉試。

鄉試的經歷對陳獨秀影響很大。在《實庵自傳》中，陳獨秀詳細描述了 1897 年參加南京鄉試的經歷讓他徹底與科舉分道揚鑣的心路歷程。陳獨秀覺得，既然鄉試「這場災難是免不了的，不如積極地用點工，考個舉人以了母親的心願」〔註2〕，所以他對鄉試是「著實準備了」的，對討厭的八股文也「勉強研究了一番」。然而，趕考途中的觀感以及科場中見到的「怪人怪事」，讓他徹底與科舉分手。當絕意於舉業的陳獨秀從南京回到安慶後，自然面臨著人生之路的選擇：今後幹什麼？從時間上來推論，陳獨秀回到安慶後，即將精力投入到了《揚子江形勢論略》的資料搜集、寫作、刻印與散發上。

二、閱讀《時務報》，接受了康梁維新思想

1897 年是維新運動步步高漲的時期，作為宣傳維新變法思想的刊物，《時務報》以其鮮明的變法態度，新穎的改革主張和潑辣的文風大受知識界的歡迎，於是行銷日廣，風靡全國。陳獨秀所作的《揚子江形勢論略》正是得益於對《時務報》的閱讀。

陳獨秀接受康梁維新思想，成為「康梁派」的主要途徑是閱讀《時務報》。《實庵自傳》曾有這樣的描寫，陳獨秀在考場上由從徐州來的大胖子的怪異舉止「聯想到所有考生的怪現狀」，「最後感覺到梁啟超那班人們在《時務報》上說的話是有些道理呀！這便是我由選學妖孽轉變到康、梁派之最大動機。」陳獨秀的這段自述透露出這樣的信息：在此之前，他已經是《時務報》的讀者，正是因為先前閱讀《時務報》，才使他的轉變有一個合理的解釋。另據閻小波考證，《時務報》在安徽全省共有《時務報》的代銷點 9 處，其中安慶有 4 處。據該報第 50 冊（農曆 1897 年底出版）公布的統計資料，安徽全

〔註2〕《實庵自傳》，收於《陳獨秀著作選編：第 5 卷》，上海人民出版社，第 201～211 頁。

省共代銷《時務報》25628 冊〔註3〕。因此，陳獨秀在寫作《揚子江形勢論略》前後，是能夠讀到《時務報》的。而且陳獨秀對《時務報》的閱讀，不是一般意義上的泛讀，而是精讀：一是如前所述，陳獨秀思想轉變的最大動機是《時務報》上的道理；二是《揚子江形勢論略》一文，有關長江防務下游幾處的文字論述均參考了《時務報》上的文字，而且文中夾註直接要求讀者參看《揚子江籌防芻議》。

三、鄉試前後，陳獨秀結識了一批維新志士

1895 年至 1898 年是維新運動蓬勃發展的時期。各地進步人士紛紛從事結社、興學、辦報等活動。相較於京、滬、湘、粵、閩、浙、川諸省，安徽的維新運動「頗見沈寂」，「即在之後的立憲運動中，亦復如是」〔註4〕。儘管資料闕如，但此時的陳獨秀還是有所行動的。

當「舊派群起訾罵言康梁為離經叛道，名教罪人」時，陳獨秀與「吾輩後生小子，憤不能平，恆於廣座為康先生辯護，鄉里瞽儒，以此指吾輩康黨，為孔教罪人，側目而遠之」〔註5〕。可見，陳獨秀雖然年紀尚輕，但已經與安徽省一些維新人士相過從。南京鄉試期間，結識了汪希顏〔註6〕，回到安徽後，又認識了汪孟鄒、李光炯、鄧藝蓀、江暐等人〔註7〕。儘管關於陳獨秀 1898 年是否入讀杭州「求是書院」存在爭議，但 1998 年陳獨秀離開安慶則是史實〔註8〕。因此，上述陳獨秀的言行及與維新人士的交往應主要發生

〔註3〕閣小波：《中國早期現代化中的傳播媒介》，上海三聯書店，1995 年，第 87～91 頁。

〔註4〕陳萬雄：《新文化運動前的陳獨秀（一八七九年～一九一五年）》，香港中文大學出版社，1982 年，第 24 頁。

〔註5〕陳獨秀：《孔子之道與現代生活》，《新青年》，第二卷第四號，1916 年 12 月。

〔註6〕汪原放在《亞東圖書館與陳獨秀》（學林出版社，2006：5～6）中，根據汪希顏所寫的一封信（信中提到「今日皖城名士陳仲甫來會」，又說他只「18 歲」），認為，（汪希顏）與陳仲甫相識可能還在 1901 年之前，或者陳獨秀到南京鄉試時，已和汪希顏有過來往。

〔註7〕也有資料顯示，陳獨秀與李光炯、鄧藝蓀、江暐等人早有交往。許乘堯口述，鄭初民筆錄，《民元前徽州革命黨人之活動》，《中華民國開國五十年文獻》，1編 12 冊：184。轉引自：陳萬雄，《新文化運動前的陳獨秀（一八七九年～一九一五年）》，（香港中文大學出版社，1982：49）。

〔註8〕關於入讀求是書院，學界存在爭議。一種觀點認為，陳獨秀入讀杭州求是書院，只是在求學時間尚短。可見於郭成棠，《陳獨秀與中國共產主義運動》，臺北聯經出版社，2006，43～44；唐寶林、林茂生，《陳獨秀年譜》，上海人民出版社，

於 1898 年之前，尤在 1897 年下半年。這是陳獨秀寫作《揚子江形勢論略》時的主要社會交往圈子。

應該說，閱讀《時務報》，陳獨秀初步接受了康梁的維新思想，而南京鄉試的經歷則成為陳獨秀思想轉變的促發點，讓陳獨秀完成了由「選學妖孽」到「康梁派」轉變，並開始有所行動，不僅結識了一批維新志士，也開始了撰寫、刻印散發《揚子江形勢論略》的傳播活動。

第二節　《揚子江形勢論略》考辯

1897 年南京鄉試的經歷，讓陳獨秀在「一兩個鐘頭」內就完成了思想轉變，由「選學妖孽轉為康、梁派」。然而，現存維新時期陳獨秀言論活動的紀錄卻很少，除了陳獨秀自述為康梁辯護而被視為「康黨」、「名教罪人」活動之外，幾乎沒有其他言論活動。所幸的是，1982 年張湘柄提供了《揚子江形勢論略》，這是目前發現的陳獨秀存世文字中最早的一篇。該文一經發表，即為絕大多數研究陳獨秀的論著所關注。然而這些研究或多或少存在一些問題，本書稿在查閱原件的基礎上，結合相關文獻史料，對這些問題作一考證和澄清。

一、《揚子江形勢論略》內容簡介〔註9〕

《論略》共有六千九百四十八字，可分為二部分。第一部分，自「按一統興圖」起，至「亦不容其越雷池一步矣」。這是全書的主要內容，陳獨秀首先用百字概述了揚子江流經的區域、流程、主要江段的名稱。然後詳細介紹了揚

1988，12；王觀泉，《被綁的普羅米修斯——陳獨秀傳》，臺北業強出版社，1996，53～54；王光遠，《陳獨秀年譜》，重慶出版社，1987：5。後兩者甚至認為，陳獨秀入讀求是書院是在 1898 年春。沈寂則認為，陳獨秀沒有入讀杭州求是書院，而直接去了東北嗣父陳昔凡處。參見沈寂，《陳獨秀傳論》（安徽大學出版社，2007：143）。然而，無論陳獨秀是否入讀杭州求是書院，他於 1898 年離開安慶的結論則是可靠的。

〔註9〕目前有三篇整理《論略》全文的代表文章：一是張湘柄 1982 年發表於《社會科學戰線》第 1 期 126 頁至 131 頁的整理稿；二是任建樹、張統模、吳信忠等於 1984 年編的《陳獨秀著作選（第一卷）》（上海人民出版社出版），第 1～12 頁刊登的整理稿；三是任建樹主編、李銀德、邵華任副主編於 2008 年出版《陳獨秀著作選編（第一卷）》（上海人民出版社），第 1～8 頁刊登的整理稿。比較孤本，這三篇整理稿，當以第二篇整理稿更忠實於原文。第一篇整理稿有少數錯字和添字，第三篇整理稿漏字達 600 餘字。第二篇整理稿，雖存在四處補漏，但基本符合原文，不影響文本的閱讀。

子江由長壽縣東流直至吳淞口整個流程中水勢的緩急、江道的深淺、江底的暗礁淺灘、江岸的重鎮要隘以及整個長江流域軍事設防狀況。陳獨秀還根據長江水流的形勢，對各地在軍事上的利弊進行了分析，提出了改進揚子江沿岸的防禦佈署，加強各重要地段的軍事力量的意見。

第二部分，自「揚子江為東半球最大之水道」起，至「共抱杞憂者」。主要闡明該篇論說文的主旨和目的，即「時事日非，不堪設想，爰採舊聞旅話暨白人所論，管蠡所及，集成一篇，略述沿江形勢，舉辦諸端，是引領於我國政府也，勉付梨災。願質諸海內同志，共抱杞憂者」。

文章最後落款為「光緒丁酉冬懷寧陳乾生自識」。

二、《揚子江形勢論略》考辯

（一）《論略》而非《略論》；正文兩部分而非三部分；木刻本而非石印本

文名是《論略》而不是《略論》。陳萬雄在《新文化運動前的陳獨秀（一八七九年～一九一五年）》中，把《論略》寫成《略論》〔註10〕，這應是誤寫。

正文是兩部分而不是三部分。《論略》的自然段落為兩段，故應為二部分。張湘炳將正文分為三部分：文前百字概述作為第一部分，其後的詳細描述部分作為第二部分，闡明主旨和目的的第二自然段作為第三部分〔註11〕。鄭學稼在《陳獨秀傳》中沿用張湘柄的分法〔註12〕。這種劃分不是按照《論略》的自然段落來劃分，作為史料的還原，當以二部分劃分為準。

是木刻豎排本而不是石印豎排本。唐寶林、林茂生在《陳獨秀年譜》中，認為是「石印豎排本」〔註13〕。這很容易考證，從原件上可以辨認出這是木刻本；其次，石印技術具有較高的技術含量，需要有專門的石印書局來主持印刷業務，而大部分的石印書局已在19世紀的最後幾年裏倒閉〔註14〕，考察張靜盧輯注的《中國近現代出版史料》（2003年版）、宋原放主編的《中國出版史

〔註10〕陳萬雄：《新文化運動前的陳獨秀（一八七九年～一九一五年）》，香港中文大學出版社，1982年，第7頁。
〔註11〕張湘柄：《陳獨秀的第一篇著作——〈揚子江形勢論略〉評介》，《社會科學戰線》，1982年第1期，第131～134頁。
〔註12〕鄭學稼：《陳獨秀傳（上）》，時報文化出版企業有限公司，1989年（民國78年），第27頁。
〔註13〕唐寶林、林茂生：《陳獨秀年譜》，上海人民出版社，1988年，第11頁。
〔註14〕姚福申：《中國編輯史》，復旦大學出版社，2004年，第248頁。

料》（2001 年版）等近代出版史料，均沒有安徽尤其是安慶地區石印書局的出版資料；第三，直到 1904 年陳獨秀創辦《安徽俗話報》時，安慶地區仍沒有成熟的現代印刷技術，《安徽俗話報》只能送到上海印刷。第四，最為重要的是，文章第七頁，「由陽邏東南行，可由水道中界，又東南宜近右岸，以避白虎山左岸一帶淺灘。又東北折南流，小洲羅列曰新洲、曰搭帽洲、曰牛王洲」中「曰搭帽洲」的「曰」是從旁楔入的，這也足以證明是木刻版〔註15〕。因此，《論略》只能是木刻本。

（二）《論略》與《揚子江籌防芻議》並非姊妹篇

《論略》中，四次提到《揚子江籌防芻議》（下文簡稱《芻議》），其中一次在正文，「若夫圖防形勢布置之法，揚子江籌防芻議言之甚詳」。其餘三次出現在夾註部分，分別為：若於陽邏安置炮臺其造臺設炮諸法式見揚子江籌防芻議第八條，再屯陸軍於界埠，以防其由陸繞攻臺背，則陽邏之臺無隙可乘矣；其山背亦有山嘴向後面陸路凸出，於此設臺可遍擊山後全地，以制敵人繞攻臺背設防置臺之法俱見揚子江籌防芻議；崇寶沙為四面受敵之地，非用德國格魯森廠所製硬鐵為臺不可其造臺設炮諸式詳見揚子江籌防芻議。

對於文中提及的「揚子江籌防芻議」，有學者認為，這是陳獨秀撰寫的《論略》的姊妹篇。如王觀泉認為，「由於在《論略》的正文夾註中有『湖中水師當另議』，『其造臺設炮諸法式見揚子江籌防芻議第八條』，『揚子江籌防芻議言之甚詳』等提示，估計尚有姊妹篇《芻議》一書，可惜至今尚未發現。」〔註16〕任建樹認為，（陳獨秀）在 1897 年歲末，撰寫了《芻議》、《論略》兩篇論文，還準備寫一篇《湖中水師》。從這三篇文章的題目看，都是論述加強江防建設的，堪稱是姐妹篇，只是側重點有所不同罷了。《湖中水師》一篇不知是否寫成了，就是已經成文脫稿的《芻議》一篇，現在也難以尋覓。〔註17〕沈寂 1992 年也認為，陳獨秀撰《論略》，是「引領政府」條陳江防方案中的

〔註15〕米憐在《新教在華傳教前十年回顧》（大象出版社，2008 年）第 117 頁，以《新約》第二版的刊印為例論述了中國木質雕版印刷的優點，認為「彌補缺字漏字的方法」可以通過「在塞入的木條上更加緊密地書寫並刻上原來的字或新增的字」來實現，這種彌補方法是雕版印刷相對於活字印刷的一個優點。

〔註16〕王觀泉：《被綁的普羅米修斯——陳獨秀傳》，臺北業強出版社，1996 年，第 53 頁。

〔註17〕任建樹：《陳獨秀傳——從秀才到總書記》，上海人民出版社，1989 年，第 41 頁。

一部分，尚有二文，至今尚未發現。其一《芻議》一文成於《論略》之前，……其二，是專門討論在長江建立一支以洞庭湖為基地的水師，這是在論及洞庭湖形勢時，在夾註中說「湖中水師當另議」。該文在此時似為擬議之作，但卻也是整個防務方案中的組成部分〔註 18〕。

閭小波指出，陳獨秀所撰的《論略》得益於 1897 年上半年《時務報》連載的兩篇文章，一是《芻議》（第 21～22、24～26 冊連載），二是《查閱沿江炮臺稟》（第 28～30 冊連載）〔註 19〕。沈寂 2007 年修正了 1992 年的觀點，德人雷諾，應兩江總督劉坤一之聘，於 1895 年臘月，勘查吳淞口至南京一帶的防務。歷時四月，撰成此《芻議》，在 1897 年 3 月 13 日《時務報》第二十冊刊載，二十一、二十二、二十四、二十五、二十六冊連載。陳獨秀仿此而作條陳，並吸取其中要論〔註 20〕。但上述文章影響似乎不大，近年來出版的陳獨秀傳記類論著中，雖多有討論《論略》，但很少涉及《芻議》，甚至沿用以前「姊妹篇」結論，驚詫於陳獨秀的現代長江防務知識〔註 21〕。因此，有必要對這一問題進行詳細考證。

根據《時務報》第 21 冊（光緒二十三年二月二十一日，即 1897 年 3 月 23 日）刊登的《芻議》正文前序，可知：德人雷諾於 1895 年臘月，「奉大帥委勘吳淞至金陵一帶江防」，又於 1896 年 3 月撰成此《芻議》並由張永鏗譯述。《時務報》第 21 冊（1897 年 2 月 21 日）開始刊載，並於 22 冊、24 冊、25 冊、26 冊連載〔註 22〕。

由此可見，閭小波關於《芻議》的日期記載是正確的，沈寂 2007 年修正

〔註 18〕 沈寂：《辛亥革命前的陳獨秀》，《學術界》，1992 年第 3 期，第 45～52 頁。

〔註 19〕 閭小波：《論世紀之交陳獨秀的思想來源與文化選擇》，《社會科學研究》，2002 年第 4 期，第 114～118 頁。

〔註 20〕 沈寂：《陳獨秀傳論》，安徽大學出版社，2007 年，第 60 頁。在此章最後一頁標注：原載於《學術界》1992 年第 3 期，可見原文被收入論文集前已進行了修正。

〔註 21〕 朱文華《陳獨秀傳》（紅旗出版社，2009：14～15）雖分析了《論略》，但絕口不提《芻議》與《復稟》。任建樹《陳獨秀大傳》（上海人民出版社，2004：42～44）對《論略》的分析仍沿用其 1989 年的結論，這兩部應是大陸代表性的陳獨秀傳記。王觀泉《被綁的普羅米修斯——陳獨秀傳》（1996 年版）雖出版時間較早，也沒有再版，但其在海外甚至大陸都有一定的影響，其對《論略》的分析結論對之後的陳獨秀研究來講，仍具有相當的影響。

〔註 22〕 本書使用的《時務報》文獻（包括《芻議》、《復稟》、《續稟》），均出自臺北文海出版社有限公司在民國七十六年（1987 年）影印的《時務報全編》，共 8 冊。

後的結論在日期方面也存有不確之處，即《時務報》首刊《芻議》是第 21 冊，而非第 20 冊；大帥也不是劉坤一，而是張之洞。早在 1894 年 11 月，劉坤一已北調主持軍務，兩江總督由張之洞署理，1896 年，劉坤一才回任兩江總督。既然已經知道《論略》中提及的《芻議》，即為《時務報》連載的《芻議》，那麼《論略》與《芻議》是姐妹篇的說法就不攻自破了。

（三）《論略》中圖山關、江陰、江口三地的江防論述參閱了《芻議》

《芻議》分為八篇，分別為：一，揚子江行船事宜並防務要略（6 頁篇幅）；二，妄議沿江現在防備情形（2 頁半篇幅）；三，江口篇（13 頁篇幅）；四，江陰篇（6 頁篇幅）；五，圖山關篇（4 頁篇幅）；六，鎮江篇（1 頁半篇幅）；七，餘論（半頁篇幅）；八，論炮臺之布置形式工程物料（4 頁篇幅）。由篇幅可知，4 篇江防中，鎮江部分論述最少。比照《芻議》，可以發現，《論略》對圖山關、江陰、江口三地江防的論述，大量參閱了《芻議》。以下是兩者的比較，正文為《論略》，用括號括起且加標下劃線的是《芻議》的內容〔註 23〕。

1. 圖山關江防的論述

又東北至三江夾，又東南至圖山關，江心有太平洲，分江道為二。其南岸岡巒，濱江迤邐，約五里半（<u>察附呈之圖可見，其南岸岡巒，濱江迤邐，與江線並行者，約有三千邁當之長，合華度五里半光景</u>），其山大都甚陡，山背尤甚，無繞攻臺背之虞，山高之中數，約有三十餘丈（<u>其山大都甚陡，而山背尤甚，山高之中數，約一百二十邁當，合華度約三十四丈</u>）。江面闊只三里餘，其北岸係平原（<u>江面闊約只一千九百邁當，合華里三里餘，故是處甚利於設防，其北岸係平陽</u>〔註 24〕）。宋時置寨以抗金人，明代設營以防倭亂，歷代兵爭號為長江內戶。今所有各炮臺係舊式，不足敷用（<u>圖關除東北方一臺……盡係舊式，不足副今日之用</u>），其東方一臺，雖稍優，又背倚山壁（<u>其東方一臺，雖屬見優，奈背倚山壁，凡敵人測擊之彈，失諸過高者，本已落空，今則適中石壁，而挾碎石片，回擊此臺，為害甚厲</u>）。至圖山西北對岸之營，夾江口之兩臺，且距圖山已遠，不得與主臺聯絡護助，敵來可以次毀也（<u>至圖山西北對岸三江營，夾江口之兩臺並炮，不但舊式無用，且距圖山之主防太遠，不能得其護助，敵來盡可先將此兩臺轟毀，而從容進擊主防也</u>）。若夫圖防形勢布置之

〔註 23〕《論略》部分的標點由本書作者根據文意並參照《芻議》標注，《芻議》部分的句讀則沿用《時務報》。

〔註 24〕平陽，意為地勢平坦明亮，此意與「平原」同義。

法，揚子江籌防芻議言之甚詳。

2. 江陰江防的論述

又東南迤江陰縣而東北，縣城在江南岸，倚江為險，自昔為控守重地。鵝鼻嘴江面既窄且長，敵難逃越。查自吳淞至金陵江面之窄且長者以此為最，此段窄江距江陰城北下游五里（<u>查自吳淞至金陵之間，江面之窄且長者，以江陰為最</u>〔註25〕，<u>即在江陰城下游一英里半之所</u>），其南岸石山，濱江迤邐，約有六里，其間峰巒起伏（<u>該處南岸石山，濱江綿亙……合華里六里光景，其間峰巒起伏</u>），更有兩處山嘴，凸出江邊，江面尤窄，只闊二里餘（<u>更有兩處山嘴，凸出江邊，而與山之本線，略成三角形，此兩處江面，因而尤窄，約只闊一千三百邁當至一千九百邁當，即合華里二里餘至三里餘</u>），且山隨江岸迤斜，西首之山向前，東首者縮後，能使一帶炮臺會擊而不相礙（<u>……且其山隨江岸迤斜，西首之山向前，而東首者縮後，故使沿江一帶設臺，則各炮自可同時會擊一點，而各炮又不自相礙</u>）。其山背亦有山嘴向後面陸路凸出，於此設臺可遍擊山後全地，以制敵人繞攻臺背（<u>其山背亦有一山嘴，向後面陸地凸出，其地步適當前面兩山嘴之間，倘於此山嘴建臺，自能遍擊山後之全地，甚為便利，而扼制陸路拊背之攻</u>）設防置臺之法俱見揚子江籌防芻議。

3. 江口江防的論述

又東江面極寬，又東南海門、崇明俱在江心，分江為南北二道，是為揚子江口。崇明本沿海一島，自西北至東南，長約百六里又三分里之二，寬約十六里餘至三十餘里，距吳淞口北約七十三里又三分里之一。其處入江之口，曰北洪，曰南洪，均在崇明之南，為崇寶沙所隔，雖大艦亦可暢行（<u>按該處由海入江之口，為大艦所可行者，計有兩口，一曰北洪，一曰南洪，為崇寶沙所隔分，而均在崇明之南</u>）。北洪未有炮臺（<u>其北洪於崇寶西北沙尖旁……今該處尚未有炮臺</u>），南洪則頗有防禦，其江面最窄處在寶山與崇寶沙西北沙尖之間，尚有七里餘（<u>至南洪，則防堵甚難，因其江面極窄處，在寶山岸與崇寶沙西北沙尖之間，約尚有四千一百邁當之闊，合華里七里半光景</u>）。其南岸有三臺，長江進吳淞口處有吳淞臺，南石塘臺，另有一臺在獅子林下，距吳淞十六里（<u>今該處南岸有三臺，其二臺在長江進吳淞口處，即吳淞炮臺南石塘炮臺是也，另一炮臺在獅子林下，距吳淞口約九千邁當，合華里逾於十六里之遠</u>），去諸臺

〔註25〕鵝鼻嘴即為江陰江段「窄且長」處。江陰現有鵝鼻嘴公園。

太遠，未能犄角（況此臺與吳淞南石塘兩臺，相距太遠，斷不能彼此相助也）。
且崇寶沙無臺，則他臺皆成虛設（倘崇寶沙無防，則江口他處之臺，皆成虛設
矣）。當以崇寶沙西北沙尖以為主臺，可以兼顧北洪進路（鄙見崇寶西北沙尖，
定需設防，且此處有防，則其炮火能兼制北洪進路）。再於下游南石塘、吳淞
一帶之臺，切力整頓，既扼南洪進路，且能兼顧吳淞口，以遏敵船掩入吳淞江，
登岸攻我上游臺背（……仍應於下游南石塘吳淞口一帶，建造三臺，配用中等
口徑之快炮，既防長江口南洪進路，並使其自然能兼顧淞口，以遏敵船之掩入
淞江登岸，攻我上游臺背）。崇寶沙為四面受敵之地，非用德國格魯森廠所製
硬鐵為臺不可（況崇寶沙為四面受敵之地，其主臺尤需甲臺……查海甲臺之
料，以德國格魯森廠密製硬鐵為最）其造臺設炮諸式詳見揚子江籌防芻議。崇
寶沙為咽喉扼要，無論如何需籌，如何經營，此防斷不可弛（竊因崇寶沙為咽
喉扼要，斷不可無防），果能如法布置，迨至大敵當前，方有把握總論全江大
局。

　　由上可知，《論略》不僅參閱了《芻議》，甚至部分文字的篇章結構也沿用
《芻議》，如關於江陰江防的文字，即是對《芻議》「江陰篇」之「論江陰形勢
利於設防」部分的改寫。需要指出的是，這種改寫是一種文學改寫，即將枯燥
的軍事文字轉變為文學色彩濃厚、可讀性強的文字。這不僅反映出陳獨秀高超
的文字駕馭能力，也反映了他對「白人所論」的接受能力，也反映了他對《時
務報》的精讀。

（四）《論略》中關於鎮江江防的內容，主要參閱了《查閱沿江炮臺續稟》

　　根據《時務報》第 28 冊（光緒二十三年五月初一日）刊登的《查閱沿江
炮臺復稟》（下文簡稱《復稟》）正文可知，該文是德人來春石泰、駱博凱撰寫，
鄭宗蔭譯述，是奉張之洞之令於光緒二十一年十月初九至十一月初七查閱沿
江炮臺之後的復稟。復稟內容為總述炮臺大弊（5 頁篇幅），主要刊載在《時
務報》第 28 冊。《復稟》之後即為《查閱沿江炮臺續稟》（以下簡稱《續稟》），
《續稟》在第 28 冊僅 1 頁篇幅，此後《時務報》第 29 冊（五月十一日）、第
30 冊（五月二十一日）連載《續稟》。

　　由此可知，沈寂有關「張之洞署兩江總督時，亦聘德人來春石泰考察長江

防務，其向張之洞的《復稟》發表較遲而未及採用」〔註26〕的結論是有誤的。首先，《復稟》、《續稟》是由來春石泰與駱博凱共同完成，而不是來春石泰單獨完成；其次，《復稟》在《時務報》第 28 冊首刊，時間為光緒二十三年五月初一日，《續稟》最後見載於第 30 冊，時間為光緒二十三年五月二十一日。《論略》的寫作時間為 1897 年冬，而《時務報》從上海運達安慶也不用半年時間；最為關鍵的是，《論略》中關於鎮江江防的內容，主要參閱了《查閱沿江炮臺續稟》。因此，「《復稟》發表較遲而未及採用」的結論是不確的。

　　《續稟》共 13 頁篇幅，分別論述三處沿江炮臺，吳淞口炮臺（4 頁半篇幅）；江陰炮臺（5 頁篇幅）；鎮江炮臺（3 頁半篇幅）。與《芻議》相比，《續稟》對圖山關炮臺描述非常簡短，只有 3 行文字，且被納入江陰炮臺，但《續稟》對鎮江炮臺的描述甚為詳細。比照《論略》與《續稟》兩文中對鎮江江防的論述，可以發現《論略》大量參閱了《續稟》。以下是兩者的比較，正文為《論略》，括號括起且下劃線標注的是《續稟》內容。

　　焦山對面，南岸有象山，山在北固東，濱江與焦山對峙，若登此山，可窺焦山虛實。查鎮江一帶，炮臺頗不甚佳（<u>鎮江各臺，最為陋下</u>）。新河口炮臺，尤為無用，欲擊下游，乃為象山山石所阻（<u>新河口炮臺，……均安置無用之地，其打下水之路，又為象山山石攔阻</u>）。象山有暗臺一座（<u>象山又有暗臺一座</u>），布置未佳，焦山二臺，猶嫌近後都天廟之臺，其炮上掛線之路，製造未精（<u>惟炮上掛線之路，製造不精</u>），如能整頓得法，象山臺可以兼顧長江之南北二支，且能西顧北固府城。焦山之臺，可以擊江之北支，以保都天廟之沙頭鎮河（<u>焦山造一新臺，……一打江之北支，兼保都天廟相近之沙頭鎮河</u>），都天廟之臺亦可保長江南北二支（<u>都天廟原臺不用，……用保長江南北二支</u>），且可守八嚎口，以扼入運河揚州之路。若再於北固山屯以重兵，於金口泊以彈艦，再於近丹徒口之魚山東面小山之上安設炮臺（<u>將圖山九寸大炮四尊，移到近丹徒口之魚山東面小山之上</u>），於丹徒溝亦造一臺，以禦上岸之兵（<u>……又造一臺，在丹徒溝用六寸快炮四尊，以禦上岸之兵</u>），新河口炮臺宜移從原臺往西，用擊焦象間水道（<u>新河口炮臺，……此臺宜廢，另於往西一千密達之遙，興造一臺，以保焦山象山中間之水路</u>），則諸險交錯防禦密矣。府西迤南岸金玉銀蒜諸山，地非不佳，但值開炮之時，彈子低斜下墜，勢必撞擊鎮城，且山皆狹窄，難造護牆（<u>登鎮江銀台山眺望，迤南近廟宇處，地非不佳，第值開炮之時，彈</u>

〔註26〕沈寂：《陳獨秀傳論》，安徽大學出版社，2007 年，第 61 頁。

子低斜下墜，勢必撞擊鎮城，廟宇之北一山，頗得地勢，惟山太窄狹，難造護牆）。北岸瓜州一口，地勢頗佳，宜左右各造一臺，以保運河兼防上岸之兵及擊下水之船（<u>北岸近瓜州，臨水之濱，地勢甚佳……左右各造一臺……用保運河，兼防上岸之兵及打下水之船</u>）。總計近丹徒口之四炮臺，以保長江南支（<u>右計近丹徒口，有四炮臺，共大炮十八尊，用擊長江南支</u>），當以魚山之臺為主臺，象山、焦山、都天廟、新河口迤西瓜州口諸臺，可保長江北支，兼擊下水（<u>鄰近都天廟處二臺，焦山二臺，並象山新河口炮臺，共大炮廿八尊，用保長江北支，擊下水者</u>），當以焦山為主，然後設德律風、電燈，使各臺消息全通，聯成首尾之勢，能如此布置，而金陵之門戶始固（<u>又設一上下水總統帶，屯住焦山，此總統帶，須與各統帶電報德律風相連，消息始得靈通。誠照條陳辦理，則鎮江防守，已極嚴密，其至南京一路均可不復設防</u>）。

由上可知，《論略》鎮江江防部分主要參照了《續稟》。因此，閻小波關於，《論略》得益於《查閱沿江炮臺稟》（第 28～30 冊連載）的結論就顯得不夠精確。《時務報》（第 28～30 冊）的目錄雖是《查閱沿江炮臺稟》，但正文卻是《復稟》與《續稟》兩個條陳；目錄是《時務報》編輯編寫的，而《復稟》、《續稟》卻是條陳的原稱；更為重要的是，《論略》主要參考的是《續稟》，而不是《復稟》。這段文字，也同樣反映出陳獨秀的文字駕馭能力以及對「白人所論」的接受能力。

（五）「湖中水師」應為擬寫的《論略》姊妹篇，但這篇文章應該沒有寫成

《論略》在夾註中曾提到「湖中水師」，即「（長江）又折東，逕岳州府北，西南合洞庭湖水湖口入江處距漢口三百九十餘里，距岳州府城十六里又三分里之二，南岸多小山，湖面長二百里，寬一百里，為中國名湖之最大者。湘沅資澧並各小支之水皆匯歸焉。<u>湖中水師當另議，下仿此。</u>」

「湖中水師當另議，下仿此」的夾註引起了研究者的關注。如王觀泉、任建樹、沈寂等人就認為，這是陳獨秀擬寫的另一篇防務文章，但不知是否寫成。根據「湖中水師當另議，下仿此」的文意，「湖中水師」應為陳獨秀擬寫的《論略》姊妹篇，這一點沒有疑問。但這篇文章應該沒有寫成，以下僅從一個方面進行邏輯推論。

從《論略》的寫作來看，文章反映了陳獨秀高超的文字駕馭能力和對「白人所論」的接受能力。這種接受能力是建立在對《時務報》等維新報刊的精讀

基礎上的，高超的文字駕馭能力也體現為對報刊文字的文學化轉述上，亦即陳獨秀的生花妙筆是建立在報刊文字的「食材」基礎上。如果缺少「湖中水師」這方面的報刊「食材」，陳獨秀雖有生花妙筆，恐怕也難為無米之炊。而查閱1897 年的維新報刊以及目前研究長江水師的論著，基本沒有論述「湖中水師」的文字〔註27〕。因此，我們可以作這樣的邏輯推論，《湖中水師》雖是《論略》的姊妹篇，但應該沒有寫成。

　　1897 年 8 月，陳獨秀在南京鄉試科場完成由「選學妖孽到康梁派」的思想轉變後，回到安慶用了幾個月的時間撰寫、刻印、散發《論略》。《論略》不僅說明陳獨秀對《時務報》等維新報刊的精讀態度，也表明了陳獨秀對「白人所論」的接受能力，也多少預示了陳獨秀對西方知識的接受態度。《論略》體現了陳獨秀深厚的選學功底和高超的文字駕馭能力，《論略》固然借鑒了《芻議》和《續稟》，但這種「借鑒」不是照搬，而是巧妙地消化了這兩篇「白人所論」，用文學化的語言轉述了枯燥的軍事文字，提高了可讀性，有利於中國士人的閱讀和接受。《論略》也突破了「白人所論」的外防，增加了從長壽縣直至金陵的內防，呈現了完整的長江防務。當然，《論略》的最大亮點，是其濃厚的憂國憂民、救亡圖存的愛國主義色彩，這也是陳獨秀一生為之奮鬥的目標。

第三節　陳獨秀維新時期傳播理念初探

　　作為陳獨秀的早期文字，《論略》一經發現即被絕大多數論著所重視。在這些論著中，《論略》或被從愛國主義視角解讀，或者被當作陳獨秀由「選學妖孽到康梁派」轉變的注解，更有甚者，則驚異於少年陳獨秀的豐富學識，尤其是其軍事知識。以下是研究《論略》的幾種代表觀點：

　　最早研究《論略》的張湘炳認為，《論略》反映出，在陳獨秀的改良主義思想中，帶有更強烈的反帝色彩，態度更鮮明、更激進，在保護中國主權方面要比其他改良主義者高出一籌，是陳獨秀由一個完全被封建禮教束縛而轉變為改良主義者後的第一個改良主義的思想成果，也是陳獨秀思想閃光的第一

〔註27〕　查閱了《時務報》，《知新報》，《湘學新報》，《國聞報》等維新時期報刊，胡海燕《晚清長江水師新探》，暨南大學碩士論文，2010；張彥輝《清季長江水師發展滯後問題研究》，河北師範大學碩士論文，2005 年。

塊碑石〔註28〕。閭小波分析《論略》的目的在於說明的確是《時務報》「決定了我個人往後十幾年的行動」〔註29〕。任建樹認為，《論略》一文的主旨，在抵抗列強的侵略，陳獨秀站在民族主義的立場，向清政府陳述加強江防建設的意見。所謂「防內亂」雖然是附帶一筆，但卻是站在清政府的一邊，是為維護它的安全而說話的。陳獨秀認為這時的清政府還是可以代表中華民族人民的利益，能抵抗外國侵略的〔註30〕。

應該說，上述《論略》研究論著各有所長，結論也具有一定的啟發意義，然而三者分析的前提卻都是一樣的，即建立在 1897 年陳獨秀「由選學妖孽到康梁派」思想轉變的基礎上。而這個前提又是由陳獨秀在《實庵自傳》中自我確定的，這就容易讓研究者陷入陳獨秀設置的分析「陷阱」。

《實庵自傳》寫於 1937 年 7 月，此時陳獨秀尚在南京第一監獄〔註31〕。自傳很短，僅是「略略寫出在幼年時代印象較深的幾件事而已」，其中重點交代了其參加院試、鄉試的經過及鄉試經歷促使他由「選學妖孽到康梁派」的「心路歷程」，帶有濃厚的自我心理分析色彩。值得注意的是，這篇自傳是陳獨秀時隔 40 年後的「回憶」，是其由思想領袖到革命領袖再到監獄囚徒身份轉變之後的產物。故而這篇自傳毋寧是「反思」之作，如他對「好潔好靜」的白鬍子爹爹經常到「街上極齷齪而嘈雜的煙館」抽大煙這一矛盾行為的長達半個世紀的思考，而且這種反思是「成熟思想」指導下的對其少年時代的反思。指出這一點很重要，雖然陳獨秀「由選學妖孽轉變到康、梁派」的自我分析是沒有問題的，但這種轉變卻斷不能通過「一兩個鐘頭的冥想」就可以「完全實現」；思想的轉變雖能決定個人「往後十幾年的行動」，但由思想轉化為行動卻絕不是突變的，需要一個時間過程，至少需要一個「心理調適」階段，「過去」總要在「現在」留下點存在的印跡。《論略》正是這一「心理調適」的反映，反映了陳獨秀維新時期的傳播理念。

〔註28〕張湘炳：《陳獨秀的第一篇著作──〈揚子江形勢論略〉評介》，《社會科學戰線》，1982 年第 1 期，第 131～134 頁。

〔註29〕閭小波：《論世紀之交陳獨秀的思想來源與文化選擇》，《社會科學研究》，2002 年第 4 期，第 114～118 頁。

〔註30〕任建樹：《陳獨秀傳──從秀才到總書記》，上海人民出版社，1989 年，第 43 頁。

〔註31〕陳獨秀晚年流落重慶江津時，曾親筆將此稿贈臺靜農，在此稿末尾書有：「此稿寫於一九三七年七月十六至廿五中，時居南京第一監獄，敵機日夜轟炸，寫此遣悶茲贈靜農兄以為念，一九四零年五月五日獨秀識於江津。」

如果站在傳播學的視角，分析《論略》，就必須思考《論略》傳播了哪些內容？為何要採用私人刻印的傳播方式？傳播的目的何在？面向的讀者又是哪些？以及取得了何種傳播效果？反映了陳獨秀什麼樣的傳播理念？

一、文章內容：獻策政府，希望見用

此處的內容分析主要是對第一部分進行分析，兼及第二部分。這是基於以下的考慮：第一，如《揚子江形勢論略》一文名稱，《論略》的主要內容、大部分篇幅都在論述揚子江的「形勢」及「防務」，全文共有六千九百四十八字，該部分即占六千七百二十三字；第二，文章第二部分，篇幅較短，主要是交待該篇文字的寫作目的，雖是畫龍點睛，但如果沒有龍，則談不上點睛。

《論略》第一部分，詳細介紹了揚子江由長壽縣東至吳淞口整個流程中水勢的緩急、江道的深淺、江底的暗礁淺灘、江岸的重鎮要隘，並參照歷代戰爭的得失，對各地在軍事上的利弊進行了分析，提出了改進揚子江沿岸的防禦佈署，加強各重要地段的軍事力量的意見。需要指出的是，在所有長江沿岸的江防布置中，對鎮江、圌山、江陰、吳淞口的江防作了最為細緻的介紹。

如前所述，陳獨秀對鎮江、圌山、江陰、吳淞口等地江防的論述「借鑑」了《時務報》刊登的兩篇「白人所論」——《揚子江籌防芻議》與《查閱沿江炮臺稟》。〔註32〕當然，陳獨秀的這種「借鑑」不是照搬，而是巧妙地消化了「白人所論」，使原本作為主要內容來源的「白人所論」變成《論略》的參照文，顯示了陳獨秀高超的文字駕馭能力。更為重要的是，《論略》突破了「白人所論」的外防，增加了從長壽縣直至金陵的內防，呈現了完整的長江防務，即不僅要防「外辱」也要防「內亂」，說此篇文字為軍事之作是合適的〔註33〕。

此時的陳獨秀已經「順利」完成了由「選學妖孽到康、梁派」的轉變，並且曾為翼教與維新之爭而被鄉儒指為「康黨」、「孔教罪人」，也「精讀」了承載康梁變法學說的《時務報》。然而，為何陳獨秀存世的第一篇文字竟是自己刻印散發的帶有現代傳播色彩的軍事防務文字？為何作為《時務報》核心內容的康梁變法學說沒有出現在這篇文字中，而兩篇「白人所論」卻成功的被這篇文字吸收與轉化呢？

〔註32〕閻小波在《論世紀之交陳獨秀的思想來源與文化選擇》一文中對此有所論述。
〔註33〕王觀泉認為這是陳獨秀的「第一部軍事著作」，沈寂認為這是一篇上乘的政治地輿學之作。

　　愛國主義、救亡圖存的解釋是可行的，如王觀泉所述，「然而囿於社會思潮和時局對人們思想的控制，上世紀八九十年代的知識分子中，文的思變法維新，武的欲保衛國土，其最終目的仍在於安內攘外以維持清朝正統，康有為梁啟超如此，陳獨秀亦復如此」〔註34〕，然而這不足以解釋上述問題。任建樹的「陳獨秀這時還不認識國家政治制度改革的重要意義，他的政治思想的領域及其發展的高度均不及康梁」〔註35〕的結論也缺乏足夠的說服力。因為這篇文章既體現了陳獨秀的筆力，也表現出陳獨秀的「消化」能力，況且陳獨秀此時因實際的辯護行動而被鄉儒指為「康黨」、「孔教罪人」。最合理的解釋，應該是陳獨秀表明其參與「治國」的志向，希望能「引領於我國政府也」。因此，說此文是一篇「獻策文」是合適的。康梁已有功名，且見用於政府，能夠利用《時務報》宣傳變法主張，而陳獨秀雖是院試頭名，但只是貢生，充其量只是取得了進入科場的入場券，更何況陳獨秀此時已決絕於科場。如何才能宣傳自己的主張？如何才能將自己的主張化為實際行動？只能求助於刻印散發《論略》，獻策於政府，以期引起政府的注意和採納，被政府任用。

二、傳播方式：刻印散發，定向傳播

　　鴉片戰爭以後，西方先進的傳播技術、傳播理念進入中國，中國傳統出版業開始了近代化轉型。然而傳統出版業的真正轉型，是在戊戌維新時期。這一時期，不僅官辦書局進行了改革，1896 年清政府將強學會創辦的強學書局改成京師官書局；中國的民族出版業也勃然興起，舊式書坊、書肆紛紛轉型為民辦出版機構；國人辦報辦刊的熱情形成了「國人第一次辦報高潮」，新式報刊的出現、讀者來稿的刊登，對中國傳統士人的著述方式、傳播方式也產生了重要影響，傳統士人開始注重報刊傳播。

　　應該說，《論略》不是一本著作，而是一篇吸收「白人所論」的充滿文學色彩的討論江防的文字。如果從《論略》寫作的 1897 年的時代背景，以及《論略》中充滿的「焦慮感」來看，這篇文字具有一定的「時新性」，符合報刊「時文」的標準。結合前段論述的晚清出版大背景，我們不禁要問陳獨秀為何要用私人刻印散發的傳統方式傳播一篇「時文」呢？

〔註34〕王觀泉：《被綁的普羅米修斯——陳獨秀傳》，臺北業強出版社，1996 年，第55 頁。

〔註35〕任建樹：《陳獨秀大傳》，上海人民出版社，2004 年，第 44 頁。

　　近代安徽的出版業是滯後的，或許陳獨秀此時不具備為維新報刊撰稿的
條件，或許陳獨秀將此文投給報刊，但報刊沒有刊發。這些都是陳獨秀採用私
人刻印散發的可能性解釋。但是上述解釋都不能合理回答陳獨秀為何要用私
人刻印散發的傳播方式傳播一篇「時文」這一問題。因為，《論略》採用的傳
統士人私刻的傳播方式，不符合「藏之名山、傳之其人」的傳播理念，況且晚
清私人刻書逐步在走向「衰落」〔註36〕。

　　這一問題的關鍵不在「私刻」，而在「散發」。《論略》採用了散發的傳播
方式，這是針對特定讀者進行的定向傳播活動，它不同於現代意義上的面向所
有讀者的無定向傳播。如果結合下文分析的《論略》的讀者是政府官員與「海
內同志」，我們就可以很好地理解這一問題。《論略》是面向政府官員和「海內
同志」撰寫的，刻印散發可以有效地到達這兩種人群，面向政府官員是為了「見
用」於政府，面向「海內同志」則可以以文會友，結識更多的「海內同志」，
這反映出陳獨秀積極主動地傳播意識。

三、預期讀者：政府官員，海內同志

　　《論略》第一部分，陳獨秀根據長江水流的形勢，參照歷代戰爭的得失，
對各地在軍事上的利弊進行了分析，提出了改進和加強揚子江沿岸防禦的意
見。值得注意的是，《論略》雖對歷代戰爭得失做了考察，但唯獨沒有對「國
朝」「洪楊亂事」的考察。「洪楊亂事」失敗時間距寫作《論略》只有 33 年，
安慶也是雙方廝殺爭奪的主戰場之一，陳獨秀的祖父陳曉峰及大伯陳衍藩更
親身參與戰事並立有軍功。按理說，不僅陳獨秀一家對「洪楊亂事」感同身受，
即使安徽官場、安慶士人對這場戰爭也應該留有深刻的「回憶」。然而，《論略》
卻迴避了「洪楊亂事」。最應該寫、最容易寫的戰爭案例恰恰沒有寫，其中隱
情只能以陳獨秀的「自我審查」來解釋。而《論略》第二部分中，「泊咸同間，
粵逆蜂生，蠹流江表，曾胡諸公初出山時，即以通靖長江為平蕩東南之重計，
卒不越其算中」的文字，也進一步證實了本書的這一猜想。

　　《論略》第二部分，闡明了該文的主旨和目的，「時事日非，不堪設想，
爰採舊聞旅話暨白人所論，管蠡所及，集成一篇，略述沿江形勢，舉辦諸端，
是引領於我國政府也，勉付梨災。願質諸海內同志，共抱杞憂者」。上述文字

〔註36〕史春風、李中華：《晚清出版業的近代化歷程》，《濱州教育學院學報》，2001 年
　　　　第 2 期，第 31～34 頁。

表明了文章的預期讀者是政府官員、「海內同志」、「共抱杞憂者」等讀者群。這個預期讀者群值得注意，按陳獨秀本人的話說，他此時已成為「康、梁派」，且已結識一輩「後生小子」，因此「海內同志」當指「吾輩後生小子」，而「海內同志」與政府官員應是有所區別的兩個不同讀者群。不過，無論是「吾輩後生小子」還是政府官員都可以歸入「共抱杞憂者」之列，這正是陳獨秀的高明之處。如何同時兼顧這兩類不同的讀者群？選擇不涉政治改革的長江防務題材無疑是高明的選擇。

可見，《論略》的預期讀者是政府官員與「海內同志」，「共抱杞憂者」只有同時兼顧政府官員與「海內同志」才有意義。對政府官員這一讀者群的關注，讓陳獨秀「自我審查」，刻意迴避「洪楊亂事」，只以「粵逆蜂生，蠹流江表」一帶而過，忽略了這場戰爭在長江防務上的歷史意義；對「海內同志」預期讀者的關注，則讓《論略》充滿了「焦慮」與「救亡」意識，這正是陳獨秀的高明之處。

四、傳播效果：贏得文名，未被見用

此處所謂的傳播效果是指狹義的傳播效果，即《論略》的刻印散發是否達到了陳獨秀的預期目標？有關《論略》傳播效果的具有史料價值的文獻幾乎沒有，這裡僅能根據有限的資料，並結合上述三方面的分析進行合乎邏輯的推論，《論略》並沒有達到陳獨秀預期的見用於政府的目標，但為其贏得了文名。

作為一篇獻策文，《論略》全文雖六千九百四十八字，但卻廣徵博引，縱論長江萬里防務，雖氣勢磅礴，文采出眾，但多少有點書生指點江山的頤氣，不如《芻議》、《復槁》顯得實際。因此，《論略》肯定不會被政府採納，況且晚清政府已經「冗員滿朝」，政府也不會「收編」陳獨秀，甚至連欣賞恐怕也無法做到。這篇文章沒有產生太大的影響，1898 年春，陳獨秀離開安慶就是明證。

作為一篇以文會友的文章，《論略》還是取得了一些傳播效果，鞏固了陳獨秀「皖城名士」的稱譽。儘管陳獨秀獲譽「皖城名士」的緣由無從查考，但他在維新時期確被譽為「皖城名士」。汪原放在《亞東圖書館與陳獨秀》中，回憶父親汪希顏所寫的一封家信，信中提到「今日皖城名士陳仲甫來會」，又說他只「18 歲」，並進一步解釋道，陳獨秀因院試第一名而被稱為「皖城

名士」〔註37〕。朱洪在《陳獨秀風雨人生》中也持上述觀點。王光遠《陳獨秀年譜》則記載，《論略》刻印散發後，陳獨秀文名遠揚，被譽為「皖城名士」〔註38〕。不管「皖城名士」緣起如何，這篇文章是院試第一名公開刻印散發的文字，不僅顯示了陳獨秀的選學功底及其高超的文字駕馭能力，也幫助其贏得了「文名」，「皖城名士」當之無愧。

小結

陳獨秀徹底與科舉決裂正是緣於1897年南京鄉試的經歷，此番經歷導致他完成了由「選學妖孽到康、梁派」的心路歷程。陳獨秀決絕的態度是無可置疑的，但是，這種轉變不可能真的在「一兩個鐘頭」內實現，需要一個「心理調適」的過程。1897年底刻印散發的《論略》正是這種「心理調適」的反映。一方面，他期望《論略》能夠引起清政府的重視，獲得建功立業的機會，因此《論略》具有獻策文的色彩；另一方面，他也期望《論略》能夠引起維新志士的重視，該文充滿了憂國憂民、救亡圖存的愛國主義色彩，「海內同志」「共抱杞憂」是《論略》的主旋律，也是其最大亮點。而《論略》反映出的「憂患意識」、「愛國主義」、積極主動的傳播意識以及「知新主義」的傳播傾向，則貫穿了陳獨秀報刊實踐的始終。由於種種原因，《論略》的傳播效果是微弱的，沒有達到陳獨秀預期的傳播目的，但這為陳獨秀以後的報刊實踐活動提供了有益的借鑒，一定程度上我們可以說，《論略》是陳獨秀報人生涯的「預演」，故而陳獨秀作為傳媒人的生涯，實際上也可追溯到此文的寫作及相關的傳播活動。

〔註37〕汪原放：《亞東圖書館與陳獨秀》，學林出版社，2006年，第5～6頁。
〔註38〕王光遠：《陳獨秀年譜》，重慶出版社，1987年，第4頁。

第二章 思想言論，事實之母：清末新政時期的報刊實踐與傳播思想（1902～1905）

　　1901～1911 年是清政府風雨飄搖的最後十年，也是中國在 20 世紀迎來的頭十年。在這十年裏，清政府為了適應國際國內的緊張局勢，扭轉由《辛丑條約》引發的財政困境，維護其危在旦夕的封建統治，1901 年，慈禧太后正式宣布實行「新政」，自此長達十年的清末新政拉開了序幕。在這十年裏，清末新政的內容涉及軍事、教育、文化、經濟、政治等各個方面，對中國社會的發展有著深遠的影響，甚至可以毫不誇張的說，「新政」是一場多方面、深層次的自上而下的改革運動。滿懷愛國熱忱的青年陳獨秀，通過組織演講會，創辦、編輯報刊，積極「參與」了這場改革運動。

　　本章主要討論清末新政時期陳獨秀的報刊實踐與傳播思想，主要研究時段定在 1902～1905 年。1902 年發起的第一次演說會，儘管影響不大，但卻是安徽拒俄運動的「先聲」。1903 年春發起的第二次演說會，則標誌著安徽拒俄運動的興起。1903 年夏參與創刊、編輯的《國民日日報》，則是陳獨秀第一次參與具體的辦刊活動，具有「初涉報壇」的意義。1904 年初創刊的《安徽俗話報》，則讓陳獨秀有機會將其傳播思想「全面」付諸實踐，陳獨秀牛刀小試，成功地讓《安徽俗話報》成為清末下層啟蒙報刊的佼佼者。陳獨秀此時已經形成了「思想言論，事實之母」的報刊傳播思想，革命排滿並非其報刊實踐的旨趣，他認為思想言論具有改變社會、再造事實的功能，這是其啟蒙思想形成的源頭。然而，隨著革命形勢的發展，陳獨秀最終轉向革命，放棄了《安徽俗話報》。

第一節　清末新政時期的報刊實踐概述

　　1898 年春，陳獨秀離開安慶，先是就學於杭州求是書院，但很快就轉去東北嗣父陳昔凡處〔註1〕。1899 年，母喪，他與大哥陳孟吉匆匆南下，在守孝 27 個月之後〔註2〕，於 1901 年 11 月（光緒二十七年十月）去日本自費留學，入讀東京學校〔註3〕，這是陳獨秀第一次留學日本。其間與張繼等人參加留學生團體「勵志社」，旋又因政見不同脫會〔註4〕。1902 年 3 月上旬，陳獨秀回國，在南京由汪希顏介紹，認識了在陸軍師範學堂的章士釗和趙聲。隨即回到安慶，與曾參加 1901 年 3 月張園集會的何春臺等人發起演說會。同年 9 月，陳獨秀又攜葛溫仲、潘贊化等人再次東渡留學，入讀成城學校陸軍科。同年冬，與張繼、蔣百里、潘贊化、蘇曼殊等人發起「青年會」，該會是「留學生界團體中揭櫫民族主義最早者」〔註5〕。1903 年 4 月，陳獨秀、鄒容、張繼三人因「剪辮」事件「被遣返回國」。陳獨秀回到安慶後，旋即與潘縉化、葛溫仲、張伯寅等人籌組「安徽愛國社」，在藏書樓發起第二次具有三百多人規模的演說會〔註6〕。同年夏天，因清政府通緝，逃往上海，參與創辦、編輯《國民日日報》。同年 12 月，《國民日日報》停刊，陳獨秀於年底返回安慶，與房秋五、吳守一等人籌辦《安徽俗話報》。1904 年春，《安徽俗話報》順利創刊。由此，這一時期陳獨秀的報刊實踐活動主要由 1902～1903年間發起的兩次愛國演說會，1903 參編《國民日日報》以及 1904 年創辦《安徽俗話報》組成。

一、安徽拒俄運動的興起：發起兩次演說會

（一）1902 年，第一次演說會

　　1902 年 4 月，陳獨秀與何春臺、葛溫仲、張伯寅、柏文蔚等，為了「傳

〔註1〕關於 1898 年陳獨秀否入讀求是書院存在爭議，但是關於陳獨秀去東北，而且該年大部分時間都待在東北則沒有異議。

〔註2〕沈寂：《陳獨秀傳論》，安徽大學出版社，2007 年，第 144 頁。

〔註3〕清國留學生會館第一次報告書。轉引自唐寶林、林茂生所編《陳獨秀年譜》（上海人民出版社，1988 年）第 12 頁。

〔註4〕章士釗：《疏皇帝魂》，《辛亥革命回憶錄（一）》，中國文史出版社，2016 年，第 230 頁。

〔註5〕馮自由：《中國革命運動二十六年組織史》，上海書店，1990 年，第 61 頁。

〔註6〕沈寂：《陳獨秀傳論》，安徽大學出版社，2007 年，第 145 頁。

播新知、牖啟民智，曾集資購買一些圖書，創設了一所藏書樓」[註7]，「復於張伯寅家組織青年勵志學社……每週聚會，則各出所得錄為筆記，以相勉勵。」[註8] 同年 9 月，陳獨秀偕葛溫仲、潘贊華等東渡留學。這次演說會影響並不大。[註9]

　　這次演說會有三點值得注意：第一，演說會擬辦《愛國新報》，這表明此時陳獨秀已經有了辦報的意願。[註10] 第二，演說主旨為愛國拒俄，主要宣傳愛國主義之精神，並沒有鼓吹革命，與 1903 年由拒俄運動引發知識分子的革命轉向是有區別的。[註11] 第三，陳獨秀等人創設的藏書樓所藏書籍應為西學書籍，或以「西學書籍」為主，所以又被稱為「西學藏書樓」[註12]，目的在於「傳播新知、牖啟民智」。

（二）1903 年，第二次演說會

　　1903 年 4 月，陳獨秀與潘縉化、葛溫仲、張伯寅等籌組「安徽愛國社」，5 月 17 日，在藏書樓發起第二次具有三百多人規模的演說會。這一次演說會因為事前有招貼——《會啟》，所以參與人數多，具有很大的影響，成為「安

[註7]　安徽省政協文史資料工作組：《辛亥前安徽文藝界的革命活動》，《辛亥革命回憶錄》（四）第 382 頁。轉引自陳萬雄《新文化運動前的陳獨秀（一八七九年～一九一五年）》第 25 頁，又見於唐寶林、林茂生《陳獨秀年譜》第 21 頁。

[註8]　闕名：《安慶藏書樓革命演說會》（抄本），藏安徽省博物館。轉引於沈寂《陳獨秀傳論》第 62 頁。

[註9]　陳長松：《陳獨秀前期報刊實踐與傳播思想研究（1897～1921）》，中國社會科學出版社，2015 年，第 39 頁。

[註10]　《大公報》「地方新聞」欄中《紀愛國新報》條報導了此事，「有某某志士糾合同人擬開一報館名曰《愛國新報》。其宗旨在探討本國致弱之源，及對外國爭強之道，依時立論，務求喚起同胞愛國之精神。其內一本館論說；二本國新聞；三外國新聞；四本省新聞；五本城新聞；六外論；七詩論；八俗語叢編；九書籍介紹，來函。凡發告白者，如係關於文明事業概不收費。」參見《紀愛國新報》，《大公報》，1902 年 4 月 19 日，第 286 號。

[註11]　陳長松：《陳獨秀前期報刊實踐與傳播思想研究（1897～1921）》，中國社會科學出版社，2015 年，第 39 頁。

[註12]　《中外日報》1903 年 6 月 7 日所刊譯自《字林西報》（五月十一日）的一條新聞——《安慶近事述函》對此有所報導，「西六月二日安慶來函云：此間開一西學藏書樓已一年有餘，其費用乃由數名開化明達之士所捐集。近又增開一西學堂，與藏書樓相輔而行，其經費亦由民間自行募集」。引自楊天石、王學莊編《拒俄運動 1901～1905》（中國社會科學出版社，1979 年）第 272～273 頁。

徽省有史以來的第一次群眾大會」〔註13〕。演說會舉辦一周以後，5 月 24 日，安慶知府桂英親赴藏書樓查禁，不許學生「干預國事，蠱惑人心」〔註14〕。6 月 27 日，清政府電令逮捕陳獨秀等人，陳獨秀得吳汝澄密告，星夜逃往上海。

第二次演說會有兩點值得注意：一是陳獨秀再次擬辦《愛國新報》。此次演說會，陳獨秀仍有創辦《愛國新報》的主張，儘管報紙沒有辦成，但在《蘇報》刊登的《安徽愛國會演說》及《安徽愛國社擬章》中，表達了更為具體的辦報主張。〔註15〕第二演說會主旨仍為愛國拒俄。這次演說會的矛頭也指向外患沙俄，並不反對清政府。〔註16〕

二、初涉報壇：參與創刊、編輯《國民日日報》

陳獨秀因清政府通緝由安慶逃往上海時，「《蘇報》案」已接近尾聲，章士釗、張繼等人正在籌辦《國民日日報》，以接替被封的《蘇報》，繼續革命宣傳。1903 年 8 月 7 日，《國民日日報》創刊。該報由謝小石出資，外人高茂爾出面任經理，章士釗任主編，「協助」章士釗辦報的有陳獨秀、張繼、何梅士、陳去病、林獬、蘇曼殊等人。1903 年 12 月 4 日，《國民日日報》因內外交困停刊。《國民日日報》不但排版格式上多有創新，篇幅取材也有所更張，有社說、外論、講壇、中國警聞、南鴻北雁、談苑、小說等等，呈現出多面向的特徵。《國民日日報》被時人贊評為「《蘇報》第二」，但相較於《蘇報》，《國民日日報》「論調之舒緩，即遠較《蘇報》之竣急有差」。〔註17〕

〔註13〕 任建樹：《陳獨秀大傳》，上海人民出版社，2004 年，第 51 頁。

〔註14〕 《蘇報》，1903 年 5 月 29 日。

〔註15〕 將在本章第三節「思想言論，事實之母：陳獨秀清末新政時期傳播思想探析」部分詳細展開論述，此處不贅。

〔註16〕 當前學界普遍認為，陳獨秀發起組織「安徽愛國社」、發起演說會等活動即已表明陳獨秀已在從事革命排滿活動。這個觀點是值得商榷的。這個觀點一方面是受《蘇報》有關報導的影響，以《蘇報》的革命排滿色彩給陳獨秀此時的活動貼上革命標籤；另一方面也受到陳獨秀後期作為叱吒風雲的輿論領袖與革命領袖的影響，以陳獨秀後期的革命領袖身份給陳獨秀早年的傳播活動貼上革命標籤。儘管在中國近代史上陳獨秀的革命精神具有典型意義，但此時的陳獨秀並沒有革命排滿的活動，其思想仍以愛國拒俄為主。參見陳長松：《陳獨秀前期報刊實踐與傳播思想研究（1897～1921）》，中國社會科學出版社，2015 年第 43 頁。

〔註17〕 章士釗：《蘇報案始末記敘》，《辛亥革命》，第一冊，第 388 頁。

通常認為陳獨秀只是「協助」章士釗辦報的同志之一〔註18〕，但事實上，陳獨秀既是《國民日日報》的創刊人之一，又是總理編輯之一，且參與了報刊創辦的始終。可以說，《國民日日報》雖是陳獨秀第一次嚴格意義上的辦刊活動，但他對該報的貢獻絲毫不亞於章士釗，對《國民日日報》的「舒緩」作出了貢獻。〔註19〕因此，《國民日日報》必然反映了陳獨秀晚清新政時期的新聞傳播理念與思想印跡。

除了辦報活動外，《國民日日報》時期，陳獨秀還整理、續寫了《慘社會》。《慘社會》即法國文豪雨果的《悲慘世界》，最初由蘇曼殊翻譯，連載於《國民日日報》，但刊至第十一回的大半回時，報紙停刊。不久蘇曼殊離滬去港。鏡今書局的負責人陳競全與陳獨秀說：「你們的小說沒有登完，是很可惜的，倘然你們願意出單行本，我可以擔任印行。」〔註20〕於是陳獨秀整理已發表的《慘社會》，並從第十一回上半回接續至第十四回，最後由鏡今書局以《慘世界》為名刊行。當前刊行的陳獨秀傳記類著作都會提及這一段史實。〔註21〕

三、牛刀小試：創辦《安徽俗話報》

1904 年初，陳獨秀與房秩五〔註22〕、吳守一〔註23〕等人商議辦報，同年3 月 31 日，《安徽俗話報》第 1 期面世。《安徽俗話報》先在安慶編輯，社址則設在蕪湖長街徽州碼頭科學圖書社，科學圖書社並承擔發行業務〔註24〕。本

〔註18〕馮自由：《革命逸史》初集，中華書局 1981 年版，第 135 頁；《中華民國史事紀要（初稿）》，民國紀元前十年（一九〇二）至八年（一九〇四）第 495 頁；祖鑑：《〈國民日日報〉研究》，山東師範大學中國近現代史專業碩士論文，2008年。

〔註19〕陳長松：《論陳獨秀在〈國民日日報〉的地位與貢獻》，《編輯之友》，2012 年第 12 期，第 121～123 頁。

〔註20〕柳亞子：《記陳仲甫先生關於蘇曼殊的談話》，《蘇曼殊研究》，上海人民出版社，1987 年，第 285 頁。

〔註21〕任建樹《陳獨秀大傳》、王觀泉《被綁的普羅米修斯——陳獨秀傳》、鄭學稼《陳獨秀傳》、沈寂《陳獨秀傳論》都論述了此事。

〔註22〕房秩五（1877～1968），字宗岳，安徽樅陽人。1904 年春，與陳獨秀、吳汝澄一起創辦《安俗話報》，負責教育欄。以「飭武」筆名在教育欄發表有關蒙學用書和家庭教育方面的文章，以「浮渡生」為名為詩詞欄撰寫《從軍行》（仿十送郎調）一篇。

〔註23〕吳汝澄（1873～1946），字守一，安徽桐城人。1904 年春，在安慶協助陳獨秀創辦《安徽俗話報》，負責小說欄目的編輯工作，撰寫小說《癡人說夢》並連載於《安徽俗話報》。

〔註24〕蕪湖科學圖書社，1903 年由汪孟鄒創辦，主要經營新書報和文化用品。

年夏天，陳獨秀來到蕪湖寄居科學圖書社，專心打理《安徽俗話報》。因為蕪湖沒有印刷廠，稿件由陳獨秀編好以後，寄往上海，由東大陸印書局印刷，印好以後寄回安慶，由科學圖書社發行。《安徽俗話報》為半月刊，每月朔望發行，三十二開本，每期四十頁〔註25〕，約14000字，主要欄目有論說、新聞、歷史、地理、教育、實業和小說，後期又增加了軍事、格致、傳記、調查諸項。〔註26〕《安徽俗話報》於1905年9月13日終刊，共出版23期（現僅見到1～22期），「差一期，就是一足年」〔註27〕。

陳獨秀是該刊的創辦人及主要撰稿人，此外還負責排版、校對、分發、卷封、付郵等具體事務〔註28〕。《安徽俗話報》雖然從創刊到停刊只有一年半，但卻「風行一時」、「馳名全國」〔註29〕，「僅及半載，每期從一千份增至三千份，銷路之廣，為海內各白話（報）冠」〔註30〕，成為當時國內影響較大的白話報之一。《安徽俗話報》的創辦，不僅讓陳獨秀有機會將積累的報刊經驗付諸實踐，也讓他擁有了可以系統發表自己思想主張的陣地。《安徽俗話報》從創刊到停刊雖然只有一年半，但已經充分顯示了《安徽俗話報》的獨特之處，以及陳獨秀的非凡之處。《安徽俗話報》不僅在中國新聞史上佔有一席之地，在晚清啟蒙運動中也佔有重要的地位。

第二節　三篇文字的考證與相關內容的闡明

此處考證的三篇文字主要是陳獨秀刊於《國民日日報》的文字，闡述的相關內容則主要與《安徽俗話報》辦報活動有關，分別是《安徽俗話報》的前期與後期、停刊與終刊；愛國、愛真理、愛人道：「三愛」筆名考；開民智的辦

〔註25〕根據作者的統計，《安徽俗話報》前期（1～15期）為40頁，後期（從16期）開始，就超出了40頁。

〔註26〕相關欄目刊登該內容可參見陳長松：《陳獨秀前期報刊實踐與傳播思想研究（1897～1921）》（中國社會科學出版社，2015年）附錄。

〔註27〕汪原放：《回憶亞東圖書館》，學林出版社，1983年，第17頁。

〔註28〕這段論述主要依據的是汪孟鄒的回憶，筆者根據研究認為，前15期陳獨秀確實是《安徽俗話報》的主心骨，全身心投入《安徽俗話報》的編寫刊印以及郵發等辦報全程，後7期陳獨秀已經轉向革命，其精力也隨之轉向革命活動，雖仍為《安徽俗話報》撰稿，但刊印、郵發等過程，陳並沒有積極參與。

〔註29〕房秩五：《房秩五回憶〈安徽俗話報〉詩一首》，《安徽革命史研究資料（第1輯）》，1980年第7期，第14頁。

〔註30〕《本社廣告》，《安徽俗話報》第12期，人民出版社，1983年影印本。

報宗旨；欄目與內容；陳獨秀的論說等五個相關內容。上述文字的考證與相關內容的闡明有助於進一步分析陳獨秀清末新政時期的報刊傳播思想。

一、《發刊詞》《近四十年世風之變態》《論增祺被拘》的考證

相較於《蘇報》的「峻急」，《國民日日報》論調稍稍「舒緩」。但為了作者的人身安全，時論（主要為「論說」與「短批評」兩欄）一類的文章多不署名，這就給識別陳獨秀在《國民日日報》上所刊的文字帶來了困難。《國民日日報》是陳獨秀參與創辦的第一份報刊，其地位與章士釗同等重要，且此時中國報紙仍處於政論時代，報紙主筆及其「論說」對報紙贏得聲譽至關重要。因此，《國民日日報》「社說」欄肯定有陳獨秀撰寫的文章，這一點是毋庸置疑的，如任建樹認為，既然陳獨秀與章士釗總理編輯事宜，那麼《國民日日報》的指導思想和它的重要言論，至少是得到陳獨秀的贊同或賞識的〔註 31〕。然而，《國民日日報》「社說」欄的哪些文字出自陳獨秀之手，已有的探討文章論據多不充分，值得商榷。

陳萬雄認為，《箴奴隸》、《道統辨》及《說君》等三篇，論事鞭闢入裡、打穿後壁說話與不稍假借的態度，以及行文的峭勁、詞藻的濃麗、持論和推理的有力，與《新青年》時期的陳氏的著述，十分相近，疑出陳氏手筆。雖因無外部證據，不敢遽下斷語，但由於陳氏與此報的關係的密切，亦未嘗無此可能。〔註 32〕沈寂認為，作為主編之一的陳獨秀，自當有許多社說為他所撰，其中《革天》、《道統辨》、《奴隸獄序》等似出自他的手筆。沈寂還認為，《發刊詞》為陳獨秀、章士釗合撰〔註 33〕。沈寂後在《陳獨秀與馬克思主義》一文中，直接指認《道統辨》即陳獨秀所著。〔註 34〕白吉庵認為，《發刊詞》由章士釗所寫，《箴奴隸》《說君》《中國政界最近之現象》《中國魂》《治亂談》等均出自章士釗之手〔註 35〕。張之華認為，《發刊詞》的作者為章士釗〔註 36〕，李開軍

〔註 31〕任建樹：《陳獨秀大傳》，上海人民出版社，2004 年，第 55 頁。
〔註 32〕陳萬雄：《新文化運動前的陳獨秀（一八七九年～一九一五年）》，香港中文大學出版社，1982 年，第 116 頁。
〔註 33〕沈寂：《陳獨秀傳論》，安徽大學出版社，2007 年，第 306 頁，原載《陳獨秀研究第一輯》，經修正收入《傳論》。
〔註 34〕沈寂：《陳獨秀傳論》，安徽大學出版社，2007 年，第 384 頁。
〔註 35〕白吉庵：《章士釗傳》，作家出版社，2004 年，第 23～24 頁。
〔註 36〕張之華編：《中國新聞事業史文選》，中國人民大學出版社，1999 年，第 107 頁。

也認同張之華的觀點〔註37〕。

　　本書稿通過比對《國民日日報》（彙編本）的「社說」、章士釗擔任《蘇報》主筆時期《蘇報》的「論說」，以及劉師培、林白水兩人在《中國白話報》所刊的相關文章，認為《發刊詞》應由陳獨秀、章士釗合撰，《近四十年世風之變態》《論增祺被拘》等兩篇「社說」應出自陳獨秀之手。〔註38〕指出這三篇文字所具有的陳獨秀的思想印跡，為研究陳獨秀的傳播思想提供「可靠」的文本。

（一）《發刊詞》應為陳獨秀、章士釗合撰〔註39〕

　　創刊號刊發的《發刊詞》不僅是指導辦報的綱領方針，也反映出報刊編輯的辦報理念。考證《發刊詞》的作者究竟為誰，不僅可以還原史實，也可以理清此時陳獨秀、章士釗二人的新聞理念，更可以為研究陳獨秀早期的新聞理念提供「可靠」的文獻。關於《發刊詞》的作者，多數觀點認為是章士釗，白吉庵、張之華、李開軍等人均認為《發刊詞》由章士釗所寫〔註40〕。沈寂則認為《發刊詞》應為陳獨秀、章士釗合撰〔註41〕。前一種觀點建立在章士釗作為報紙創辦人，《發刊詞》理應由章撰寫的基礎上；後一種觀點則建立在陳獨秀與章士釗一起創辦《國民日日報》的基礎上。上述觀點雖然不同，但都不是建立

〔註37〕 李開軍：《松本君平〈新聞學〉一書的漢譯與影響》，《國際新聞界》，2006 年第 1 期，第 70～73 頁。

〔註38〕 此外，《箴奴隸》為章士釗所做，《說君》為張繼所作經章士釗潤色發表，章士釗、張繼分別「認領」了這兩篇文字。參見章士釗：《疏黃帝魂》，《辛亥革命回憶錄》第一冊；張繼《張繼回憶錄》。《道統辨》應為劉師培所做。萬仕國認為，此文所論孔子為學術家而非宗教家，崇奉孔子由於國家攻令等觀點，與劉師培《孔教與中國政治無涉》、《讀某君孔子生日演說稿書後》同；關於「道」字之義，與《倫理教科書》第一冊第十七課「說道」同，所以「疑為劉師培所作」。（見萬仕國輯校《劉申叔遺書補錄》，廣陵書社，第 58 頁）此外，從使用的論據來看，劉師培此時在《國民日日報》以及稍後《警鐘日報》（初為《俄事警聞》）以及《中國白話報》的文章，其用於論證的思想資源都來自於中國傳統的思想資源，這與陳獨秀所使用的論證資源是迥然不同的。以此即可斷定《道統辨》決不是陳獨秀的文章。

〔註39〕 原文刊發在《新聞春秋》2014 年第 3 期第 10～16 頁。

〔註40〕 白吉庵：《章士釗傳》，作家出版社，2004 年版，第 23～24 頁；張之華編：《中國新聞事業史文選》，中國人民大學出版社，1999 年版，第 107 頁；李開軍：《松本君平〈新聞學〉一書的漢譯與影響》，《國際新聞界》，2006 年第 1 期，第 70～73 頁。

〔註41〕 沈寂：《陳獨秀傳論》，安徽大學出版社，2007 年版，第 306 頁注釋 4。

在細緻的文本比較的基礎上，猜想成分居多。本書稿通過比較分析相關文本，認為《發刊詞》應為陳獨秀、章士釗合撰。

對《發刊詞》作者的考證分為三部分：第一部分對《發刊詞》表述的新聞理念進行分析，指出《發刊詞》中部分新聞理念來源於松本君平的《新聞學》及梁啟超的三篇文章；第二部分比較分析陳獨秀、章士釗創辦《國民日日報》前已有的新聞理念，指出《發刊詞》中部分內容暗合陳獨秀的理念，與章士釗則存在差異；第三部分比較陳獨秀、章士釗接觸松本、梁氏二人相關論著的可能性，指出相較於章士釗，陳獨秀接觸相關論著的可能性更大。

1.《發刊詞》對松本、梁啟超二人新聞觀念的引述

（1）《發刊詞》表達的新聞理念及對報界現狀的描述〔註42〕

《發刊詞》作為指導辦報活動的方針，反映了作者的新聞理念，文中必然運用相關新聞理論作為論據，也必然對報界現狀進行描述。《發刊詞》中涉及的新聞理念及對報界現狀的描述主要體現在以下幾方面：

第一、輿論（言論）為一切事業之母的輿論觀

文中有三處類似的表述：「輿論者，造因之無上乘也，一切事業之母也。故將圖國民之事業，不可不造國民之輿論。」「如林肯為記者，而後有釋黑奴之戰爭，格蘭斯頓為記者，而後有愛爾蘭自治案之通過。言論為一切事實之母，是豈不然。」「雖然，言論者必立於民黨之一點而發者也。有足為事實之母之言論，必先有為言論之母之觀念。」

以上表述時用「輿論」，時用「言論」，雖然表達的意思基本一致，即輿論（言論）為一切事業之母，但「輿論」與「言論」的混用，表明這篇發刊詞應由報刊同人合作完成。

第二、「第四種族」說

《發刊詞》對「第四種族」進行了詳細的闡述。首先對「第四種族」做了界定，所謂「第四種族者」，是「對於貴族、教徒、平民三大種族之外」，而「另成一絕大種族者」，亦即「由平民之趨勢，透迤而來；以平民之志望，組織而成，對待貴族而為其監督，專以代表平民為職志」的所謂「新聞記者」。在此基礎上，《發刊詞》論述了「第四種族」與「輿論」的關係，「第四種族」為「一切言論之出發地」，「輿論」由「第四種族」「屍之」，「自十九世紀歐洲有所謂

〔註42〕 本部分所有引文部分的文字均出自《國民日日報發刊詞》，《國民日日報》，1903年8月7日。

第四種族之新產兒出世，而輿論乃大定。」

《發刊詞》還論述了「第四種族」的產生條件及其與「平民種族」的關係。「第四種族」必待「貴族與平民之界既分」，「平民得與於三大種族之列」，然後依「平民多數之志望」，「併合發表」，於是平民也得「足以抵抗貴族教會而立於平等之地位」。關於第四種族與平民種族的關係，文中作了這樣的論述：「新聞學之與國民之關切為何如，故記者既據最高之地位，代表國民，國民而亦即承認為其代表者。」此處把「新聞學」與「國民」的關係等同於「第四種族」與「平民」的關係，表明作者認為「第四種族」與「新聞學（實指新聞界——筆者注）相同」，「平民」與「國民」相同。

《發刊詞》還批評了中國第三種族與第四種族的現狀，「中國民族之歷史，言之實可醜也……至於今日……號稱數萬萬，寧可當歐洲第三種族之一指趾哉？第三種族於沉淪，至於此極；而望第四種族之間起而勃興，胡可也！然第三種族之沉淪，至於此極，而不升高以望第四種族之間起而勃興，又胡可也！」上述批評性表述，其目的在於闡述報紙的宗旨，「願作彼公僕，為警鐘適鐸，日聒於吾主人之側……」

第三、「國民嚮導」說

《發刊詞》還表達了「嚮導國民」的志向，「嗚呼！中國報業之沿革如是，國民之程度如是，而欲蔚成一種族，吸取民族之暗潮，改造全國之現勢，其殆不能乎？其殆不能乎？故以吾《國民日日報》區區之組織，詹詹之小言，而謂將解脫「國民」二字，以餉我同胞，則非能如裁判官，能如救世主（松本君平之所頌新聞記者），誠未之敢望。……以此報出世之期，為國民重生之日。」作者認為，以區區《國民日日報》之詹詹小言，雖然努力解脫「國民」、嚮導「國民」，但不敢奢望做到松本君平稱讚記者像裁判官，如救世主的地步。

第四、對中國報業沿革的批評性表述

《發刊詞》還對中國此前30年報業發展做了批評性的回顧，「中國之業新聞者，亦既三十年，其於社會有一毫之影響與否，比可驗之今日而知之者也。有取媚權貴焉者！有求悅市人焉者；甚有混淆種界，折辱同胞焉者。求一注定宗旨，大聲疾呼，必達其目的地而後已者，概乎無聞。有之，則又玉碎而不能瓦全也。」這種批評性的回顧，是為了表明中國報業不盡如人意，其目的在於表明該報的堅定宗旨。

（2）松本君平、梁啟超二人相關新聞理念的論述

此處主要對松本的《新聞學》以及梁啟超《清議報一百冊祝辭並論報館之責任及本報館之經歷》（簡稱《祝辭》）、《輿論之母與輿論之僕》（簡稱《輿論》）、《敬告我同業諸君》（簡稱《敬告》）等三篇文章進行分析。依據在於，上文舉列的《發刊詞》中相關新聞理念與上述兩人的著述關係密切，部分內容甚至為直接引用〔註43〕。

第一、《新聞學》對「第四等級」及相關論述

松本在《新聞學》第一章「第四種族之發生」中，專門論述了第四等級的發生，原文如下：

> 第四種族者何謂也？貴族、僧侶（歐西之教徒）、平民，為構成國家之三大種族。而其稱第四種族者，發生於近世紀，而為社會之一大現象，一大革命家。其職任既非如貴族之誇耀人爵，又非如教徒之祈福未來，且非如平民之行尸走血，隸馬奴牛。彼蓋以明敏之才幹，靈秀之神經，握區區一管，以指揮三大種族之趨向，即構成國民之三大階級，而有天賦與使命之大種族也。其種族為何？即指新聞記者之一種族而已。英之普魯古氏，曾在英國下議院指新聞記者而喟然歎曰：是英國組織議會之三大種族之力（貴族、僧侶、平民），而有最偉大勢力之第四種族也！今者，無論貴族也、僧侶也、平民也，皆不得不聽命於此種族之手。彼若預言，則可以徵國民之運命；彼若裁判，則可以斷國民之疑獄；彼若為立法家，可以制定律令；彼若為哲學家，可以教育國民；彼若為大聖人，可以彈劾國民之罪惡；彼若為救世主，可以聽國民無告之痛苦，而與以救濟之途。其視力所及，皆有無窮之感化，此新聞記者之活動範圍也。〔註44〕

> 近世新聞紙，所以有此大力者，蓋以新聞為輿論之引火線，而又為輿論之製造器也。故國民之意見，常隨有卓識之新聞記者為轉移。以是其一抑一揚，足以決彼等運命之浮沉；其一毀一譽，即可

〔註43〕需要指出的是，此處對上述松本君平、梁啟超著述的分析僅涉及與《發刊詞》內容相關的部分。

〔註44〕松本君平：《新聞學》，余家宏、寧樹藩、徐培汀、譚啟泰編著：《新聞文存》，中國新聞出版社，1987年，第9頁。

為最後輿論之宣告也。〔註45〕

該書《敘論》「近世文明與新聞之德澤」中，還有如下論述：

> 若夫乘此潮流，漲進之，充足之，喚發人類思想之自由，益助此文運進步者，則惟近世之新聞事業也。然新聞之於社會，所以有此猛大勢力者，全在創立近世文明之基礎與發達思想之自由，而使之永進化而不止。是則新聞之與社會，相為因緣。社會之進運日益強大，而新聞之發達，已從可知也。〔註46〕

此外，該書《原序》〔註47〕中，還有相關文字論述此點：

> ……今也新聞紙，至能奪此能力。……此果何故耶？曰：在平民時代，不外代表國民中最聰強、最高尚之思想感情而已。蓋平民時代者，非謂以多數人民之意見為國政之標準，乃以國民中之最聰強、最高尚之思想感情，為多數國民之嚮導，且由其力而可疏通國政也。……曰言之，則新聞紙即國民之本身也。〔註48〕

由上可知，松本的《新聞學》較為詳細地論述了「第四等級」（新聞記者）的定義、產生時間及作用，《序論》則闡釋了近世文明與新聞業之關係，認為兩者相互因緣，互為漲進。該書所附《原序》則特別強調了「平民時代」記者可為多數國民之嚮導的重要性。

第二、《祝辭》有關「第四階級」的論述

梁氏的三篇文章只有此文論述了「第四階級」，內容如下：

> 清議報之事業雖小，而報館之事業則非小，英國前大臣波爾克，嘗在下議院指報館記事之席而歎曰：「此殆於貴族教會平民三大種族之外，而更為一絕大勢力之第四種族也」（英國議員以貴族、教徒、平民三階級組織而成，該英國全國民實不外此三大種族而已。）日本松本君平氏著《新聞學》一書，其歌頌報館之功德也，曰：「彼如

〔註45〕松本君平：《新聞學》，余家宏、寧樹藩、徐培汀、譚啟泰編著：《新聞文存》，中國新聞出版社，1987年，第12頁。

〔註46〕松本君平：《新聞學》，余家宏、寧樹藩、徐培汀、譚啟泰編著：《新聞文存》，中國新聞出版社，1987年，第7頁。

〔註47〕根據《原序》一文末段「我友松本世民君，少有大志，慧才能文。……此書乃其在政治學校中所講演者……余故為之敘述，已告天下」，可知該序為松本的友人所寫。

〔註48〕松本君平：《新聞學》，余家宏、寧樹藩、徐培汀、譚啟泰編著：《新聞文存》，中國新聞出版社，1987年，第3頁。

預言者，謳國民之運命；彼如裁判官，斷國民之疑獄，彼如大立法家，制定律令。彼如大哲學家，教育國民。彼如大聖賢，彈劾國民之最惡。彼如救世主，察國民之無告苦痛而與以救濟之途。」……無他，思想自由、言論自由、出版自由，此三大自由者，實為一切文明之母。

　　歐美各國之大報館，其一言一論，動為全世界人之所注觀所聳聽，何以故？彼政府採其議以為政策焉，彼國民奉其言以為精神焉，故往往有今日為大宰相大統領，而明日為主筆者。亦往往有今日為主筆，而明日為大宰相大統領者。美國禁黑奴之盛業何自成乎？林肯主筆之報館為之也。英國愛爾蘭自治案何以通過乎？格蘭斯頓主筆之報館為之也。……〔註49〕

比較該文與《新聞學》的論述，可知梁文關於「第四階級」的論點來源於松本，但梁文對「第四等級」的論述則非常簡單，且用「報館」代替「新聞記者」，把《新聞學》中對「新聞記者」的稱讚改為對「報館」的稱讚，這種替代反映了在梁的意識中，「新聞記者」與「報館」為同一指稱。梁文又以林肯、格蘭斯頓為例論證歐美報館言論的重要性，這兩個事例是《新聞學》所沒有的〔註50〕。值得注意的是，梁文提出了「思想自由」、「言論自由」及「出版自由」，「實為一切文明之母」的觀點。

第三、《輿論》對「輿論之母」的論述

梁氏在該文中，論述了「輿論之母」與「輿論之僕」的辯證關係，內容如下：

　　彼其造輿論也，非有所私利也，為國民而已。苟非以此心為鵠，則輿論必不能造成。彼母之所以能母其子者，以其有母之真愛存也。母之真愛其子也，恒願以身為子之僕。惟其盡為僕之義務，故能享為母之利權。……故世界愈文明，則豪傑與輿論愈不能相離。然則欲為豪傑者如之何？曰：其始也，當為輿論之敵；其繼也，當為輿論之母；其終也，當為輿論之僕。敵輿論者，破壞時代之事業也；

〔註49〕　梁啟超：《清議報一百冊祝辭並論報館之責任及本報館之經歷》，《清議報》，第100期，1901年12月。
〔註50〕　《原序》中也舉了格蘭斯頓的事例，但是所作的貢獻則是意大利的獨立，這與梁文中格蘭斯頓對愛爾蘭的貢獻是根本不同的。見松本君平《新聞學》第4頁。

> 母與論者，過渡時代之事業也；僕與論者，成立時代之事業也。〔註 51〕

這段文字辯析了輿論之母與輿論之僕的關係，但此處的「輿論之母」概念與上段「『思想自由』、『言論自由』以及『出版自由』，實為一切文明之母」的觀點是不同的，「輿論之母」指向豪傑（或進步報館）；「文明之母」則指向「三大自由」。

第四、《敬告》對報館「兩大天職」的論述

梁氏在本文論述了報館具有監督政府、嚮導國民等兩大天職的觀點：

> 所謂監督政府者何也？……輿論無形，而發揮之代表之者，莫若報館，雖謂報館為人道之總監督可也。……而報館者即據言論出版兩自由，以實行監督政府之天職者也……拿破崙嘗言：「有一反對報館，則其勢力之可畏，視四千枝毛瑟槍殆加甚焉。」……報館者，非政府之臣屬，而與政府立於平等之地位者也。……故報館之視政府，當如父兄之視子弟，其不解事也，則教導之；其有過失也，則撲責之，而豈以主文譎諫畢乃事也。……
>
> 所謂嚮導國民者何也？……要之以嚮導國民為目的者，則在史家謂之良史，在報界謂之良報。……報館者，救一時明一義者也。故某以為業報館者既認定一目的，則宜以極端之義論出之，雖稍偏稍激焉而不為病……大抵報館之對政府，當如嚴父之督子弟，無所假借。其對國民，當如孝子之事兩親，不忘幾諫，委曲焉，遷就焉，而務所以喻親於道，此孝子之事也。〔註 52〕

（3）《發刊詞》與松本、梁氏相關論述的比較

對比《發刊詞》與松本、梁氏的相關表述，可知《發刊詞》的相關表述來自松本與梁氏。因此，可以做這樣的推論——上述兩人的論述為《發刊詞》提供了理論來源，《發刊詞》作者應該讀過上述兩人的著述。當然，《發刊詞》的相關表述與松本、梁氏仍存有一些不同。

第一、《發刊詞》對松本「第四階級」說進行了「發揮」

《新聞學》雖然論述了「第四等級」（新聞記者）的定義、產生時間及作用，但沒有交代「第四種族」產生的原因。該書所附《原序》對「平民時代」

〔註 51〕梁啟超：《輿論之母與輿論之僕》，《新民叢報》第 1 號，1902 年 2 月。
〔註 52〕梁啟超：《敬告我同業諸君》，《新民叢報》第 17 號，1902 年 10 月。

的強調雖可理解為平民時代是新聞記者（第四階級）產生的重要背景，但通觀
《新聞學》，松本沒有對「第四種族」的產生作闡釋〔註53〕。《發刊詞》則指出，
「第四種族」即所謂「新聞記者」，「第四種族」是由「平民之趨勢，透迤而來」，
「以平民之志望，組織而成」，其職業志向為監督貴族、代表平民。《發刊詞》
還認為，第四種族的產生必待「貴族與平民之界既分」，「平民得與於三大種族
之列」，然後依「平民多數之志望」，「併合發表」而為「第四種族」，於是平民
也得「足以抵抗貴族教會而立於平等之地位」。

　　應該說，這種關於「第四等級」形成的解釋是不科學的，但反映出作者嘗
試運用域外新聞理論觀照中國現實問題的努力。如果考慮到清末社會語境下
「國民」與「平民」的同構性，這種解釋也有一定的合理性，而且在民族危亡
時期，「第四種族」與「平民」關係確實很密切，清末中國尤其如此。因此，
《發刊詞》雖引用了松本「第四等級」的理論，但卻多有發揮。

　　第二、輿論（言論）之母的論說與松本、梁氏論述的差異

　　上述松、梁二人的著述均對輿論的強大力量表示了膺服，如松本「故國民
之意見，常隨有卓識之新聞記者為轉移」的表述，梁氏「歐美各國之大報館，
其一言一論，動為全世界人之所注觀所聳聽」以及報館通過輿論手段監督政
府、嚮導國民兩大「天職」說等表述。兩人也都論述了新聞與文明的關係，松
本認為近世文明與新聞業互為因緣，相互漲進；梁啟超則進一步認為，「思想
自由、言論自由、出版自由」，「實為一切文明之母」。可以說，梁氏的觀點是
從松本的觀點發展而來，但兩人均沒有明確提出「輿論（言論）為一切事業之
母」的觀點。

　　梁氏與《發刊詞》均使用了林肯、格蘭斯頓的例證，但兩者論證的觀點是
不同的。梁氏的目的在於闡述「歐美各國之大報館，其一言一論，動為全世界
人之所注觀所聳聽」的原因；《發刊詞》則是為了得出「言論為一切事實之母」
的結論。因此，《發刊詞》「輿論（言論）為一切事業（事實）之母」的觀點，
雖源自松本與梁氏的相關著述，但內涵卻存在很大差異。儘管《發刊詞》的觀
點還比較模糊，比如「輿論」與「言論」不分、「事業」與「事實」混用，但

〔註53〕　這裡僅是就「第四種族」而言，並不針對「新聞業」（新聞事業）。《新聞學》
　　　　一書中對「新聞業」生成的原因作了詳細交待，對「第四種族」（新聞記者）
　　　　的產生則沒有交代，似乎認為「新聞業」的生成原因與「第四種族」形成的原
　　　　因是相同的，故沒有特別交待。

這一觀點本身蘊涵的含義已經超出上述二人的相關論述。

由上述分析可知，《發刊詞》作者不僅讀過上述松本、梁氏的相關著述，而且進行了深入地思考。

2. 創辦《國民日日報》前，陳獨秀與章士釗各自的新聞理念

創辦《國民日日報》前，陳獨秀與章士釗均發表過能反映其新聞理念的文字，這為比較兩人的新聞理念提供了可能〔註54〕。

（1）陳獨秀創辦《國民日日報》前的相關新聞理念

陳獨秀在參與創辦、編輯《國民日日報》之前，雖沒有辦報，但卻留有相關報刊言論文字。如第二次演說會期間，發表於《蘇報》，署名為「皖城愛國會同人」的《開會之啟》中即有「思想言論，事實之母」的文字〔註55〕，這八字與《發刊詞》中「輿論者，造因之無上乘也，一切事業之母也」，「有足為事實之母之言論，必先有為言論之母之觀念」暗合。此外，在陳獨秀擬定的《安徽愛國社擬章》中「本社既名愛國，自應遵守國家秩序，凡出版書報，惟期激發志氣，輸灌學理，不得訕謗詆毀，致涉叫囂」〔註56〕的論述與《國民日日報》1903 年 10 月 21 日所刊《近四十年世風之變態》〔註57〕一文對《清議報》、《新民叢報》所使用「揭」、「攻」、「詆」、「罵」、「嗤」、「眈眈」等詞所持的批判態度是一致的。第一點表明了陳獨秀在《國民日日報》之前即有「思想言論，事實之母」的觀點，後一點表明陳獨秀對《清議報》、《新民叢報》作了批判性的閱讀。

（2）章士釗創辦《國民日日報》前的相關新聞理念

章士釗在創辦《國民日日報》之前，曾任《蘇報》主筆。作為《蘇報》主筆，以下三篇論說極有可能是章士釗所寫，即使不是其所寫，文章觀點也為其贊同，反映了他的新聞理念〔註58〕，具體如下：

論湖南官報之腐敗（5月26日）

報館者，發表輿論者也。……於是業報館者，以為之監督……此報館之天職也……吾為此言，非謂官場人人與國民反對，事事與國民反對也，若以報館而論，則官場視之當如神聖不可侵犯，而業報館者之應付官場，當如嚴父之教訓其劣子，絲毫不肯放過，則豈有官場與報館合而為一者哉，以泰西憲法之精美權限之確立，而□報館猶視為絕大之監督，拿破崙曰，有一反對報館其勢力之可畏，比四千枝毛瑟槍尤甚焉……

報也者，文明之現象也，報歸官辦，文明國之所絕無者也，文明國之所無，野蠻國或有之。今吾國既出此野蠻之報，然則報尚得謂之文明之現象耶，嗚呼……

論報界（6月4日）

……夫報館者，與社會為轉移者也……雖然以社會之進步為報館之進步，非報館之性質也。報館之性質，乃移人，而非移於人者也，乃監督人而非監督於人者也。唯有此性質是必出其強硬之手段，運其靈敏之思想，無所曲循，無所瞻顧，對於政府為唯一之政監，對於國民為惟一之鄉道，然後可以少博其價值，而有國會議院之傾向。

吾國報館之無價值久矣，遷就於官場，遷就於商賈，遷就於新舊黨之間，下至遷就於蕩子狎客，而稍有不用其遷就者，必生出種種之反對，反對尤甚，莫如官場，以其性質本不倫，而今日又報界黑暗官場婪戾之時代……

讀新聞報自箴篇（6月30日）

今者若朝若野均有其捕拿革命之好名詞。以圖升遷，以謀異賞。而為此時代之交通機關者，實惟報章與新舊有直接之關係者。……吾於是淨矚中國有名之報章，察其宗旨之果堅定與否。□論之果足助長風潮與否，而不得不放聲為報業哭……

細讀上述三篇論說，可以發現，章氏的持論與梁氏的論點有膠合之處，而且主要來源於梁氏的《敬告》，其對報刊監督政府的觀點以及所引拿破崙的言論，均表明《敬告》一文對章氏的影響。章氏對其時報業現狀的批評也源自於梁文，當然章文對報業現狀的批評顯然比梁文有所發展，而且與《發刊詞》中

對報界現狀的批評相合。但是就《發刊詞》中最為重要的「第四等級」與「輿論（言論）為一切事業之母」的論點，則無一筆。這說明章士釗此時（1903 年6 月）只受到了梁氏《敬告》一文的影響，似乎他只閱讀了《新民叢報》，而沒有閱讀過《清議報》與《新聞學》。

由上可知，章士釗肯定參與了寫作，而《發刊詞》部分內容也暗合陳獨秀的理念。

3. 相較章士釗，陳獨秀接觸松本、梁啟超相關著述的可能性更大

前文第一部分指出，《發刊詞》的作者應該閱讀過松本、梁氏的相關著述。第二部分則從理論上證明陳獨秀參與寫作《發刊詞》是可能的，而章士釗則肯定參與了《發刊詞》的寫作。然而，這還不能排除章士釗獨撰的可能性。如果章士釗在《蘇報》停刊至《國民日日報》創刊的短短一個月內，閱讀了松本、梁氏的新聞著述，就有可能排除陳獨秀參與寫作的可能性。以下即對陳、章二人接觸松本、梁氏著述的可能性進行分析，以此論證陳獨秀參寫的可能性。

（1）兩次留日讓陳獨秀具備了閱讀松本、梁氏著述的可能性

陳獨秀第一次留學日本是在 1901 年 11 月，到東京後，陳獨秀就參加了當時留學生中唯一的團體「勵志會」，而「勵志會」即有專門的「譯書彙編社」，出版《譯書彙編》月刊〔註59〕。該刊第七期（1901 年 7 月 30 日）所載「已譯待刊書目錄」中，第 23 種即為松本的《新聞學》。然而《新聞學》一書最終未刊載，陳獨秀也因政見不一退出了「勵志會」。因此，沒有直接證據證明陳獨秀在日本讀過《新聞學》。然而相較於章士釗，陳獨秀畢竟近水樓臺，而且陳獨秀對西學有著濃厚的閱讀興趣。1902 年 3 月在安慶發起藏書樓，該藏書樓被安慶官方及保守派稱為「西學藏書樓」，所藏書籍也是陳獨秀第一次留日期間收集的西學書籍〔註60〕。不僅如此，陳獨秀此時辦報願望強烈，1902 年曾擬辦《愛國新報》，1903 年再次表達了創辦報紙的願望。因此，留日期間閱讀《新聞學》是極有可能的事。

梁啟超作為近代知識分子的先覺者、啟蒙者，其創辦的《清議報》、《新民叢報》均在日本發行，且在留學生中間具有很大的影響。上述梁氏的三篇論述

〔註59〕 「譯書彙編社」是由 1900 年成立的留日中國學生組織「勵志會」發起的第一個留學生譯書團體，同年 12 月，《譯書彙編》月刊刊行。
〔註60〕 王觀泉：《被綁的普羅米修斯——陳獨秀傳》，臺灣業強出版社，1996 年，第75 頁。

刊發時間分別為，《祝辭》（《清議報》第 100 期，1901 年 12 月），《輿論》（《新民叢報》第 1 號，1902 年 2 月），《敬告》（《新民叢報》第 17 期，1902 年 10 月）。上述文章發表時，陳獨秀恰在日本留學。因此，陳獨秀閱讀《清議報》、《新民叢報》也是完全可能的。

（2）章士釗接觸松本《新聞學》、梁啟超《清議報》的可能性較小

由前述章士釗在《蘇報》上發表的論說可知，章氏接受了梁啟超在《敬告》中提出的新聞觀點。然而章氏是否在此之前接觸過梁氏其他兩篇論說呢？是否閱讀過松本的《新聞學》呢？又是否可能在短短的一個月內就接受了松本、梁氏的新聞觀點並有所創造發揮呢？

松本的《新聞學》雖由商務印刷館在 1903 年印行，但大範圍的發行、形成影響則應在 1904 年〔註 61〕，而章氏民元前的辦報活動則主要集中於 1903 年。因此，理論上章氏是有可能看到《新聞學》，但是如果考慮到在短短的一個月內，閱讀、接受《新聞學》，進而有所創造發揮，實現思想資源的轉變，這種可能性則是微小的。

《蘇報》案的發生，章士釗義兄章炳麟、義弟鄒容作為主犯牽涉其中，章氏必須出手營救，《國民日日報》對「沈藎案」的高度關注即是章氏出於營救章、鄒二人的考慮。不僅如此，按照白吉庵在《章士釗傳》中的論述，《蘇報》被封後，章即從事「實際工作，又開始與黃興加強聯繫，計劃如何開展革命工作」。他是在送走黃興後，才刊行《國民日日報》。而且即使在編輯《國民日日報》期間，章士釗還「抽出時間，去推行他與黃興議定好在南京方面的工作」〔註 62〕。可以說，《國民日日報》創刊前後章士釗都在從事「實際工作」。這種情況下，用不到一個月的時間完成思想資源的轉換，由關注報館轉向關注記者，是有困難的，況且《新聞學》的大範圍傳布則是在 1904 年。因此，章士釗在創辦《國民日日報》前，閱讀松本的《新聞學》並進而有所發揮是有困難的。

那麼，章士釗是否閱讀過《祝辭》、《輿論》兩篇文章呢？這種可能性也是

〔註 61〕 這可從該書的廣告發布情況反映出來，1904 年 3 月 11 日《東方雜誌》創刊號刊登的新書廣告，1904 年 5 月 23 日《申報》及之後若干期所刊登的商務印書館售書廣告，1904 年 6 月 28 日《大公報》及此後若干期刊登的新書廣告都有該書書目。以上數據來源於李開軍：《松本君平〈新聞學〉一書的漢譯與影響》，《國際新聞界》，2006 年第 1 期，第 70～73 頁。

〔註 62〕 白吉庵：《章士釗傳》，作家出版社，2004，第 33～34 頁。

微弱的。如前所述，上述兩篇文章分別發表於《清議報》（1901 年 12 月 21 日）和《新民叢報》（1902 年 2 月 8 日），《敬告》一文則發表於 1902 年 10 月第 17 期。需要指出的是，《敬告》與《輿論》發表時間相隔八個月，而且《新民叢報》一經創刊旋即取代《清議報》成為新型知識分子閱讀的主要刊物。

章士釗則於 1902 年 3 月才東下南京，同年夏入讀江南陸師學堂，1903 年 4 月退學赴上海參加愛國學社，5 月任《蘇報》館主筆〔註63〕。東下南京前，章主要忙於生計，因而章士釗讀到《清議報》的機會非常微小，1901 年 12 月《清議報》即因火災而關張，新刊的《新民叢報》旋即取代了《清議報》的地位。入讀南京陸師學堂期間，章士釗是有可能閱讀《新民叢報》的〔註64〕，但讀過《新民叢報》並不意味著也看過《清議報》，甚至也不意味著讀過《新民叢報》創刊號。事實上，章士釗刊發於《蘇報》的論說在顯示梁氏《敬告》一文影響的同時，也透露出他沒有讀過《祝辭》一文。《蘇報》論說中用拿破崙的話作為例證與《發刊詞》中用格蘭斯頓、林肯作為例證，也可以證明這一點。更何況，退學去滬後的章士釗全力投入書報宣傳工作，在這種情況下，章氏能否重翻已經「落伍」的《清議報》是大可懷疑的。

由上可知，相較於章士釗，陳獨秀不僅有可能接觸松本、梁氏的相關著述，而且也有「充裕」的時間「改造」松本、梁氏的論點。

儘管沒有確切「史實」來「坐實」陳獨秀與章士釗合撰了《發刊詞》，但是通過對相關文本的比較分析，可以認為陳獨秀參與了《發刊詞》的寫作。這種討論是必要的，既有利於接近歷史的本來面目，也有於辨清陳、章二人的報刊主張，更有利於研究陳獨秀早年的報刊實踐及新聞思想。

（二）《近四十年世風之變態》為陳獨秀所寫

1. 文章內容更符合陳獨秀該時期的思想主張

這是一篇具有現代媒介批評色彩的文字，文字是在「思想言論，事實之母」的視角下，對「過渡時代的思想言論」進行考察的，認為《格致彙編》、《經世文續編》、《盛世危言》、《時務報》、《清議報》以及《新民叢報》等書報倡導的思想言論，帶來了愈發悲慘的社會現實，即「由製造以至洋務，吾民之脂膏被

〔註63〕白吉庵：《章士釗傳》，作家出版社，2004，第 426 頁。
〔註64〕雖然南京陸師學堂規定不准閱讀《新民叢報》等新書報，但這種規定本身即證明了《新民叢報》在進步學生中的流行情狀。此處史實參見白吉庵：《章士釗傳》，作家出版社，2004，第 10 頁。

人吸去者幾何，吾民之土地被人轉贈朋友者幾何；由洋務而時務而變法而保皇而立憲，吾民之脂膏被人吸去者幾何，吾民之土地被人轉贈朋友者幾何」〔註65〕。這篇文章批評的對象是過去的「歷史事實」，對「製造」、「洋務」有所批判，但這些都是過去的「政象」，早已成為政界的反思對象。而康梁此時仍為清政府的緝拿對象，對梁啟超維新派的報刊實踐進行批判也與批評「時政」無涉。因此，該文雖是一篇批判文章，但並不是一篇「激烈」文章，而且該文最終的立腳點並不是革命排滿，而是憂國憂民的人道主義情懷。

　　如前所述，兩次演說會的宗旨都是愛國拒俄，革命排滿不是陳獨秀的志趣。不寧唯是，陳獨秀還表現出了對國家秩序的服從，《安徽愛國社擬章》已經表明陳獨秀追求的報刊實踐，是在遵守國家秩序的前提下進行的，強調激發志氣，灌輸學理，反對訕謗詆毀，致涉叫囂。如前所述，清政府對拒俄運動的「不當處理」，促使了一部分知識精英的革命轉向，章士釗、劉師培、張繼、林獬等人為典型代表，這從他們的報刊言論中，可以輕鬆的尋找到這種轉變的思想軌跡。如章士釗、張繼在《蘇報》上進行的革命排滿的宣傳，劉師培、林獬兩人從《國民日日報》到《警鐘日報》再到《中國白話報》，態度愈趨「激烈」，劉師培更被稱為「激烈第一人」。反觀陳獨秀，不僅參與《國民日日報》之前強調書報出版應該遵守國家秩序，其後創辦的《安徽俗話報》也沒有出現反清排滿的「激烈」言論。因此，從文章的思想內容來看，在上述諸人中，陳獨秀寫作的可能性最大。

　　此外，另有一些文詞字句也顯示出該文為陳獨秀所作。如首段「過渡時代之中，必有無量之思想以胚胎之，必有無量之言論以醞釀之，而此思想言論也，即為其事其物之母，其言論其思想不可不察。」末段「雖然言論者事實之母也，吾民族無有此進步之世風則已也……以言現今之趨勢，則另有說。」首末兩段出現的「思想言論」的字句，無疑與署名為「皖城愛國會同人」的《會啟》中「思想言論，事實之母」的觀點是相合的。末段中「以言現今之趨勢，則有另說」的寫作文風，早在《揚子江形勢論略》即已出現，該文即有「湖中水師當另議」；《安徽愛國社擬章》中也有「出報，另具專章」，這些「另議」、「另說」、「另具」的文字都只是計劃而已，並沒有完成，至少目前沒有相關存世文字，而且根據筆者對《國民日日報彙編》所收「論說」的閱讀，章士釗、劉師培、

<hr>

〔註65〕《近四十年世風之變態》，《國民日日報》，1903 年 10 月 21 日，這一部分引文的文字均出自該文。

張繼所撰的論說沒有這個特點〔註66〕。

最為重要的是，該文部分段落的遣詞造句及表達的主張符合陳獨秀的報刊傳播思想。陳獨秀在《安徽愛國社擬章》中強調了「不得訕謗詆毀，致涉叫囂」，但他本人並沒有對「訕謗詆毀，致涉叫囂」提供具體的例證。四個月後，《國民日日報》發表的《近四十年世風之變態》則提供了「訕謗詆毀，致涉叫囂」的具體例證，該文「清議報之世風」一段，「設清議報館以標其宗旨，康門弟子，乃收束其張三世通三統之門面語，而重張旗幟。三年之中，百號之內，有日日不可缺之述說焉，一揭宮中之淫事，以垂簾故；二攻榮祿之奸惡，以軍機大臣故；三詆剛毅之橫暴，以南下故；四罵張之洞之無知，以殺唐才常故；五嗤端莊之冥頑，以立大阿哥故」，「新民叢報之世風」一段，「嗚呼，彼自稱中國新民者，日在風潮漩渦之中，豈特為是聒聒者耶？吾人鑒其苦心孤詣，其見識真加人一等者。有數故焉，一聯合舊交（戊戌間所共事者）；二聯合立憲（如東京學生金邦平、吳止欺、章仲和之類）；三恐失保皇；四恐懼孫黨；五服康先生。若夫散佈南海先生最近政見書，則又彼秘密出版之妙策也」，上述引文中所用的「揭」、「攻」、「詆」、「罵」、「嗤」、「聒聒」、「恐」、「散佈」等詞無疑最合「訕謗詆毀，致涉叫囂」。

2. 相較於其他報刊同人，陳獨秀撰寫此文的可能性最大

上述引文還表明該文作者是讀過梁啟超創辦的《時務報》、《清議報》、《新民叢報》，而且這種讀報行為不是簡單的閱讀，而是一種深度閱讀，一種批判性的閱讀。不光如此，上述引文對「如東京學生金邦平、吳止欺、章仲和之類」的點名批評，透露出讀者熟知梁啟超與留日學生的「聯合」行為。亦即寫作該文還要具備兩個條件，一是「熟讀」梁啟超創辦的《時務報》、《清議報》、《新民叢報》，二是「熟知」梁啟超在日本的行為。

儘管馮自由關於《國民日日報》的描述多有謬誤，但他提供了一份先後為報紙撰文的重要名單，即章士釗、張繼、何靡施、盧和生、陳去病、蘇曼殊、陳由己、金天翮，柳棄疾諸人。此外還要加上劉師培與林獬，這兩人肯定參與了報紙的文字工作。這份名單中，此時有留日經歷的只有陳獨秀（由己）、張繼、蘇曼殊、林獬、陳去病五人，其他幾人尚沒有留日經歷。上述人中，盧和生為發行人，陳去病、金天翮、柳棄疾等人在《國民日日報》上發表了不少詩

〔註66〕需要指出的是，此處所說的章士釗、劉師培、張繼所撰的論說，或是他們本人事後「認領」的文章，或是相關研究者考證出來的文章。

作，這些詩作均有署名。蘇曼殊英文最好，漢文較弱，主要是譯報，小說《慘社會》是由蘇曼殊、陳獨秀「合作」完成。何靡施來到上海後，與陳獨秀、章士釗三人「共居一室」，應該發表了一些文章，但在章士釗創作的小說《雙枰記》及陳獨秀、蘇曼殊兩人寫的序中，以及在何死後，章、陳二人發表的悼詩中，對何靡施的寫作能力均沒有提及，與此對照的是，章、陳二人對此時蘇曼殊中文功底較弱均有文字表述。因此，這篇文章應該不是何靡施所寫。剩下的人中，只有陳獨秀、章士釗、張繼、劉師培、林獬等五人。這五人中，除了張繼之外，其他四人都是近代著名的報刊活動家，即使是張繼，此時也是一位積極的報刊著述者。在這一點上，這五人也有別於蘇曼殊、陳去病、柳亞子等人。因此，該篇文章的作者極有可能在這五人中產生。

　　上述五人中，留學日本的只有陳獨秀、張繼以及林獬三人，但陳、張兩人留學時間不僅早，而且長，林白水留學日本是在 1903 年，而且時間很短。事實上，1901 年底，陳、張二人就一起加入了第一個中國留日學生組織「勵志會」，與「金邦平、吳止欺、章仲和之類」成為同志，但不久即因意見不同，兩人又一起退出該會。因此他們是熟悉梁啟超與金邦平、吳止欺、章仲和等人的「聯合」行為。但是，兩人相較，張繼宣傳革命的熱情是有，但其文筆相對較差，陳獨秀遵守「國家秩序」，但文筆較好。

　　就章士釗、劉師培來看，《國民日日報》的創辦，章士釗開始逐漸由「激烈」轉向「舒緩」，劉師培和林白水則愈發「激烈」。目前《章士釗全集》（章含之、白吉庵主編，文匯出版社，2000）收錄《國民日日報彙編》所收的《箴奴隸》、《說君》以及《王船山史說申義》三篇論說；《劉申叔遺書補錄》（萬仕國輯校，廣陵書社，2008）收錄《國民日日報彙編》所收《論中國古代信天之思想》、《中國鬼神原始》以及《道統辨》三篇論說。這也多少表明在白吉庵、萬仕國等研究專家看來，該篇文章不合章、劉二人的寫作風格。

　　而就對梁啟超創辦的《時務報》、《清議報》、《新民叢報》等報紙的批判性閱讀來看，現有證據中，只有陳獨秀才有可能進行這種批判性閱讀。維新時期寫就的《揚子江形勢論略》不僅表明陳獨秀閱讀了《時務報》，而且這種閱讀是一種精讀，而文中只見《時務報》所刊的「白人所論」，不見梁啟超的變法思想，這也表明這種閱讀多少具有選擇性閱讀的意味。章士釗雖閱讀過《新民叢報》，但章士釗的相關論說中，透露出他對梁啟超新聞理論的膺服和崇拜，離批判的態度還有一定的距離。

綜上，根據文中的思想內容、遣詞造句以及報刊同人寫作此文的可能性，該文由陳獨秀獨撰的可能性最大。

（三）《論增祺被拘》一文為陳獨秀所寫

該文發表於 1903 年 11 月 15 日。該文分兩部分（自然段落）闡述增祺被拘的意義，第一部分為「順從外人之終不可免也」，第二部分為「政府之終不可長恃也」。這兩部分文字分別與陳獨秀參編《國民日日報》前後的報刊文字相類、相合，甚至有所生發。

1. 該文第一部分所用論據與《安徽愛國會演說》所用論據相同

該文第一部分有如下論述，「不觀夫背祖國殺同胞以圖富貴者，非波蘭之貴族乎？其後受俄人之虐待也奚若？……吾國人抱增祺之目的者，不知其幾千萬也。吾願若獻媚外人，以冀瓜分後仍得保其官祿者，若學習外國語，以冀瓜分時仰外人保護者，若入外國籍，以冀與外人得平等之權益者，若存銀於外國銀行，以冀亡國後，尚不失為富翁者，若不知愛國獨立之道，惟定計瓜分時執順民旗以偷生者。蓋鑒諸今日增祺之被拘。」〔註67〕

陳獨秀寫作的《安徽愛國會演說》中有「相似」的文字，「記此等漠視國事之徒，約分四種：第一種，平日口談忠孝，斥人為叛逆，一遇國難，則置之不問，決不肯興辦公益之事，惟思積款於外國銀行，心中懷有執順民旗降敵一大保身秒策，是為國賊，是為逆黨。是等國賊、逆黨不殺盡，國終必亡。波蘭賣國貴族私通敵兵，攻擊義師，前車可鑒也。」〔註68〕

對比上述兩段文字，可以發現這兩段文字均以波蘭貴族的賣國行為為論據，對國人存款於外國銀行，以及執順民旗的偷生苟活行為進行了批判。因此，這兩段文字所用的論據是相同的。

2. 該文第二部分的論點為《愛國心與自覺心》承繼並發展

該部分主要論述「政府之終不可長恃也」，以邊沁的「政府者，人民所立也，人民者，非政府所立也，若政府失德，不能保護人民，人民應有改造政府之權利」論點為論據，指出「夫政府者，保護人民，捍禦外敵」，方為「政治上善良之制度」。增祺被拘事件，反映了政府不能保護人民，何況當今政府外交上「割地失權」，內政上「縱吏剝民」，理財上「羅掘民脂，歲虞不足」，「國

〔註67〕 《論增祺被拘》，《國民日日報》，1903 年 11 月 15 日。
〔註68〕 《安徽愛國會演說》，《蘇報》，1903 年 5 月 26 日。

中盜賊充斥不過問」。因此，持國家萬能主義的人應該以此為鑒，亦即「時至今日，還復喪心病狂，無論何等之政府，皆視為全知全能，而蜷伏蟻行於其下，仰其保護，以為若泰山磐石之安者，蓋鑒諸今日增祺之被拘。」

應該看到，該部分文字雖然指出政府日趨腐敗，但其矛頭主要針對國民，尤其是「國家萬能主義者」，目的在於促進國民的警醒，希望國民與國家萬能主義（全知全覺）劃清界限，因而帶有啟蒙的意味，這顯然有別於其時章士釗、劉師培、林白水等人所持的「革命排滿」的「激烈」主張。

尤為重要的是，該文論點及論證方式為其後《愛國心與自覺心》所承襲並發展。《愛國心與自覺心》是陳獨秀1914年為《甲寅》月刊撰寫的唯一一篇論說。該文因為提出「殘民之禍，惡國家甚於無國家」的論點，一經發表即遭「詰問叱責」，「讀者大病，愚獲詰問叱責之書，累十餘通，以為不知愛國，寧復為人，何物狂徒，敢為是論。」〔註69〕然而，不堪形摹的時局很快讓知識精英認識到《愛國心與自覺心》一文的現實意義，於是知識界對該文的態度發生了根本逆轉。應該看到，該文既源自陳獨秀對民初社會現實的考察，也源自陳獨秀對國家、政府與國民關係的持續思考。事實上，《論增祺被拘》一文正是《愛國心與自覺心》論域的來源之一。首先，《論增祺被拘》提出的政府只有保護人民，捍禦外敵，才能成為「政治上善良之制度」的觀點，在《愛國心與自覺心》文中發展為「殘民之禍，有惡國不如無國」的論點。陳獨秀認為，國家是「為國人共謀安寧幸福之團體」，國家必須保障國民的權利，謀益人民的幸福。如果一個國家不僅做不到愛民、保民，反而日益加重人民的生活苦難，給民眾帶來人道主義災難，民眾連最起碼的生命權都無法保障，以致不得不託身租界以存活，這樣的國家既喪失了存在的合法性，也不值得國民去愛，這樣的「惡國」不要也罷。上述兩個論點雖然存在一些差異，但其前提都是一樣的，即國家應該保民、安民，只是前文點到為止，後文則以此作為「國家可愛與否的標準」。其次，這兩篇文章的寫作目的也是相似的，都是為了「警醒國民」。兩篇文章矛頭均不是指向政府，而是指向存在錯誤認知的國民，《論增祺被拘》主要針對迷信國家萬能主義（全知全能）者，《愛國心與自覺心》則針對盲動愛國主義者，兩篇文章也都表現出濃厚的啟蒙色彩。

〔註69〕《國家與我》，原載《甲寅雜誌》第1卷第8號（1915年8月10日），見章含之、白吉庵主編《章士釗全集（第三卷）》（文匯出版社，2000年）第508～517頁。

綜上，《論增祺被拘》應為陳獨秀所撰。

二、《安徽俗話報》的前期與後期、停刊與終刊

《安徽俗話報》先在安慶編輯，社址則設在蕪湖長街徽州碼頭科學圖書社，科學圖書社並承擔發行業務，上海東大陸印書局負責印刷。《安徽俗話報》於 1905 年 9 月 13 日終刊，共出版 23 期（現僅見到 1～22 期）。《安徽俗話報》可以分為前後兩個時期，在終刊之前，則經歷了三次停刊。

（一）前期與後期

《安徽俗話報》的發展可以分為前後兩個時期：前期（第 1～15 期），由於陳獨秀的專心打理，《安徽俗話報》「風行一時」、「馳名全國」〔註70〕，「僅及半載，每期從一千份增至三千份，銷路之廣，為海內各白話（報）冠」〔註71〕；後期（第 16～22 期），由於陳獨秀轉向革命，《安徽俗話報》由同人勉強支撐，「停停歇歇」，以致終刊。

1. 陳獨秀所發文章及篇幅，前後迥然有別

《安徽俗話報》前期，陳獨秀不僅負責編輯業務，而且親自撰稿，其文章佔據了《安徽俗話報》的重要位置。以下僅從文章篇幅角度進行統計分析，內容方面留待下文進行分析。

《安徽俗話報》（第 1～15 期）陳獨秀文章一覽表〔註72〕

期數／總頁數	序號	欄目	名稱	篇幅
1／40	1	緣故	開辦安徽俗話報的緣故	8
	2	論說	瓜分中國	4
2／42	3	論說	論安徽的礦務	6
	4	實業	安徽的煤礦	4
3／40	5	論說	惡俗篇	4
	6	歷史	中國歷代的大事	4

〔註70〕房秩五：《回憶〈安徽俗話報〉詩一首》，《安徽革命史研究資料》1980 年第 1 輯，第 14 頁。

〔註71〕《本社廣告》，《安徽俗話報》第 12 期。

〔註72〕主要是對署名「三愛」的文章進行分析，這部分不涉及新聞欄目的統計，也沒有對存有署名爭議的文章進行統計，如詩詞《醉東江·憤時俗也》。

	7	地理	地理略	4
	8	教育	國語教育	2
4／40	9	論說	惡俗篇	4
	10	歷史	中國歷代的大事	4
5／40	11	論說	說國家	4
	12	歷史	中國歷代的大事	4
	13	地理	地理略	4
6／40	14	論說	惡俗篇	4
	15	歷史	中國歷代的大事	4
	16	地理	地理略	6
7／40	17	論說	惡俗篇	6
	18	歷史	中國歷代的大事	6
	19	地理	地理略	4
8／40	20	論說	亡國篇　第一章　亡國的解說	4
	21	歷史	中國歷代的大事	2
	22	兵事	東海兵魂錄	4
9／40	23	論說	亡國篇	4
	24	歷史	中國歷代的大事	2
	25	兵事	東海兵魂錄	4
10／40	26	論說	亡國篇	4
	27	歷史	中國歷代的大事	4
11／40	28	論說	論戲曲	6
	29	小說	黑天國	8
12／40	30	論說	惡俗篇	4
13／40	31	論說	亡國篇	4
	32	歷史	中國史略（原名中國歷代的大事）	6
	33	小說	黑天國	4
14／40	34	教育	王陽明先生訓蒙大意的解釋	4
	35	兵事	槍法問答	4
	36	小說	黑天國	4
15／42	37	論說	亡國篇	6
	38	兵事	槍法問答	4
	39	小說	黑天國	4

　　由上圖可以統計出：前 15 期《安徽俗話報》，平均每期刊登陳獨秀文章
2.6 篇；其文章篇幅占每期總篇幅的 28.5%；如果把《安徽俗話報》第 1 期《開
辦安徽俗話報的緣故》看作論說，則前期陳獨秀的論說占前期全部 16 篇論說
〔註73〕的 94%。

　　為了與前一部分形成對照，下圖統計了陳獨秀在《安徽俗話報》（16～22
期）的文章及篇幅。

《安徽俗話報》（16～22 期）陳獨秀文章一覽表

期數／總篇幅	序號	欄目	內　　容	篇幅	備　　註
16／43	1	歷史	中國史略（原名中國歷代的大事）	4	接第十三冊
	2	教育	王陽明先生訓蒙大意的解釋	6	接第十四期
	3	兵事	槍法問答	4	接前
17／47	4	論說	亡國篇	4	第三章　亡國的原因
	5	兵事	中國兵魂錄	8	
18／48	6	歷史	中國史略（原名中國歷代的大事）	8	接 16 期第十一章
	7	教育	西洋各國小學情形（一）俄國	6	
	8	兵事	中國兵魂錄	6	
19／40	9	論說	亡國篇	4	第三章　接 17 期
20／42	10	兵事	中國兵魂錄	6	睢陽血戰、靴中短刀
21～22／39					

　　由上圖可以統計出：後 7 期《安徽俗話報》，平均每期刊登陳獨秀文章 1.4
篇，其文章篇幅占每期總篇幅的 18.8%。相較於上文所列的 2.4 篇／每期，以
及 28.5% 的篇幅比例，陳獨秀在《安徽俗話報》後期刊登的文章及篇幅大幅減
少。而且，陳獨秀在《安徽俗話報》後期刊登的論說、教育、兵事等欄目的文
章，主要為前期文章的餘緒，《中國兵魂錄》也是受《東洋兵魂錄》啟發而作，

〔註73〕另有一篇論說為一癡《說愛國》（第 14 期）。

至於《西洋各國小學情形（一）俄國》一文，僅為普通的譯介文章，且僅發表了第一篇。陳獨秀在後期《安徽俗話報》共發表論說 2 篇〔註 74〕，而後期《安徽俗話報》共發表論說 6 篇，陳獨秀論說所佔比例為 33.3%。這個數字遠遠低於前期 94% 的比例。

2. 新聞欄目前後也存有很大差異

按照《安徽俗話報》第 1 期《開辦安徽俗話報的緣故》，《安徽俗話報》分 13 門，第 2 門為「要緊的新聞」，第 3 門為「本省的新聞」，可見新聞欄目是《安徽俗話報》的重點欄目。《安徽俗話報》前 15 期，儘管欄目名稱略有變化，但刊登的都是嚴格意義上的「新聞」，《安徽俗話報》後 7 期，雖然刊登了為數不少的「時事」，但絕大多數都是「過時新聞」〔註 75〕。

在《安徽俗話報》總共刊登的 258 條「時事新聞」中，前 15 期共刊登 113 條；後 7 期（16～22 期）刊共刊登 145 條，其中「過期新聞」133 條，占同期刊登「時事新聞」總數的 91.7%，也占《俗話話》「時事新聞」總數的 51.6%。只有第 19 期刊登的「最近的時事」7 條，以及「按時」出版的第 20 期的 5 條「時事」稱得上是名副其實的「時事新聞」。

在《安徽俗話報》總共刊登的 94 條「本省的新聞」中，前 15 期共刊登 55 條；後 7 期（16～22 期）共刊登 39 條（16、19 期沒有本省新聞——筆者注）。這 39 條新聞中，除了第 20 期刊登的 7 條本省新聞具有較強的時效性外，其他各期「本省的新聞」均有不少「過時新聞」〔註 76〕。

〔註 74〕《亡國篇》第三章亡國的原因，分兩期連載，分別為《亡國的原因之第一樁 只知道有家不知道有國》（第 17 期）、《亡國的原因之第一樁 只知道聽天命不知道盡人力》（第 19 期）。為了方便統計，本書在數量上認定為 2 篇。

〔註 75〕根據「按時」出版的第 1～15 期「新聞欄」所刊新聞的考察，《安徽俗話報》的新聞週期為一個月左右，刊登的新聞發生在 2 個月前即可被視為「過期新聞」。

〔註 76〕有據可考的「過期新聞」如下，第 17 期（實際發行日期為 1905 年 4 月，此期共有 17 條本省新聞）中，《歙縣學堂章程》、《推廣學額》、《裁缺詳志》、《稟設墾荒公司》、《溶河興利》、《籌解鐃蔚鉅款》、《舒城改辦警察》、《請兵駐防》、《懲辦教民》等均為前一年 10 月～12 月的事情；第 18 期（實際發行日期為 1905 年 5 月）刊登的 2 條本省新聞也是前一年年底的事情。第 21～22 合期（實際發行日期為 1905 年 9 月）中，《縣差為盜》、《殺人報仇》、《礦事糾葛》等本省新聞則是本年 5 月的事情。考察的根據有兩個：一是根據新聞本身提供的時間，另一個是根據《北洋官報》刊登的「地方新聞」欄中涉及安徽省的地方新聞。

　　造成這種情況的一種可能性解釋，是《安徽俗話報》自第 16 期開始處於「停停歇歇」的狀態。第 16～18 期，封面日期雖標注為「陰曆甲辰十月十五（11 月 21 日）、陰曆甲辰十一月朔日（12 月 7 日）、陰曆甲辰十一月望日（12 月 21 日）」，但根據第 19 期所附的「本報告白」，「真正」的出版日期分別為 1905 年 3 月、4 月、5 月。第 21～22 合期也延期了 3 個月發行。

　　值得注意的是，在「按時」出版的第 19 期與第 20 期，在刊登大量「過時新聞」的同時，也出現了少量的時效性較強的「新聞」，如 19 期刊登的 7 條「最近時事」，20 期刊登的 7 條「本省新聞」。這就表明，後 7 期完全有可能刊登名副其實的「新聞」，而不必刊登大量的「過時新聞」。因此，「停停歇歇」只是一種並不充分的解釋，真正的原因在於後期的《安徽俗話報》處於勉力維持的狀態。

　　陳獨秀創刊《安徽俗話報》前，曾與章士釗總理編輯《國民日日報》。《國民日日報》是一份日報，採用了現代報紙的版式。因此，在《安徽俗話報》同人中，只有陳獨秀具有現代報刊的編輯經驗，這一點是其他《安徽俗話報》同人所不具備的。因此，我們有理由相信，《安徽俗話報》後期刊登的大量的「過時新聞」，並不符合陳獨秀的新聞理念，而是胡子承〔註 77〕、汪夢鄒〔註 78〕等人出於「發滿一年 24 期」的考慮。

　　3. 胡子承的書信〔註 79〕也暗示著《安徽俗話報》前後有別

　　　理事諸公均覽：

　　　　前寄孟鄒一函，諒經收到。本日回家，過棟處，乃悉《安徽俗話報》事甚急。若篤原君不止，則好停停歇歇。篤君現丁母艱，業由鄙人及棟君兩處函懇，並未得復。……今已由棟處函催，未知為何得復。

　　　　《安徽俗話報》於本社頗有關係，似難置之局外。萬一篤原君

〔註 77〕胡晉接（1870～1934），字子承，安徽績溪人。1903 年，囑子承與鄉紳周棟臣（承柱）等人湊集了 1200 元股金，讓汪孟鄒到蕪湖開一家新式的書店，名叫蕪湖科學圖書社。

〔註 78〕汪孟鄒（1878～1953），又名夢舟。績溪縣城人。1903 年在蕪湖創辦科學圖書社，經營與新文化有關的書刊，並印製發行陳獨秀負責編輯的《安徽俗話報》，也「兼編新聞欄」。

〔註 79〕這封書信由安徽大學沈寂先生提供，抄錄於《六十多年：回憶亞東圖書館》原稿。但以往對這封信的引用並不是全文，普遍忽略了第一段，此處提供該信的前兩段內容。

不肯獨任，擬由同人暫為各認一門（如尊處以為然，自何期起，速
寄信來），由棟臣處匯齊寄來，似亦妥便。惟「時事」一門，可由國
老或孟鄒任之，辭旨務取平和，萬勿激烈。現在民智低下，膽子甚
小，毋寧伊驚破也。至《安徽俗話報》出版以來，同人皆頗歡迎，
而局外則頗多訾議，如「自由結婚」等語，尤貽人口實。其實此時
中國人程度，至「自由結婚」當不知須經幾多階段。若人誤於一偏，
不將「桑濮成婚」蓋目為文明種子乎？……十六日

　　考察這封信的內容，並結合《安徽俗話報》的出版情況，可以確定，這封
信應寫於 1904 年底，至少在第 15 期後。首先，信中所提「《安徽俗話報》事
甚急。若篤原君不止，則好停停歇歇」，表明《安徽俗話報》面臨不能按時出
版，即將停停歇歇的尷尬境地，需要另請篤原（程篤原）〔註80〕予以支持。「停
停歇歇」則表明刊物不能按時出版的原因不在於外部壓力，而在於內部因素。
而考察《安徽俗話報》創辦全程，這個內部因素只有一種情況，即陳獨秀離開
蕪湖前往上海參加楊篤生組織的暗殺團。陳獨秀雖在上海待了一個多月並於
年底回到蕪湖，但他返回蕪湖後，即將主要精力投入革命活動。靈魂人物的離
開，必然造成《安徽俗話報》難以為繼的尷尬境地。所以胡子承另請程篤原，
如果程篤原不能按時接任的話，《安徽俗話報》只能停停歇歇。而《安徽俗話
報》的停停歇歇正是在第 15 期之後，因此，這封信的寫作時間應寫於 1904 年
底，應在第 15 期前後。

　　此外，胡子承特別交待，萬一程篤原不願意獨任編務，則由科學圖書社同
人每人負責一門（一欄），編好後交由周棟臣〔註81〕匯齊寄給他。這表明胡子
承要承擔最後審稿的任務，但是郵寄審稿的方式必然對《安徽俗話報》的新聞
欄產生「影響」，也必然導致新聞欄刊登大量的「過時新聞」。這種情況正好出
現在後 7 期。因此，這也預示著《安徽俗話報》15 期後必然有變。

　　由上可以看出，《安徽俗話報》前 15 期與後 7 期確實存在很大的變化。這
不僅充分反映陳獨秀是《安徽俗話報》的靈魂人物，《安徽俗話報》之所以能
在晚清白話報中佔有重要地位，就是因為陳獨秀的「獨特性」；也為探討《安

〔註80〕程炎震（1886～1938），字篤原，號頓遲。安徽歙縣人。胡子承信中「萬一篤
　　　　原君不肯獨任」中的篤原君，即為程炎震。
〔註81〕周棟臣，字承柱，應為績溪縣人。蕪湖科學圖書社的捐資創辦人之一。胡子承
　　　　的信中曾多次提及周棟臣，是《安徽俗話報》的重要同人之一。

徽俗話報》終刊的原因提供有益的視角，多數論著雖指出《安徽俗話報》停刊的原因之一是陳獨秀由辦刊轉向革命，但這個結論並非建立在分析《安徽俗話報》文本的基礎上；也為釐清《安徽俗話報》是否為「同人刊物」提供有益的參照。

（二）停刊與終刊

《安徽俗話報》的發行過程中曾有過三次停刊。前兩次停刊，《安徽俗話報》都通過「告白」予以交待，第三次停刊原因則沒有交代。《安徽俗話報》終刊的原因也存在兩種說法，也需要予以釐清。

1. 三次停刊

（1）第一次停刊

《安徽俗話報》第 1 期（光緒三十年二月十五日，3 月 31）發行後，隔了一個月才發行第 2 期（光緒三十年三月十五日發行，4 月 30 日）。第 2 期由「社員某」撰寫的「本社特告」交代了停刊的原因，原文如下：

> 本社特告：本報第二期例應本月朔日發行，只因本社社員抱疾
> 衍期，深負購閱諸君之望，愧悚無既，所有訂閱全年者均寄至明年
> 二月十五第二十四冊，□足一年為止。　　社員某特此敬白〔註82〕

這裡的「社員某」應為陳獨秀。首先，根據上文分析，陳獨秀於《安徽俗話報》前 15 期投入了很大的精力，甚至是專事辦報。《安徽俗話報》剛出第 1 期，就停刊一月，陳獨秀理所應當於第 2 期交待原因。其次，陳獨秀此時正在生病，且因獲知何梅士死信病情加重。2 月 16 日何梅士因腳氣病死於東京〔註83〕；3 月 31 日為《安徽俗話報》第 1 期發行日期；4 月 15 日陳獨秀《哭何梅士》與章士釗和詩《哭梅士》發表於《警鐘日報》〔註84〕。4 月 30 日為《安徽俗話報》第 2 期發行日期。考慮到《安徽俗話報》為半月刊，發行週期至少半月，《警鐘日報》則為日報，因此根據上述日期可以推算出陳獨秀在第 1 期與第 2 期之間正在生病。結合第一點分析，可以斷定「社員某」正是陳獨秀。

〔註82〕《本社特告》，《安徽俗話報》第 2 期，1904 年 4 月 30 日。

〔註83〕唐寶林、林茂生：《陳獨秀年譜》，上海人民出版社，1988 年，第 31 頁。

〔註84〕陳詩無序，章詩有序，序中交待，「安徽陳由己，亦與余及梅士同享朋友之樂者也，梅士之立志與行事，由己知之亦詳。梅士之死也，由己方臥病淮南，余馳書告之。余得由己報書，謂梅士之變，使我病益加劇，人生朝露，為歡幾何，對此能弗自悲。」（參見《章士釗全集（第一卷）（1903.5.3～1911.10.3）》，文匯出版社，2000 年，第 173 頁）。

（2）第二次停刊

第二次停刊是在第 15 期發行後，一直到第二年二月（陰曆）才刊出第 16 期。第 19 期的「本報告白」對停刊原因作了模糊交代，「本報告白」內容如下：

> 本報告白：本報自從去年二月出版以來，很蒙諸位看報的賞識，
> 銷得不少。只恨去年十月因為出了一件古怪事，耽擱了三個多月，
> 沒有出版，一直到今年二月間，才把去年十月十五的十六期印出來。
> 現在已經是五月了，中間還有十多期沒有出，一時補也補不齊。過
> 去的光陰，也追不回來了，勉強補出來，也是今年說去年的話，就
> 像以上十七十八兩期。明明是今年三四月間出版的，還要刻上去年
> 十一月的日子，實在是名不副實。所以十九期報，決計老老實實寫
> 了本月初一實在出版的日子。列位訂報的人，別說做報的，騙了你
> 的錢，不給你臘正二三四等月的報。列位別記著月份，只要記了期
> 數，出足二十四期，才算一年的報完了。由現在算起來，等到七月
> 十五日，出到二十四期，才夠一年哩。　　本報謹白〔註85〕

「告白」可知了第 16、17、18 期的真正出版日期為 1905 年 3 月、4 月、5 月。「告白」還交待了報紙延期的原因──「只恨去年十月因為出了一件古怪事」。當前學界對此「告白」中提到的「古怪事」的解讀主要有兩種觀點。沈寂認為，所謂「古怪事」，是《安徽俗話報》言辭激烈，刊登了觸怒英帝的新聞，因此被封 3 個月〔註86〕。任建樹認為，「古怪事」是陳獨秀去上海參加了楊篤生組織的「軍國民教育會暗殺團」，雖然陳獨秀在上海「逗留了一個多月」，但《安徽俗話報》卻因此耽擱了三個多月〔註87〕。「古怪事」是不能言明的事情，對性格剛烈的陳獨秀來講，因言辭觸怒英帝而被停刊三個月，應該不算「古怪事」；去上海參加「暗殺團」雖不能言明，但只逗留了月餘，旋即回蕪湖，按理可以繼續出報，《安徽俗話報》不會因此耽擱三個多月。

然而，仔細分析上述兩種觀點，可以發現，兩者都建立在同一個前提假設基礎上，即認定這篇告白是陳獨秀撰寫的，或者代表陳獨秀的觀點。然而，這個前提假設不一定站得住腳，如果陳獨秀從上海回蕪湖後即投入「革命」的話，由「總編」變為「撰稿」的話，上述告白就不是陳獨秀寫的，也不代

〔註85〕《本報告白》，《安徽俗話報》，第 19 期。
〔註86〕沈寂：《陳獨秀傳論》，安徽大學出版社，2007 年，第 106 頁。
〔註87〕任建樹：《陳獨秀大傳》，上海人民出版社，2004 年，第 69 頁。

表陳獨秀的意見。陳獨秀於 1904 年 11 月去上海參加楊篤生組織的「軍國民教育會暗殺團」〔註88〕，在上海逗留了一個多月〔註89〕，並於 1905 年 1 月回蕪湖〔註90〕。隨即，陳獨秀動員李光炯將在長沙創辦的旅湘公學遷來蕪湖，「陳獨秀利用桐城文派的聲譽、皖籍官紳中開明之士的官力，幫助籌集經費、校舍、教員」〔註91〕。高語罕也說，「遷校運動的中心人物就是陳獨秀」〔註92〕。陳獨秀熱心此事與其上海之行是密不可分的，上海之行，陳獨秀與章士釗、黃興、張繼等人有密切來往，甚至可以說是革命同志。安徽旅湘公學由長沙遷至蕪湖，則與華興會起義有必然關係，甚至直接是由黃興事先安排遷離長沙，以避免不必要的犧牲，為革命黨人預備一個可供轉移的地方〔註93〕。1905 年 3 月（陽曆），安徽公學於蕪湖正式開學，陳獨秀隨即在該校擔任教職，並與柏文蔚、常恒芳等人籌備發起「岳王會」〔註94〕。由上可知，陳獨秀由上海回到蕪湖，儘管仍為《安徽俗話報》撰稿，但其已經不再是「主編」了，其工作重心已經由辦報轉向革命活動了。因此，上述告白並不是陳獨秀寫的，也不代表陳獨秀的觀點。

　　仔細分析這則告白，可以發現，「古怪事」只是《安徽俗話報》延期的原因。但這個原因並不一定導致刊登「過期新聞」的出版行為。實際上，這則告白的重點在於後半部分，即「列位訂報的人，別說做報的，騙了你的錢，不給你臘正二三四等月的報。列位別記著月份，只要記了期數，出足二十四期，才算一年的報完了。由現在算起來，等到七月十五日，出到二十四期，才夠一年

〔註88〕關於陳獨秀去上海參加暗殺團的時間存有一些爭議，王觀泉認為是 1904 年秋冬之交，唐寶林、林茂生認為 1904 年秋，任建樹認為是 1904 年 10 月，沈寂雖然沒有對陳獨秀在上海的時間作推斷，但他有「1904 年冬，陳獨秀動員李光炯將旅湘公學遷回蕪湖，易名安徽公學」的論述。唐、林二人是根據暗殺團的相關史實推斷的，任建樹則是根據上述《告白》中《安徽俗話報》因「怪事」停刊三個多月往前追溯的，王、沈二人在其著作中沒有標明下判斷的依據。本書認為，陳獨秀去上海的時間為甲辰年 10 月間，即陽曆 1904 年 11 月間，逗留月餘後，大概於甲辰年 12 月間（陽曆為 1905 年 1 月間），亦即甲辰年冬，回到蕪湖。

〔註89〕陳獨秀：《蔡孑民先生逝世後感言》，重慶《中央日報》，1940 年 3 月 24 日。

〔註90〕任建樹：《陳獨秀大傳》，上海人民出版社，2004 年，第 69 頁。

〔註91〕沈寂，《陳獨秀傳論》，安徽大學出版社，2007 年，第 69 頁。

〔註92〕高語罕：《百花亭畔》第 35 頁。轉引自任建樹，《陳獨秀大傳》（上海人民出版社，2004 年）第 71 頁。

〔註93〕歐陽躍峰：《安徽公學的興辦及其影響》，《安徽大學學報：人文社會學科版》，2005 年第 6 期，第 658～651 頁。

〔註94〕沈寂：《陳獨秀傳論》，安徽大學出版社，2007 年，第 46 頁。

哩」。也就是說，因為擔心承擔「騙錢」的污名，所以「勉強補出來」，又因為「名不副實」的指責，所以「決計」從 19 期按時按期發行。可以這麼說，這則告白體現的是出版信用，尤其是科學圖書社的信用，是從《安徽俗話報》發行處——科學圖書社的角度撰寫的。這與第一篇由「社員某」撰寫的「本報特告」「深負購閱諸君之望，愧悚無既」的出發點是迥然有別的。

　　既然陳獨秀已經不是編務了，那麼第 19 期告白所說的古怪事究竟是什麼呢？筆者認為，「古怪事」包含兩點：首先，陳獨秀去上海參與暗殺團以及返皖後的革命轉向，這是汪孟鄒等好友不能在「告白」中予以明說的。《安徽俗話報》的創刊人是陳獨秀，在《安徽俗話報》「風行一時」、「馳名全國」之際，陳獨秀卻要當甩手掌櫃，由缺少現代報刊編輯經驗的汪孟鄒等科學圖書社理事接手《安徽俗話報》。其次，由上文對胡子承寫給科學圖書社理事的書信可知，陳獨秀與胡子承之間在《安徽俗話報》的宗旨及編務方面存有矛盾衝突，這件事也是不能明說的。陳獨秀是汪孟鄒的好友，且是《安徽俗話報》的靈魂人物；胡子承是汪孟鄒的授業恩師，又是科學圖書社的資金提供者。表面上看，上述兩件事似乎沒有關聯，但實際上兩者是密切相關的，陳獨秀的革命轉向給胡子承改良報紙提供了機會，而胡子承等科學圖書社理事對報紙的接手和改良也徹底讓陳獨秀專心於革命。這也就能解釋《安徽俗話報》前 15 期與後 7 期的明顯分別。

　　（3）第三次停刊

　　第三次停刊是在第 20 期（乙巳年五月朔日，6 月 17 日）發行後，隔了 3 個月才發行第 21～22 合期（乙巳年八月望日，9 月 13 日），隨後終刊〔註95〕。第三次停刊的原因並沒有交代，但這三個月，正是陳獨秀參與密謀行刺五大臣，同時為組織岳王會而偕柏文蔚等訪遊淮上，聯絡革命力量的時期。陳獨秀已全心全意投入革命工作，再也無暇為《安徽俗話報》撰稿了，事實上《安徽俗話報》第 21～22 合期，已經不見了陳獨秀的文章。

　　2. 終刊

　　關於《安徽俗話報》停刊的原因，主要有兩個：一是登載外交消息，為駐蕪英領事要求中國官廳勒令停辦；二是陳獨秀由靈魂人物到邊緣人物以至脫離《安徽俗話報》。前者是外因，後者是內因，兩者的共同作用，最終導致了

〔註95〕汪孟鄒回憶說《安徽俗話報》出有二十三期，但目前沒有發現這一期，很可能這一期被禁了。

《安徽俗話報》的終刊。

（1）登載外交消息，為駐蕪英領事要求中國官廳勒令停辦

根據房秩五的回憶，《安徽俗話報》是因為「登載外交消息，為駐蕪英領事要求中國官廳勒令停辦」〔註96〕。《安徽俗話報》第21～22合期，確實有這麼一條「安徽本省新聞」符合所謂的「外交消息」。

> 礦事糾葛
>
> 銅陵縣銅關山的銅礦，經英商凱約翰，在外務訂了合同，歸他開採。這合同是去年四月二十二日簽的押。安徽的紳士，到了四月二十二日，看見凱翰還沒有派人前來動工，便要照原約辦理，將前次合同作廢，本省人自己集股開辦。已經電稟外務部和兩江制臺了。不料四月二十五日，英商方才派人來銅陵縣，招呼地方官要開工了。銅陵縣因為他過了期，沒敢答應他。英商到省裏來稟商務局。商務局也把過期作廢的話回了他，英商大不悅意。打算在上海延請律師，和中國官興訟。安徽的巡撫，也電稟了外務部，說英商過期才來，照理應該廢約。本省的紳士和日本留學生，也有電稟到北京商外二部，力請廢約自籌，好保本省的利權。但是聽說凱約翰從前和外部訂合同的時候，外部王大臣私下得了英商十萬兩銀子，恐怕這時候總要幫英商說幾句話哩。安慶來函

這條「安慶來函」，雖屬「本省新聞」，但確實牽扯到「英商」與「外務部」，因此，說是「外交消息」也是可以的，此時正是「礦事糾葛」的關鍵時期，英方肯定極為關注安徽士紳的反應。可以肯定的是，英國駐蕪湖領事館早就關注《安徽俗話報》「銅關山銅礦」的相關報導。事實上，「銅關山礦事」是《安徽俗話報》關注的一個重點。《安徽俗話報》第1期刊登的本省新聞《全省礦山被賣的細情》開篇就講述了銅關山銅礦被賣時間；第9期開篇即特設「警告」一欄，全文轉發安徽籍補知縣劉子運大令的原稿《英商凱約翰開辦銅陵縣銅官山銅礦事略》，報中標題為《銅關山事件》，起首以「警告！揚子江之危機！！安徽之致命傷！！！」黑體大字標示，突出警示之意；第15期刊登《英商開礦》（安慶友人來函），第20期刊登《挽回礦權》（南京來函）。

因此，《安徽俗話報》因「登載外交消息，為駐蕪英領事要求中國官廳勒

〔註96〕房秩五：《浮度山房詩存》，《安徽革命史研究資料》，1980年第1輯，第14頁。

令停辦」的記載是可信的。

（2）陳獨秀的革命轉向是《安徽俗話報》終刊的另一個原因

如前所述，《安徽俗話報》前期（1～15 期），陳獨秀作為創刊人和主編，將其全部精力都投入了《安徽俗話報》，其論說、編輯的新聞欄目都體現了鮮明特色，《安徽俗話報》因之大獲成功。《安徽俗話報》後期（16～22 期），因為陳獨秀轉向革命活動，由靈魂人物變為邊緣人物，雖仍住在科學圖書社，但僅為《安徽俗話報》提供文稿，並不參與《安徽俗話報》的編務。甚至到後來，陳獨秀連文稿也不提供了，亦即汪孟鄒所說，「再出一期就是 24 期，就是足一年，無論怎麼和他（陳獨秀）商量，好說歹說，他始終不答應，一定要……到李光炯先生辦的學堂裏去教書，其實是幹革命工作去了。」〔註97〕

如前所述，陳獨秀是《安徽俗話報》同人中唯一一位具有現代報刊編輯經驗的人，而且陳獨秀的文章、言論也是《安徽俗話報》大獲成功的主要原因。這就決定了一旦陳獨秀離開《安徽俗話報》，即使是暫時離開，都會對《安徽俗話報》的發行產生重要影響，前述三次停刊多少都與陳獨秀的有關係。陳獨秀由文化啟蒙轉向革命活動，決定了他必然徹底與《安徽俗話報》這根「雞肋」分手，而離開了陳獨秀的《安徽俗話報》，也必然走向終刊。

三、愛國、愛真理與愛人道：「三愛」筆名考辯

作為中國社會大變革時期的一位舉足輕重的思想家和社會活動家，陳獨秀一生都與報刊活動密切相關，而在其報刊活動中，陳獨秀曾使用過的筆名多達「38 個」〔註98〕，這些筆名反映了陳獨秀不同時期的心態與主張，有助於瞭解陳獨秀的生平與思想。「三愛」是《安徽俗話報》時期陳獨秀使用的筆名，關於「三愛」的含義，現有研究傾向於認為「三愛」是指「愛科學」、「愛國家」、「愛自由」，而根據《國民日日報》刊載的《慨論德人自戕事》、《自殺篇》兩篇論說，「三愛」實指「愛國」、「愛真理」、「愛人道」。理清「三愛」筆名的來源及確切含義，有助於研究陳獨秀早期的思想主張。

（一）問題的提出

「三愛」是陳獨秀創辦《安徽俗話報》時使用的筆名，反映了陳獨秀當時的思想主張。然而，關於「三愛」筆名的含義及來源，學界並沒有達成共識，

〔註97〕汪原放：《亞東圖書館與陳獨秀》，學林出版社，2006 年，第 18 頁。
〔註98〕任建樹：《陳獨秀大傳》，上海人民出版社，2004 年，第 12 頁。

這也勢必影響到對陳獨秀早期思想主張的研究。因此，討論「三愛」筆名的來源及確切含義，不僅有助於澄清客觀史實，也有助於探究陳獨秀早年的思想主張。

當前學界關於「三愛」含義的代表性觀點有三種：一是如沈寂認為，「用『三愛』署名，是在民族危機的關頭，接受西方國家觀後，所表達的愛國主義激情，寓愛國家、愛科學、愛自由民主之意」〔註99〕；二是如任建樹認為，「綜合陳獨秀《安徽俗話報》期間所發文章的內容，分析他所提倡和反對的，『三愛』的含義大約是愛祖國、愛科學、愛自由」〔註100〕。三是如唐寶林認為，「從陳獨秀這一時期發表的文章來看，『三愛』似乎指『愛國家、愛人民、愛家庭』」〔註101〕。

上述觀點中，沈寂與任建樹對「三愛」含義的解釋基本一致，差別只在於前者是由當時的國家情勢與陳獨秀個人情況所做出的推論，後者則是根據陳獨秀刊於《安徽俗話報》的文章內容做出的論斷。值得注意的是，唐寶林雖然也採用任建樹由報刊內容推論「三愛」含義的方法，但其結論除了在「愛國」這一點上相同外，「愛人民」與「愛家庭」兩層含義與沈寂、任建樹的解釋則存在很大差異。需要進一步指出的是，上述三位學者的「論斷」都建立在一個共同的基礎上——對陳獨秀《安徽俗話報》時期言行的考察，由此可以看出，他們據以「論斷」的「共同的基礎」並不「牢靠」。事實上，任建樹在論述時使用了「大約」，唐寶林在論述時不僅使用了「似乎」，還明確標注「是否如此，待考」〔註102〕，這充分表明當前學界對陳獨秀「三愛」筆名的含義及來源尚不確定。

應該說，上述代表性觀點雖對「三愛」的含義做了一些合理的推測，但又都忽略了對陳獨秀在創辦《安徽俗話報》前編輯《國民日日報》經歷的考察，尤其是忽略了對刊於《國民日日報》相關文章的考察。事實上，在《國民日日報》停刊前兩日發表的《慨論德人自戕事》、《自殺篇》等兩篇文章中已經明確論及「愛國」、「愛真理」、「愛人道」。如果上述兩篇文章論及的「愛國」、「愛真理」、「愛人道」即為「三愛」的話，那麼「三愛」筆名應來源於此，這就為重新解讀陳獨秀早年的思想主張及《安徽俗話報》提供了新的角度。

〔註99〕 沈寂：《陳獨秀傳論》，安徽大學出版社，2007 年，第 128 頁。
〔註100〕 任建樹：《陳獨秀大傳》，上海人民出版社，2004 年，第 9 頁。
〔註101〕 唐寶林：《陳獨秀全傳》，社會科學文獻出版社，2013 年，第 17 頁。
〔註102〕 唐寶林：《陳獨秀全傳》，社會科學文獻出版社，2013 年，第 17 頁。

（二）「三愛」筆名的考辨

　　對「三愛」的考辨分三步驟：首先從陳獨秀與章士釗共同主持《國民日日報》筆政的史實，推論該報連續發表的《慨論德人自戕事》與《自殺篇》兩篇時論提出的「愛國家」、「愛真理」與「愛人道」的主張反映了陳獨秀的思想「印跡」。在此基礎上，通過對兩篇時論論及的「愛國家」、「愛真理」、「愛人道」的「三愛」與前述三位學者由陳獨秀《安徽俗話報》時期言行推論出的「三愛」含義進行比較，指出《安徽俗話報》闡釋的「三愛」與「愛國家」、「愛真理」、「愛人道」的「三愛」是「相合」的。最後，從陳獨秀「由己」到「三愛」筆名的變化，以及《安徽俗話報》在創辦時間、內容方面與《國民日日報》的承繼性兩個方面，進一步指出筆名「三愛」是指《慨論德人自戕事》與《自殺篇》兩篇時論論及的「愛國家」、「愛真理」與「愛人道」。

　　1.《慨論德人自戕事》、《自殺篇》與「三愛」的出現

　　如前所述，《安徽俗話報》創刊前，陳獨秀曾與章士釗一起創辦、總理編輯《國民日日報》（1903 年 8 月 7 日～1903 年 12 月 4 日）。《國民日日報》儘管發行時間較短，但影響頗大，被時人贊評為「《蘇報》第二」。該報在停刊前兩日連續刊發了《慨論德人自戕事》（12 月 2 日）與《自殺篇》（12 月 3 日）兩篇時論，這兩篇文章對「愛國家」、「愛真理」與「愛人道」均有論述。

　　朱臻仕是德國人，被清政府聘為江陰炮臺總教習，三十年來一直「盡心於中國國事」。拒俄事件發生後，朱臻仕批評俄國違背公理卻被俄人、英人恥笑，告與華人「中國前途之苦」，華人「漫應之，且有目笑存之者」。1903 年 11 月，朱臻仕憤而自殺，死前猶大呼「中國不可救！中國不可救！」自殺前留書「朱某自戕，與中國無涉，德人不得藉口與中國人為難。」〔註103〕朱臻仕自殺一事對國人刺激頗大，一時引起熱議。〔註104〕《國民日日報》也連續刊發《慨論德人自戕事》、《自殺篇》等兩篇「論說」對這一事件展開評論。

　　《慨論德人自戕事》一文在體裁上類似新聞評論，篇首交待德國人朱臻仕自戕詳情，文末以「記者曰」對此事件進行評論，論述了自殺與「愛國」、「愛

〔註103〕陳子展：《蓬盧絮語》，海豚出版社，2012 年，第 30 頁。

〔註104〕朱臻仕自殺後，江陰民眾立「朱臻仕碑」，現為江陰博物館鎮館之寶；詩人陳湋也寫下哀詩兩首，「德人朱臻仕為江南炮臺教習閔中國時勢日非憤而成疾用手槍自殺陳子哀之為此二詩」；1933 年陳子展還撰寫《蕭特與朱臻仕》追憶三十多年前的「朱臻仕自殺事件」。由此可見，該事件對其時中國社會的影響。

真理」及「愛人道」的關係，「若中國為奴之賤種，即令劃除淨盡，猶已死有餘辜，果何足以真理與人道而相衡度，故德人非愛中國也，愛真理愛人道也，蓋華族不足與真理人道相支配，即不足以當德人之愛，若謂華族尚存真理人道於萬一，則以德人自戕之慘斷不致如木石之毫無感覺，戢戢以待死，頑然而不知所為，一至於是也，可斷言也。」〔註105〕

《自殺篇》一文雖大半篇幅論述自殺問題，但在文章末段也論及德人朱臻仕自殺一事，「近頃有德人朱臻仕，為愛中國之故而自殺，昨已著論言之。夫此德人不過中國之一教員耳，中國國事之危急，德人無可死之道也，而德人者，乃以欲表其偉大之民族，強武之名譽，並愛真理愛人道，如耶穌之有迷信之故，而出於自殺。此德人適成其為德人，若以種族之貴賤例之，則以一外人而以愛真理愛人道推以愛其國而自殺，則其國之果有一人否耶……今以德人之自殺，因推論自殺之原理著於篇。」〔註106〕

上述兩篇言論都圍繞德國人朱臻仕自殺事件展開立論，也都明確論及「愛國家」、「愛真理」與「愛人道」。但是，出於人身安全的考慮，《國民日日報》的時論（主要為「論說」與「短批評」兩個欄目）多不署名，所以很難斷定兩篇文章的作者究竟是誰，也很難判定陳獨秀「三愛」筆名是指「愛國家」、「愛真理」與「愛人道」。但可以明確的是，這兩篇文章提出並討論了「愛國家」、「愛真理」與「愛人道」。然而，《國民日日報》的筆政是陳獨秀與章士釗共同主持的，而且相較於章士釗的「一心二用」〔註107〕，陳獨秀則是全心全意投入報紙編輯工作，陳獨秀對《國民日日報》的成功做出了重要貢獻。因此，《國民日日報》必然反映了陳獨秀的思想印跡〔註108〕。更為「巧合」的是，《國民日日報》與《安徽俗話報》在時間上具有承繼性〔註109〕，而且《安徽俗話報》對「愛國家、愛真理、愛人道」進行了深入的闡釋。因此，我們可以認為陳獨

〔註105〕《慨論德人自戕事》，《國民日日報》，1903 年 12 月 2 日。

〔註106〕《自殺篇》，《國民日日報》，1903 年 12 月 3 日。

〔註107〕「一心二用」是指章士釗在辦報的同時還從事實際的革命活動，如赴南京參加北極閣大會，赴長沙與黃興等組織興中會。參見白吉庵《章士釗傳》（作家出版社，2004 年）第 32～34 頁。

〔註108〕陳長松：《論陳獨秀於〈國民日日報〉的地位與貢獻》，《編輯之友》，2012 年第 12 期，第 121～124 頁。

〔註109〕時間上的承繼性是指兩份報刊在創辦上前後相繼，《安徽俗話報》是在《國民日日報》停刊後創辦的，意味著陳獨秀要通過《安徽俗話報》繼續傳播自己《國民日日報》時期形成的思想主張。

秀是贊同或賞識這兩篇論說所提出的「三愛」的思想主張，甚至可以說，朱臻仕自殺一事是陳獨秀改名「三愛」的促因。

2.《安徽俗話報》對「三愛」的闡釋

《國民日日報》停刊後，陳獨秀回到安慶籌辦《安徽俗話報》。1904 年 3 月，《安徽俗話報》第 1 期面世。《安徽俗話報》的創辦不僅讓陳獨秀有機會將積累的報刊經驗付諸實踐，也讓其獲得了系統闡釋思想主張的報刊陣地。陳獨秀以「三愛」為名刊發了 50 餘篇文章〔註110〕，這些文字不僅構成了《安徽俗話報》的內容主體，也讓《安徽俗話報》「風行一時，幾與當時馳名全國之《杭州白話報》相埒」〔註111〕。當前學界雖然對「三愛」的確切含義還存有爭議，但都認為《安徽俗話報》的內容反映了陳獨秀的「三愛」思想，那麼《國民日日報》停刊前提出的「愛國家」、「愛真理」及「愛人道」的「三愛」與《安徽俗話報》的「三愛」是否「相合」呢？如果「相合」的話，則可以認為陳獨秀利用《安徽俗話報》傳播的「三愛」是「愛國家」、「愛真理」與「愛人道」。

此處並不打算從文本分析角度分析《安徽俗話報》闡釋的「三愛」，而是通過對兩篇時論論及的「三愛」（愛國家、愛真理、愛人道）與前述三位學者（即沈寂、任建樹與唐寶林等三位陳獨秀研究專家）對「三愛」含義的「界定」進行比較，以此判定《安徽俗話報》闡釋的「三愛」是否是「愛國家」、「愛真理」、「愛人道」。〔註112〕從沈寂、任建樹、唐寶林等人關於「三愛」含義的論述看，兩者是相合的。如上所述，沈寂認為，「三愛」寓指「愛國家、愛科學、愛自由民主之意」；任建樹認為，「三愛」的含義大約是愛祖國、愛科學、愛自由；唐寶林則認為，「三愛」似乎指「愛國家、愛人民、愛家庭」。應該看到，上述三位學者歸納的「含義」與《國民日日報》後期提出的「三愛」在內涵上是相合的。「愛國家」為三人共同承認，「愛真理」與沈寂、任建樹歸納的「愛科學」

〔註110〕陳獨秀在《安徽俗話報》上所刊的 50 餘篇文章均署名「三愛」，此外在 1905 年 3 月《新小說》第 2 年第 2 號發表的文言體《論戲曲》也署「三愛」筆名。參見陳長松《陳獨秀前期報刊實踐與傳播思想研究（1897～1921）》（暨南大學博士論文，2012 年）第 49～50 頁。

〔註111〕房秩五：《回憶〈安徽俗話報〉詩一首》，《安徽革命史研究資料》1980 年第 1 輯，第 14 頁。

〔註112〕採用比較的方法，原因如下：沈寂、任建樹、唐寶林等三位學者是陳獨秀研究的專家，多年潛心研究陳獨秀，他們的上述論斷也都建立在對《安徽俗話報》的內容以及該時期陳獨秀言行考察的基礎上，因而他們的論斷有相當的合理性。

相類，「愛人道」則與唐寶林歸納的「愛人民」、「愛家庭」相通。如果考慮到「人道」定義的寬泛性，「愛自由」與「愛民主」也可以納入「愛人道」的範疇。可以說，「愛國家、愛真理、愛人道」是對沈寂、任建樹、唐寶林等人結論的高度概括。因此，從這個角度看，《國民日日報》停刊前提出的「愛國家」、「愛真理」、「愛人道」的「三愛」與《安徽俗話報》的「三愛」是「相合」的。

　　如前所述，任建樹與唐寶林對各自所作的論斷並不確定，分別使用了「大約」與「似乎」，唐寶林還進一步認為「是否如此，待考」。為何他們無法確定呢？原因在於兩個方面：一是根據《安徽俗話報》所刊內容做出的推論確實具有不確定性，不同的人對同一內容往往可以作出不同的論斷；二是他們沒有看到上述《國民日日報》末期刊登的兩篇文章。而這又是因為《國民日日報》所刊時論多不署名，無法為考察陳獨秀《國民日日報》時期的思想提供具體的「佐證」，也是因為考辨陳獨秀刊於《國民日日報》的文章是件費力不討好的事情。事實上，如果研讀了《國民日日報》末期刊登的《慨論德人自戕事》與《自殺篇》兩篇文章，就很容易確定《安徽俗話報》時期陳獨秀的「三愛」筆名應該來源於上述兩篇文章。

3.「由己」、「三愛」與兩份報刊的連續性

　　上述兩部分已經指出《國民日日報》末期刊登的兩篇時論所提出的「三愛」與《安徽俗話報》闡釋的「三愛」在內涵上的相合性，指出前者應該是陳獨秀「三愛」筆名的來源，但這個結論仍然帶有很強的推論色彩。本部分主要從陳獨秀筆名從「由己」到「三愛」的變化，以及與此變化相伴的《安徽俗話報》在創辦時間、內容上與《國民日日報》的承繼性兩個方面，進一步論證「三愛」筆名即是指「愛國家」、「愛真理」與「愛人道」。

　　「由己」是陳獨秀《安徽俗話報》創辦前使用的筆名。1902 年 9 月，陳獨秀第二次東渡日本，填寫填登記表時，在沿用陳乾生名字的同時，又為自己取名「陳由己」〔註113〕。是年年底他在加入東京留學生界最早的革命團體——青年會時，也使用「陳由己」為名〔註114〕。1903 年春第二次愛國演說會期間陳獨秀署名「由己」在《蘇報》發表《安徽愛國會演說》（《蘇報》「學界風潮」欄，1903 年 5 月 26 日）。該年 8 月陳獨秀參編《國民日日報》，與章士釗

〔註113〕　參見房兆楹《清末民初洋學學生題名錄初輯》，轉引自任建樹《陳獨秀大傳》，
　　　　　　上海人民出版社，2004 年，第 8 頁。
〔註114〕　馮自由：《中國革命運動二十六年組織史》，上海書店，1990 年，第 61 頁。

一起總理報紙筆政。作為總理編輯之一，陳獨秀理應發表了相當數量的文字，但因該報社說多不署名，所以只有兩篇詩作《哭汪希彥》（《國民日日報》，1903年8月9日）、《題西鄉南洲遊獵圖》（《國民日日報》，1903年8月17日）署名「由己」。〔註115〕因此，儘管陳獨秀署名「由己」發表的文字很少，但我們可以認為「由己」是陳獨秀創辦《安徽俗話報》前的筆名，反映了陳獨秀當時的心態。沈寂認為，「『由己』轉語法為『自由』，即凡事由自己抉擇，也即獨立思考問題」〔註116〕。因此，「由己」的筆名反映出陳獨秀對「個人自由」的主張。應該看到，上文沈寂、任建樹歸納的「愛自由」、「愛民主」主要受到了「由己」筆名的影響。

　　《國民日日報》停刊後，陳獨秀在上海逗留了一段時間後即回到安慶籌辦《安徽俗話報》並使用「三愛」筆名。值得注意的是，《國民日日報》的停刊與《安徽俗話報》的創辦在時間上是前後相繼的，兩個筆名在時間上也是相繼的。這種相繼性至少表明兩點：一是陳獨秀需要通過《安徽俗話報》來完成《國民日日報》未竟的工作，傳播自己的思想主張；二是筆名從「由己」到「三愛」的變化，寓意陳獨秀思想主張的變化，表明陳獨秀即將展開「三愛」的宣傳。

　　應該看到，與《蘇報》被封不同，《國民日日報》的停刊來自於內部糾紛並具有一定的偶然性，「偶與盧某涉訟，經費缺乏，停刊」〔註117〕。報紙的停刊讓主筆稍稍論及的「三愛」失去了討論的媒介陣地，如果要繼續傳播「三愛」，就需要新的媒介陣地，而稍後創辦的《安徽俗話報》事實上也成為陳獨秀傳播「三愛」思想的媒介陣地。如果再考慮到章士釗、劉師培、林白水等《國民日日報》報刊同人停刊後的報刊實踐與社會活動〔註118〕，章士釗在報紙停刊後

〔註115〕 需要指出的是，陳獨秀在《安徽俗話報》創刊使用「三愛」筆名後，仍使用「由己」筆名發表了兩篇詩作——《哭何梅士》（《警鐘日報》，1904年4月15日）、《夜夢忘友何梅士覺而賦此》（《警鐘日報》，1904年5月7日），然而，考慮到這兩篇詩作是對忘友何梅士的哀悼，主持《警鐘日報》的也是蔡元培、劉師培、林白水等熟識，因而理應使用「由己」筆名。

〔註116〕 沈寂：《陳獨秀傳論》，安徽大學出版社，2007年，第128頁。

〔註117〕 張繼：《張溥泉先生回憶錄·日記》，臺北文海出版社，1985年（民國七十四年）影印本，第5～6頁。

〔註118〕 此處選擇章士釗、劉師培與林白水等三位《國民日日報》報刊同人，是因為章士釗是報紙的創辦人與總理編輯之一；劉師培與林白水則是該時期著名的兩位報人，兩人均在《國民日日報》發表過文章，報紙停刊後，兩人則先後參加《俄事警聞》的編輯工作，並創辦《中國白話報》，從事「激烈」的革命宣傳。

直至民元前再也沒有創辦報紙；劉師培、林白水則主持《俄事警聞》，後又創辦《中國白話報》，進行激烈地「排滿革命」宣傳，只有陳獨秀通過《安徽俗話報》旗幟鮮明地對社會底層民眾進行「愛國家、愛真理、愛人道」的「三愛」「啟蒙」。至此，我們有理由確定「三愛」來源於《國民日日報》末期刊登的《慨論德人自戕事》與《自殺篇》論及的「愛國家」、「愛真理」與「愛人道」，甚至可以說這兩篇文章即為陳獨秀所作。

（三）思想的變化：「由一己之欲」到「愛國家、愛真理、愛人道」

不同的筆名反映出主體思想主張的變化，「由己」到「三愛」筆名的變化，意味著陳獨秀從個人色彩強烈的「由一己之欲」轉向啟發民眾「愛國家、愛真理、愛人道」，不僅預示著陳獨秀啟蒙思想的初步形成，也確立了陳獨秀為之奮鬥一生的目標。

關於「由己」筆名的含義，陳獨秀本人並沒有進行解釋。《國民日日報》同人劉師培當時曾對「由己」作評，「由己，由己，由一己所欲」〔註119〕。應該看到，「由一己之欲」並不意味著「隨心所欲」。如前所述，沈寂也認為「由己」轉語法為「自由」，即凡事由自己抉擇，也即獨立思考問題。筆者認為，「由一己之欲」更多地是指陳獨秀的「特立獨行」和「與眾不同」。當然，陳獨秀的「特立獨行」、「與眾不同」是建立在其獨立思想的基礎上的。在《國民日日報》同人中，陳獨秀的「特立獨行」尤其表現在與其時「革命排滿」的社會風潮保持一定的距離。陳獨秀與章士釗共同總理《國民日日報》筆政，章士釗在辦報的同時，不僅積極宣傳革命，如成立東大陸圖書譯印局，出版《猛回頭》、《攘書》、《皇帝魂》、《蘇報案紀事》，自編《大革命家孫逸仙》等革命書籍進行革命宣傳；還參與發起革命組織，從事「實際「的革命運動，如「抽出時間，去推行他與黃興議定好在南京方面的工作」，去南京出席北極閣「拒俄大會」並發表演講〔註120〕，1903 年 11 月更遠赴長沙與黃興等人發起華興會，其任務是「駐在上海，聯絡各方同志並負責長江一帶的組織聯絡工作」〔註121〕。

〔註119〕《國民日日報》期間，陳獨秀曾將署名「由己」的手書條幅《題西鄉南洲遊獵圖》贈予劉師培，劉師培在詩下題「由己，由己，由一己所欲」。參見任建樹《陳獨秀大傳》，上海人民出版社，2004 年，第 8 頁。

〔註120〕章士釗在《趙伯先事略》（《甲寅》1 卷 25 號 8 頁）中記載了這一次集會，「癸卯秋，愚潛返寧，為會於北極閣，假借俄事，極言革命，南京學生咸集，為內地公開演說之嚆矢，聲勢甚盛。」

〔註121〕白吉庵：《章士釗傳》，作家出版社，2004 年，第 35 頁。

其他報刊同人如劉師培、林白水等人，其時也是積極投身革命宣傳的，劉師培更被稱為「激烈派第一人」。反觀陳獨秀，不僅沒有「實際」的革命行動，也沒有撰寫「激烈」的「排滿」文章。事實上，《國民日日報》的「舒緩」及其多面向特徵，正緣於陳獨秀的加盟。〔註122〕身受革命風潮的裹挾，卻與革命風潮保持距離，難怪劉師培稱其為「由一己之欲」。應該說，身處革命風潮之中，陳獨秀的「由己」是「不合時宜」的，但這是一種緣於「獨立思考，自主抉擇」的「蟄伏」狀態。

「三愛」意指「愛國家」、「愛真理」與「愛人道」，其中，「愛國家」是指對國家的熱愛，強調個人對於國家的責任；「愛真理」是指對真理的熱愛，強調個人應該追求真理，「愛人道」則是指對人道主義的推崇，強調對於他人的人道主義關懷。如上所述，《安徽俗話報》是陳獨秀主辦的第一份報刊，也是其系統闡釋「三愛」思想的報刊陣地。「愛國救亡」是《安徽俗話報》的主調，各個欄目從多個角度傳播救亡意識、鼓吹愛國主義，希望喚起國民的愛國心以挽救國家危局；在《開辦安徽俗話報的緣故》中，陳獨秀高度強調「懂得學問」與「通達時事」的重要性，《安徽俗話報》對「學問」與「時事」的偏重，雖與嚴格意義上的「真理」樣態存在距離，但從啟蒙對象主要為下層民眾來看，仍具有啟發民眾熱愛「新知」，追求「真理」的意義；「揭批惡俗」也是《安徽俗話報》的重點內容，陳獨秀的《惡俗篇》即對底層民眾生活其中的各種惡俗展開了深入地批判，儘管這種批判通常被納入國民性批判的範疇，然而，如果從人道主義的角度看，陳獨秀對國民性的批判又具有啟發民眾「使之為人」的意義，事實上，這才是《惡俗篇》主要關注底層民眾生活視域的主要原因。應該看到，陳獨秀此時對「愛國」、「愛真理」、「愛人道」的認識存在一定的侷限與模糊認識，然而，可貴的是陳獨秀認識到了「三愛」的重要性並努力宣傳。事實上，也正是由於陳獨秀對「三愛」的宣傳與啟蒙，《安徽俗話報》才能在短時間內聲名鵲起，「風行一時，幾與當時馳名全國之《杭州白話報》相垺」〔註123〕，成為清末下層啟蒙報刊的佼佼者。

〔註122〕陳長松：《論陳獨秀於〈國民日日報〉的地位與貢獻》，《編輯之友》，2012年第12期，第121～124頁。

〔註123〕房秩五：《回憶〈安徽俗話報〉詩一首》，《安徽革命史研究資料》1980年第1輯，第14頁。

綜上，陳獨秀筆名從「由己」到「三愛」的變化，意味著陳獨秀從個人色彩濃厚的「自我抉擇」的「蟄伏」狀態逐步轉向面向安徽民眾進行「愛國家、愛真理、愛人道」的「三愛」思想啟蒙。這也意味著陳獨秀的辦刊思想逐漸清晰，《安徽俗話報》對「愛國」、「愛真理」及「愛人道」的「成功」傳播也表明「三愛」成為陳獨秀獨立主辦一份報刊的指導思想。因為時事的變幻以及章士釗、劉師培等革命同志的召喚，陳獨秀最終於 1904 年底投身實際的革命活動，《安徽俗話報》由此成為雞肋並最終停刊，但是，我們仍可以認為「三愛」筆名意味著陳獨秀早年報刊思想的形成，也確立了陳獨秀為之奮鬥一生的目標，表明陳獨秀是以啟蒙思想家的姿態登上報壇，這也預示著陳獨秀對思想啟蒙的特別關注，一飭時機成熟，陳獨秀將利用報刊進行更為深入的思想啟蒙，這就為創辦《新青年》，引領五四新文化運動埋下了伏筆。

四、開民智的辦報宗旨

《安徽俗話報》的創辦順應了歷史發展的潮流，尤其是順應了晚清新政時期勃興的下層啟蒙運動。這一面向下層的啟蒙運動，既有因官方的支持而具有主流意識形態的一面，也有因中國讀書人受義和團運動的刺激而產生對下層社會進行啟蒙的自覺性的一面。正如李孝悌所述，由於義和團和八國聯軍造成的前所未有的危局，使得「開民智」的主張一下子變成知識分子的新論域，「開民智」三個字也一下子變成清末十年間最流行的口頭禪。〔註124〕陳獨秀創辦《安徽俗話報》，正是秉承「開民智」的報刊宗旨，這一宗旨又主要表現為時務知新主義，鼓吹愛國主義以及文化批判主義等三方面。

（一）時務知新主義

陳獨秀在《孔子之道與現代生活》中，首次使用「時務知新主義」〔註125〕。儘管這一名詞是陳獨秀於 1916 年提出，但這是陳獨秀自述其為「康梁派」的唯一行動，而且《論略》的寫作也反映出陳獨秀對《時務報》所刊「白人所論」的接收能力，也預示著他對西方知識的「接收」態度。因此，我們可以對「時務知新主義」下個粗略的定義，即要通過報刊通曉時務，獲得新的

〔註124〕 李孝悌：《清末的下層社會啟蒙運動：1901～1911》，河北教育出版社，2001年，第 15 頁。

〔註125〕 陳獨秀：《孔子之道與現代生活》，《新青年》第二卷第四號，1916 年 12 月）。原文為「甲午之役，兵破國削，朝野惟外國之堅甲利兵是羨，獨康門諸賢，洞察積弱之原，為貴古賤今之政制、學風所致，以時務知新主義，號召國中。」

知識，以此有利於個人、社會的發展。「時務知新主義」在兩個方面符合了晚清「開民智」的要求，一是「知新主義」本身蘊涵了對新知識的追求；二是這種知識的追求可以通過白話報刊來實現，亦即報刊是獲得新知的主要途徑。

在《開辦安徽俗話報的緣故》一文中，表達了懂得「學問」、通達「時事」的重要性。如「人生在世，糊裏糊塗的過去，一項學問也不懂得，一樣事體也不知道，豈不可恥嗎？」「若說起窮人來，越發要懂得點學問，通達些時事，出外去見人謀事，包管人家也看得起些，」但是對窮人來說，「上學攻書」是不現實的，但卻「有一樣巧妙的法子，就是買幾種報來家看看，也可以學點學問，通些時事，這就算事半而功倍了」。陳獨秀創辦《安徽俗話報》，如同《中國白話報》《杭州白話報》《紹興白話報》等白話報一樣，為的是讓「不能夠多多識字讀書」的同鄉，「學點學問，通些時事」，才「做出安徽俗話報」。他進一步指出創辦《安徽俗話報》的兩個主義，「第一是要把各處的事體，說給我們安徽人聽聽，免得大家躲在鼓裏，外邊事體一件都不知道。況且現在東三省的事，一天緊似一天，若有什麼好歹的消息，就可以登在這報上，告訴大家，大家也好有個防備。我們做報的人，就算是大家打聽消息的人，這話不好嗎？第二是要把各項淺近的學問，用通行的俗話演出來，好教我們安徽人無錢多讀書的，看了這安徽俗話報，也可以長點見識。」在隨後所附的章程裏，陳獨秀又將這「兩個主義」歸納為八個字，即教大家「明白時事」和「通達學問」，「讀書的人看了，可以長多少見識，而且本省外省本國外國的事體，沒有一樣不知道，這真算得秀才不出門能知天下事了。教書的人看了，也可以學些教書的巧妙法子。種田的看了，也可以知道各處年成好歹。做手藝的看了，也可以學些新鮮手藝。做生意的看了，也可以曉得各處的行情。做官的看了，也可以明各白處（明白各處）的利弊。當兵的看了，也可以知道各處的虛實。女人孩子們看了，也可以多認些字，學點文法。」〔註126〕

以「時務知新主義」的視角考察《安徽俗話報》的內容，可以發現《安徽俗話報》的很多欄目都貫徹了這一宗旨。「論說」欄中《亡國篇》對時事的介紹，「時事新聞」與「本省的新聞」欄中對新聞、時事的報導，地理、實業、衛生、格致、博物等欄目對自然科學、養蠶、造紙等實用知識的介紹，教育欄中對婦女、兒童教育方法的關注，兵事欄中對水雷、槍法使用的介紹，甚至小

〔註126〕本段引文均出自《開辦安徽俗話報的緣故》。

說、戲曲、閒談等文學欄目中也為讀者展示了「異域情境」〔註127〕。這一切都體現了陳獨秀「時務知新主義」的啟蒙主張。

（二）鼓吹愛國主義

如前所述，20 世紀初年的民族危機直接引發了下層啟蒙運動，啟蒙運動的一項核心內容就是喚醒底層民眾的愛國救亡意識，而這需要先向底層民眾灌輸近代國家觀念。白話報刊因其抵達下層社會的有效性注定要承擔這一任務。

作為晚清下層啟蒙運動的重要內容，愛國主義是《安徽俗話報》貫穿始終的一條主線。《安徽俗話報》從反抗外來侵略、維護國家利益、啟蒙民眾愛國救亡意識的角度出發，首先向下層民眾輸入近代國家觀念，在此基礎上大力鼓吹愛國主義。陳獨秀作為《安徽俗話報》的靈魂，通過論說以及「歷史」、「地理」欄的文章，系統闡述近代國家觀念。《安徽俗話報》「論說」、「時事新聞」、「本省的新聞」、「小說」、「詩詞」、「戲曲」等欄目，也通過報導、揭露並譴責列強的侵略行徑及野心，向民眾傳播民族危機，鼓吹愛國主義。比如《安徽俗話報》開篇論說《瓜分中國》，即將亡國危局呈現在民眾的面前，以引起民眾的關注和重視。「時事新聞」欄中對日俄戰爭的評述，使讀者切實感受到「這件事，關係我們中國很大。」再如「戲曲」欄所刊六部時事新戲的戲文，充滿了濃厚的救亡圖存意識。總之，《安徽俗話報》從不同角度傳播救亡意識、鼓吹愛國主義，兩者相互呼應，使《安徽俗話報》愛國主義的宣傳成為晚清白話報「愛國主義」宣傳的佼佼者。

（三）文化批判主義

啟蒙是離不開批判的，尤其是對文化的批判。德國哲學家卡西勒（Ernst Cassirer）就認為，所謂「哲學的時代」（即 18 實際發生在歐洲的啟蒙運動），根本上就是「批判的時代」（The Age of Criticism）〔註128〕。這個見解說明了批判對於啟蒙的重要性，批判不僅是啟蒙的內在要求，在某種意義上，甚至是展開啟蒙的前提。所有的事物必須經由批判的態度加以檢驗，才能被拋棄或接

〔註127〕陳獨秀的小說《黑天國》提供了「西伯利亞」這一異域情境，戲曲《瓜種蘭因》對波蘭與土耳其開戰的描寫，「閒談」中「黃金世界之女名士」提供的西方國家的「奇聞軼事」。

〔註128〕Ernst Cassirer, The Philosophy of the Enlightenment, (Princeton University Press, 1951), p275.

受。西方啟蒙運動中，啟蒙領袖所遵奉的批判精神，一方面使得舊的政治、宗教權威漸漸式微，一方面也帶來了更多的自由和寬容〔註129〕。儘管西方的西蒙運動與晚清中國下層社會的啟蒙運動存在諸多差異，但是在學理上，啟蒙離不開批判，批判是啟蒙的內在要求這一命題，在東西方的啟蒙運動中都是成立的。

陳獨秀創辦的《安徽俗話報》作為晚清下層啟蒙運動的典型，在文化批判這方面也是走在前列的。儘管陳獨秀以及《安徽俗話報》對民俗、迷信以及國民性等方面的批判，並不是濫觴者，但陳獨秀確是較早對民俗與國民性進行系統地、淺顯地批判的報人之一。《安徽俗話報》的文化批判不僅是自覺地實踐，而且也是一以貫之的，在這個意義上，稱其為文化批判主義。

陳獨秀在發刊詞中一再強調，辦報的主義「是很淺近的，很平和的」，大家別要疑心「有什麼奇怪嚇人的議論」，「只管放心買來看著」，「別要當作怪物」。有觀點認為，陳獨秀在發刊詞中的低調主要有兩個原因：一是當時報刊的生存環境並不寬鬆，若政治色彩過濃，語言過激，將可能重蹈《蘇報》的命運而被查封。二是啟蒙的對象是社會中下層民眾，消息閉塞，思想保守。若不考慮他們的心理承受能力，一開始就將激進的辦刊宗旨呈現在他們面前的話，很有可能將他們嚇跑。〔註130〕這種解釋並不充分：首先，陳獨秀創辦《安徽俗話報》的初衷並不以《蘇報》為楷模，辦刊宗旨不是「激烈主義」，而是「開民智」的啟蒙宗旨，這就決定了文化批判勢不可免；其次，與劉師培、林獬的「激烈主義」相比，文化批判並不等於「奇怪嚇人的議論」，而是對民眾生活其中的不合理的文化現象進行批判，民眾完全有能力對此這些議論進行「甄別」。可見，在陳獨秀看來，對文化進行批判與反思是合理合法的，既不是過激之論，也不是奇談怪論，而是進行底層啟蒙所必需的一項工作。

五、欄目與內容

《安徽俗話報》的欄目設置體現了開民智的報刊宗旨。除論說與新聞類欄目比較固定外，其餘欄目均不固定，且不斷有新欄目出現。《安徽俗話報》先

〔註129〕李孝悌：《清末的下層社會啟蒙運動：1901～1911》，河北教育出版社，2001年，第10頁。

〔註130〕黃曉紅：《〈安徽俗話報〉研究》，安徽大學歷史文獻學博士論文，2010年，第53頁。

後共設置過 22 個欄目。在計劃設置的十三門中，「行情」一欄沒有開成〔註 131〕。最早出現的計劃外欄目是第 3 期的「戲曲」一欄，其次是第 6 期的「圖畫」和「傳記」欄。第 8 期新添欄目最多，有「兵事」、「衛生」和「格致」三欄。第 14 期出現了「調查」欄。第 15 期出現了「博物」欄和「附錄」欄。第 16 期出現了最後的新欄目「學術」欄。所有欄目中，出現次數最多的是「論說」和「時事新聞」〔註 132〕兩個欄目，每期均有，「博物」一欄則僅出現一次。因為「新聞」欄目已經在上文予以介紹，「論說」欄將在下一小節予以重點分析，所以此處對這兩個欄目不再簡介。以下是《安徽俗話報》各欄目及各期文章篇數一覽表。

《安徽俗話報》各欄目及各期文章篇數一覽表

期次 \ 欄目篇數	論說	時事新聞	本省新聞	歷史	地理	教育	實業	小說	詩詞	開談	要件	來文	戲曲	圖畫	兵事	衛生	傳記	格致	調查	博物	附錄	學術
1	1	5	7			1	1	1	3			1										
2	1	12	7				1	1	1	6	2											
3	1	8	6	1	1		1	1	1			1	1									
4	1	5	6	1			1	1	1	2	4		1									
5	1	15	1	1			1	1	1	2	4	1										
6	1	6	4	1				1	2	7					4			1				
7	1	7	6	1				1	1		1	1			1							
8	1	3	1					1			1				1	1	1	1				
9	1	13	1					1	2					1		1	1	1				
10	1	10	1					1						1		1	1		1			
11	1	4						1	1					1	1				1			
12	1	6	2		1	1			5					1					1			

〔註 131〕黃曉紅認為，從「調查」欄登載的內容來看，第 14 期出現的「調查」欄，應是章程裏所介紹過而以往各期又未出現過的「行情」一欄。實際上，根據章程裏對「行情」一欄的解釋，「我們徽班的生意，在長江一帶要算頂大了，現在我要將本省外省本國外國各種的行情打聽清楚，告訴大家，全望主徽班的格外大發其財，我才歡喜哩。」可以看出，這一欄主要是商業行情，與「調查」一欄有嚴格的區別。

〔註 132〕上文提到了《安徽俗話報》「要緊的新聞」一欄名稱經歷了由「要緊的新聞」到「新聞」再到「時事」的演變，所以用上述任一個名稱似乎均不合適，根據其主要刊登時事新聞的特點，本書將這一欄稱作「時事新聞」。

13	1	8	1	1	1		1			1	1	2		1								
14	1	5	2		1		1			1	1	2	1		1	1						
15	1	6	7		1		1		1		2	1	1	1			1	1				
16	1	10			1		1			1				1								1
17	1	6	17				3			1				1	1		1	1				
18	1	17	2	1			2			1			1									
19	1	29			1	1	1		1				1									
20	1	5	7							1		1										
21～22 合期	1	78	13		1		1	2		1	1			1	2							
合計	21	258	94	11	8	16	9	15	36	15	7	9	9	12	9	7	4	12	7	1	2	2

注：

1. 上述文章統計文章沒有包括第 1 期《開辦安徽俗話報的緣故》、第 9 期「警告」《銅關山事件》。

2. 第 1 期《要停科舉辦學堂的論摺》，目錄中標為「來文」，報中標為「要件」，上表歸入「要件」。

3. 第 10 期、第 12～15 期等 5 期，目錄與正文均沒用「本省的新聞」一欄，上表列出的「本省新聞」在報刊中被歸在「新聞」或「時事」一欄。如前分析，《安徽俗話報》「要緊的新聞」（時事新聞）一欄名稱經歷了由「要緊的新聞」到「新聞」再到「時事」的演變。

4. 第 19 期的 29 條「時事」，包括「甲辰十一月望後至乙巳正月三十日的大事表」中所列「大事」22 條，以及「最近時事」7 條。

5. 第 21～22 合期的 78 條「時事」，包括「五月的大事」中所列的「大事」63 條，以及「外國的大事」15 條。

（一）歷史、傳記、學術

將這 3 欄放在一起介紹，主要是後兩者也偏向於歷史的敘述。《安徽俗話報》傳記主要介紹傳記人物的歷史活動，學術欄也主要是安徽學術史的介紹。

《安徽俗話報》的歷史欄，「是把從古到今的國政民情、聖賢豪傑細細說來給大家做個榜樣」。該欄主要以「中國歷代的大事」為題，分十一章介紹了中國自開國至戰國時期的歷史，內容有開國源流、漢苗交爭、大禹治水、湯武革命、周初之隆盛、王政復興、犬戎之禍、春秋五霸、吳越爭雄及戰國七雄等，該欄所有文章均由陳獨秀所作。晚清時期，清政府日益腐敗，民族危機日益加深。伴隨而起的是民族意識的勃興，知識分子利用報刊大力宣揚民族意識，這是當時的一股潮流。與劉師培、林獬等人在《中國白話報》刊登的介紹中國歷史的文章相比，陳獨秀對中國歷史的敘述呈現出一定的差異性。

《安徽俗話報》的「傳記」欄最早出現於第 6 期，共刊登 4 期。分別為蕹照〔註133〕《安徽名人傳》之《木蘭》；善之《安徽名人傳》之《朱元璋傳》。這個欄目不僅體現了《安徽俗話報》的本省意識，也符合晚清時期白話報刊登漢族名人傳記的潮流。

《安徽俗話報》的「學術」欄只出現於第 16 期與第 17 期，連載了瑟詹的《近代安徽學案》，介紹近三百年來安徽學術上的人物。按照文意，應為多篇連載，但只登載兩期，只介紹了江慎修〔註134〕。這個欄目雖只存在兩期，對安徽學案僅開了個頭，但也體現了《安徽俗話報》的省際意識。

（二）小說、詩詞、戲曲、閒談、圖畫

將這幾個欄目放在一起介紹，主要是考慮這些欄目所刊內容具有通俗文學的性質，不涉及學理層面。

《安徽俗話報》的「小說」欄，「無非說些人情世故、佳人才子、英雄好漢」，但因為所刊登小說的內容具有時代性，所以「比水滸、紅樓、西廂、封神、七俠五義、再生緣、天雨花還要有趣哩」。「小說」欄共刊登了三部小說，分別為：守一（吳汝澄）的《癡人說夢》；三愛（陳獨秀）的《黑天國》；棠樾村人〔註135〕的《自由花彈詞》。上述三篇小說都是採用了白話章回體的通俗樣式，表達的也是曉諭瓜分危機、揭露朝廷腐敗、激發愛國意識的主旨。

「詩詞」欄是《安徽俗話報》另一個宣傳和啟蒙民眾的重要欄目。二十二期共刊載各類詩詞 36 首，其中有 9 首標明了出處，20 首明確注明了作者，不過絕大多數作者的署名都是筆名。除房秩五、周祥駿、曾志忞、潘慎生、汪笑儂等人外，其他作者的真實姓名無從考證。《安徽俗話報》詩詞的最大特點在於以民歌時調為主，通過「舊調譜新詞」的做法，在舊有的形式之下，導入時代所需的啟蒙內容，不僅於啟蒙思想的宣傳普及極為有利，而且也體現出濃厚的批判色彩。

〔註133〕蕹照（？～1918），安徽歙縣人，一作旌德人，原名汪德淵，又名允宗、允中、定執，號曠公、蕹照。

〔註134〕江永（1681～1762），字慎修，婺源（今屬江西）人。一生未曾居官，以教授生徒為業。學本朱子，著作甚豐，多達二十餘種，《四庫全書》多著錄之。《清史稿》有傳。其易學著作有《河洛精蘊》九卷。

〔註135〕「棠樾村人」即汪律本。汪律本（1867～1931），字鞠鹵、鞠友，安徽歙縣人。光緒舉人，廢科舉後，在南京接受西方科學教育，後任教南京兩江師範學堂和上江公學。

《安徽俗話報》「詩詞」欄一覽表

期　次	名　稱	作　者
1	歎五更·傷國事也	龍眠女士
	醉東江·憤時俗也〔註136〕	
	送郎君·悲北事也	謳歌變俗人
2	招國魂·哀軍人之不振也	節錄杭州白話報
	鴉片戰·恨洋煙之害人也	
	好江山·恨土地之日削也	
	文明種·望蒙學之改良也	
3	十恨小腳歌	桐城潘女士
4	閨中歎·憫國難也	桐城方瑛子女士
	十杯酒·識苛稅也	黃金世界之女名士
5	湘江郎調·歎惡俗也	卓呆
	國民進行歌	桐城學堂日本教師
6	從軍行（仿十送郎調）	浮渡生〔註137〕
	書恨（八首之二）	皖江憂國士〔註138〕
7	十二月想郎（梳粧檯調）	懷寧漢瞻女士
8	醒夢歌	
9	戒吸鴉片歌（仿梳粧檯五更體）	天地寄廬主人〔註139〕

〔註136〕 《醉東江·憤時俗也》這首「詞」，以往都被掛在三愛（陳獨秀）名下。沈寂在其《陳獨秀傳論》中，稱他可能是將此「詞」劃歸陳獨秀名下的始作俑者，後來他認識到這種說法不確，糾正了這一說法。按照《安徽俗話報》的行文，本文認為，這首「詞」與《歎五更·傷國事也》均為龍眠女士所做。值得注意的是，《安徽俗話報》的詩歌有幾首均署名「某某女士」。

〔註137〕 浮渡生即房秩五，他在《安徽俗話報》教育欄刊登的文章則署名「飭武」。

〔註138〕 皖江憂國士即周祥駿（1870～1914），字仲穆，世稱「風山先生」。江蘇睢寧人。清末民初學者、作家、詩人、劇作家。《安徽俗話報》第18期刊登的戲曲《胭脂夢》署名為「皖江憂國士」，此外《睡獅圍》、《康茂才投軍》、《圍匪魁》、《薛盧祭江》等也是他的作品。

〔註139〕 這篇文章的作者天地寄廬主人為汪笑儂，根據李秋菊《汪笑儂的六首時調》（《文史雜誌》2009年第2期）。天地寄廬主人為汪笑儂的化名，汪笑儂在李伯元主編的《繡像小說》第三期「時調唱歌」欄目，發表《戒吸煙歌（仿梳粧檯五更）》，署名「天地寄廬主人倚聲」，「倚聲」是指根據當時民間廣泛流

	螞蟻（學堂唱歌）	志忞〔註140〕
10	歎十聲（仿煙花調）	合肥覺夢子
12	觀物雜謠五首（駱駝、野牛、蝲蝦、蟀蟕、海葵海和尚）	
14	祝國歌（仿鮮花調）	愛生
16	女兒歎	曼聰女士
17	過督元陂弔荊軻	潘慎生
	國恥歌	桐城崇實學堂唱歌
	勉學歌	
18	女箴	名隱
	從吾遊　秋之夜調	雪聰
19	醒世格言	
21～22	遠懷城隍會詩	可群
	好男兒歌	今前

　　《安徽俗話報》上「戲曲」欄共刊登六部戲曲，分別為《睡獅園》、《團匪魁》、《康茂才投軍》、《薛盧祭江》、《胭脂夢》、《瓜種蘭因》，其中前五部為周詳駿所著，《瓜種蘭因》則為汪笑儂所著。此外，陳獨秀在《安徽俗話報》上曾發表《論戲曲》，表明了他對戲曲改良的態度。《安徽俗話報》所刊登的這些戲文，都暗切時事，鮮明地表現了愛國救亡的主題。這些戲文無疑是陳獨秀戲曲觀的最好注解。

《安徽俗話報》的戲曲欄篇目一覽表

名　　稱	期　　次	作　者	名　　稱	期　　次	作　者
睡獅園	3	未署名	瓜種蘭因	11～13	汪笑儂
團匪魁	9	春夢生	薛盧祭江	14	未署名
康茂才投軍	10	未署名	胭脂夢	18～19	皖江憂國士

行的曲調（即「時調」）填寫唱詞，如同「倚聲填詞」，故署「天地寄廬主人倚聲」。本文作者比對了兩本刊物上的相關內容，可以確定《安徽俗話報》上刊登的這篇「詩詞」是汪笑儂做作。

〔註140〕 志忞即曾志忞（1879～1929），清末民初學堂樂歌時期重要的音樂教育家、活動家育家，對學堂樂歌做出了巨大貢獻。

　　「閒談」欄，刊登的主要是趣事、怪事，「無論古時的現在的本國的外國
的，凡是奇怪的事，好笑的事，隨便寫出幾條，大家閒來無事看看到也開心哩。」
「閒談」主要刊登在第 4～6 期，共刊登了 15 條內容。「閒談」的主要內容雖
為外域見聞，不乏趣事和怪事，但其出發點仍然是愛國主義，希望通過域外見
聞激刺國人的愛國熱情。

《安徽俗話報》「閒談」欄篇目一覽表

期　數	內　容	作　者
4	小姐怨	黃金世界之女名士
	清人賤種	
	日娘！什麼王爺	
	交合權	
5	衛太太的書信	黃金世界之女名士
	國是皇上家裏的	
	天下第一貴重的墳墓	
	天主教講究策論	
6	烈女題詩	
	波蘭人叛逆	
	大人恩典大人栽培	
	愛國女兒墓	
	今日洋鬼子異日聖明君	
	虐待金魚的罪名	
	狗的酒館子	

　　「圖畫」欄，並不是嚴格意義上的圖片新聞，只能算是宣傳畫，內容也主
要為揭露西方列強的侵略暴行，鼓舞國人的愛國熱情。

《安徽俗話報》圖畫一覽表

期　數	內　容	備　註
6	俄兵高麗劫掠圖	每幅圖 1 頁篇幅，前兩幅有文字描述，後兩幅沒有
	紅鬍子拆毀滿洲鐵路圖	
	日俄大戰圖	
	安徽全省地圖	

7	檀香山焚燒華人市場慘狀圖〔註141〕	
8	紅鬍子拆毀滿洲鐵路圖	與第 6 期相同
13	國恥圖其一　將軍被囚	有圖名、文字描述，每幅圖 1 頁，內容都是庚子年八國聯軍侵華
	國恥圖其二　包腳受辱	
14	國恥圖其三　搜刮財主	
	國恥圖其四　捉人為奴	
15	國恥圖其五　順民被戮	
	國恥圖其六　拷打文人	

　　總之，《安徽俗話報》的文學作品諸如小說、戲曲、詩詞、閒談、圖畫等，都是立足於現實，帶有鮮明的政治傾向，表現了愛國救亡這個共同的主題。

（三）教育、兵事

　　按照《安徽俗話報》的章程，「教育」欄分為二類：「一是讀書的法子，好教窮寒人家婦女孩子們不要花錢從先生，也能夠讀書識字通點文法；一是教書的法子，好教做先生的用些巧妙的法子，不至誤人子弟。」教育欄的作者主要為房秩五、陳獨秀，關注的對象主要是小學教育、家庭教育、女子教育。其中，陳獨秀的《國語教育》以及《王陽明先生訓蒙大意的解釋》這兩篇文章，反映了陳獨秀早期的教育思想。

《安徽俗話報》教育欄所刊文章一覽表

期數	名　稱	作者	期數	名　稱	作者
1	整頓蒙學館的法子		12	家庭教育	飭武
2	整頓蒙館學的法子		14	王陽明先生訓蒙大意的解釋	三愛
3	國語教育	三愛	15	家庭教育	飭武
4	蒙學應用各書的說	飭武	16	王陽明先生訓蒙大意的解釋	三愛
5	蒙學應用各書的說	飭武	17	敬告各位女東家太太	了百
6	家庭教育	飭武	18	西洋各國小學情形（一）俄國	三愛
7	家庭教育	飭武	20	女子教育	銏仁
9	家庭教育	飭武	21～22	女子教育	

〔註141〕丁苗苗在其碩士論文論述《安徽俗話報》「圖畫欄」時，有這幅圖畫的記載，其標注的來源人民出版社 1983 年影印版《安徽俗話報》，但該影印版《安徽俗話報》第 7 期缺少封面、目錄與圖畫，直接以「論說」起頭，安徽省圖書館館藏的《安徽俗話報》第 7 期也直接以「論說」起頭，因此是否有這幅圖畫，暫且存疑。

「兵事」一欄，自第 8 期出現以來，除了第 10 期刊登公因《說水雷》外，餘下文章均為陳獨秀所撰。其中，《說水雷》與《槍法問答》基本為兵器知識的介紹；《東海兵魂錄》主要是介紹日俄戰爭中日本國民的事蹟，《中國兵魂錄》則是介紹中國歷史上有名的壯士及烈婦的事蹟，兩篇《兵魂錄》的目的均在於給缺少尚武敢死精神的國人提供榜樣示範。值得注意的是，晚清白話報中，不乏針對軍人所作的文章，但陳獨秀的文章，不僅提供了兵器知識，更提供了尚武犧牲的精神（兵魂）。考慮到陳獨秀及其發起組織的革命組織「岳王會」，這個欄目也有一定的現實針對性。

《安徽俗話報》「兵事」欄所刊文章一覽表

期　數	標　題	備　註
8	東海兵魂錄	負傷渡河、林夫人、義父義子、義母訓子、無淚的烈女、一千勇士
9	東海兵魂錄	軍神、棄婦從軍、一死報國、金州丸死×的壯士
10	說水雷	作者為公因
14	槍法問答	三愛
15	槍法問答	三愛
16	槍法問答	三愛
17	中國兵魂錄	先軫、趙苞母、虎威將軍、臧洪
18	中國兵魂錄	弘演、卞莊子、狼曋、二勇
20	中國兵魂錄	睢陽血戰、靴中短刀

（四）地理、實業、衛生、格致、博物

地理欄是將「本省的、外省的、本國的、外國的山川城鎮、風俗物產都要樣樣寫出來」。該欄在二十二期中出現 8 次，有 4 期的文章署名「三愛」。其中《世界大略》介紹了太陽系的行星、地球上的溫度帶、五大洲、五大洋、人口及人種、宗教信仰及國家政體等內容。《本國大略》介紹了中國的疆土、山脈、河流、湖水、人口、民族、宗教、官制、兵制、海岸、地勢、氣候、物產、商業、交通等各方面情況。兩篇《安徽地理說略》雖未署名，但筆者同意黃曉紅

的觀點，即這兩篇文章為陳獨秀所作〔註142〕。這兩篇文章介紹了皖南所屬四府一州的山川水道以及米糧、茶葉等各種物產。作者原打算分皖南皖北兩部分進行說明，且第13期文章末尾還注有「沒有完」三字，可惜直到終刊，也未見下文。署名一圈的《安徽地理》，則分別從天文地理和地文地理的角度，對安徽所處的地理位置及山脈、水道、湖泊等內容作了較為詳細的介紹。

「實業」欄的目的在於，「無論農工商賈，凡有新鮮巧妙的法子，學會了就可以發財的，都要明明白白告訴大家。」該欄主要刊載的是轉錄於《中國白話報》上《養蠶大發財》一文，還刊載了《稻草做紙新法》。另有一篇陳獨秀撰寫的《安徽的煤礦》，提供了安徽煤礦的產地、煤的種類及各地煤礦開採情況等方面的詳細內容。

《安徽俗話報》的「衛生」欄，主要連載了鐵郎的《保養身體的法子》，分別從呼吸、睡覺、飲食、衣服、房屋、品行、養心、職業八個方面介紹了衛生學的有關知識。

《安徽俗話報》的「格致」欄，主要刊登的是谷士〔註143〕的《益智啟蒙問答》系列文章，採用問答的形式，讓讀者瞭解了有關星、天、日、月以及風、空氣和水蒸汽等自然現象。

《安徽俗話報》的「博物」欄，僅在第15期出現一次，且只刊載了尤谿的《通俗博物學講話》一文的上篇，對櫻的構造作了解析，餘下篇章再未出現。

上述欄目及所刊文章，除了陳獨秀關於安徽地理以及安徽礦產的文章外，其他文章均為科普文章，雖體現了「開民智」的辦刊宗旨，但缺少原創性。

（五）要件、來文、附錄

《安徽俗話報》的「要件」欄，主要刊登用「俗話寫出」的「各種的緊要章程、條約、奏摺、告示、書信、遊記」。「來文」一欄，則是選登「列位看報的」所做的「俗話的文章」。「附錄」欄只刊登了《兩江總督整飭學務劄文》與

〔註142〕黃曉紅在博士論文《〈安徽俗話報〉研究》（第66頁），根據三個原因做出推斷：第一，題目都是「說略」一類。第二，從世界說到國家再到本省，實為一個系統。第三，《安徽地理說略》裏指出：「在下今所說的地理，⋯⋯卻不是學那風水先生所說的地理」，這與陳獨秀在《安徽俗話報》的《章程》裏所指出的，該刊介紹的「地理」「不是什麼看墳山謀風水的地理」如出一轍。本書稿贊同這一觀點。

〔註143〕谷士即章谷士，亦作國士，安徽績溪人。南京路礦學堂畢業，與魯迅是同學，也是陳獨秀主辦《俗話報》時「朝夕晤談的好友」，主要負責「格致」一門。

《安徽調查會的章程》兩篇文章。

「來文」與「要件」一欄，就刊登內容方面，並無太大的區別。區別在於「來文」都有署名，「要件」則很少署名；前者多少帶有一點私人來稿的性質，後者則具有公告的性質。在上述兩個欄目中，批判迷信思想、主張婦女放腳以及美國對中國公民的歧視成為主要內容。這也是符合《安徽俗話報》的宗旨。

《安徽俗話報》「來文」、「要件」欄文章一覽表

來文欄			要件欄		
刊期	內　容	署　名	刊期	內容	署名
1	要停科舉辦學堂的論摺	兢化	2	日華商合辦宿松煤礦合同	
3	雷之話	白嶽		貴池縣仁三保和嶺合約	
4	勸徽州人不要裹腳的道理	徽州不裹腳會來稿	3	美國留學生給日本留學生的書信	
7	桐城不纏足善會的緣起	桐城不纏足善會來稿	5	赴美賽會登岸情形的日記	黃金世界之女名士
11	續無鬼論演義	卓呆	7	續溪縣官勸人看俗話報啟	
13	續無鬼論演義	卓呆	19	放腳的法子	節錄吳門天足社稿
14	續無鬼論演義	卓呆			
15	續無鬼論演義	卓呆	21～22	奉勸中國的眾同胞不買美國的貨物	
21～22	奉勸大家要曉得國民的權利和義務	中國人			

（六）調查

「調查」一欄首次出現於第 14 期，但主要內容卻是在第 17 期以後，而且根據本期「附錄」中刊登的《安徽調查會的章程》，我們可以認為，「調查」一欄主要為刊登安徽調查會的稿件而設置的。調查的內容也是廣泛的，這也符合晚清伴著下層啟蒙運動興起的社會調查熱，也是《安徽俗話報》省際意識的表現。

《安徽俗話報》「調查」欄文章一覽表

刊　期	內　容	署　名	備　註
14	瀘州賣書的情形	科學圖書社社員	報中為「瀘州書市的情形」
17	安徽全省物產表	安徽調查稿	本期「附錄」刊登了安徽調查會的章程
18	無為州學堂情形	安徽調查會稿	
19	安徽全省物產表	安徽調查會稿	
20	皖北的土話	安徽調查會稿	
21～22	壽州南鄉的廟產一覽表 合肥錢糧的弊端	安徽調查會稿	

六、論說：鼓吹愛國，揭批惡俗的主陣地

　　20 世紀初期的中國報壇仍處於政論時代，報紙上最重要的部分仍然是言論。這一時期幾乎所有的報刊都非常重視言論，主筆是報刊的臺柱，其言論質量的高低與報刊影響的大小成正比〔註144〕。因此，評論在那個時代是當之無愧的報紙的「靈魂」與「旗幟」。評論在不同種類的黨派報刊和非黨派報刊均得到了長足的發展，並且「日臻完善與成熟起來」。《安徽俗話報》作為面向下層開啟民智的啟蒙刊物，「論說」是其鼓吹愛國救亡，揭批惡俗的主陣地。《安徽俗話報》的論說實踐，豐富和完善了這一時期的報刊評論實踐。

（一）內容簡介

　　「論說」是《安徽俗話報》的第一門，主要是「就著眼面前的事體和道理講給大家聽聽」，每期一篇。《安徽俗話報》論說欄共有 21 篇論說，其中論述國家問題的共有 10 篇，分別為《瓜分中國》（1 篇），《說國家》（1 篇），《亡國篇》（7 篇），《說愛國》（1 篇）；論述風俗問題的共有 9 篇，分別為《惡俗篇》（7 篇），《再論婚姻》（2 篇）；此外，還有兩篇論說，一篇為論述礦務問題的《論安徽的礦務》，另一篇為專門論述中國戲劇改良問題的《論戲曲》。

　　從數量上看，上述 21 篇論說中，陳獨秀獨撰 16 篇，此外 5 篇分別為：一癡《說愛國》（第 14 期）；雪聰《再論婚姻》（分上下於第 16 期，第 18 期刊登）；咄咄《論風水的迷信》（分上下於第 20 期，第 21～22 合期刊登）。這 5

〔註144〕曾建雄：《中國新聞評論發展史（近代部分）》，廣西師範大學出版社，1996 年，
　　　　　第 224 頁。

篇論說主要是在陳獨秀論說的基礎上再發揮論證或從其他角度進行補充，其思想上的創新性仍要歸功於陳獨秀。這表明陳獨秀不但是《安徽俗話報》論說的主要撰寫者，而且也是《安徽俗話報》論說主題的設定者。

從內容上看，21 篇論說中，論述國家問題與風俗問題的論說共有 19 篇。這表明《安徽俗話報》「論說」的主題主要是「愛國救亡」與「揭批惡俗」。事實上，論述礦務問題的《論安徽的礦務》，以及論述中國戲劇改良問題的《論戲曲》等兩篇論說，也是服務於「愛國救亡」這一主題的。因此，《安徽俗話報》的 21 篇論說，都貫穿了啟蒙（開通民智）和救國（救亡圖存）這兩條主線，所有論說都圍繞上述主線展開。

總體來看，「論說」欄是刊登《安徽俗話報》原創性內容的主要欄目，也是陳獨秀較為系統的闡述愛國救亡以及揭批惡俗的主陣地。

（二）特點

綜觀《安徽俗話報》21 篇論說，論說主旨雖為迫切的愛國救亡主題，但論說的內容都為普遍的社會現象，論說作者尤其是陳獨秀在論說中闡述的都是自己的思想文化主張，而不是對具體新聞事件或社會問題的分析。因此，《安徽俗話報》的論說並非是嚴格意義上的新聞評論。如果以梁啟超為代表的政論文體為參照，將《安徽俗話報》論說歸為政論似乎是合適的，但仍存在不同之處，不僅有些論說與新聞評論有交匯，而且《安徽俗話報》的論說尤其是陳獨秀的論說，關注點偏重於文化，採用的視角也是批判性的。因此，《安徽俗話報》的論說呈現出與眾不同的特點。

1. 思想新穎深刻

儘管《安徽俗話報》論說的相關主題有其歷史來源，陳獨秀在《安徽俗話報》的論說主題可以上溯到嚴復、梁啟超等人，而且陳獨秀也確實受了他們的影響。然而，這種影響應僅限於來源，陳獨秀《安徽俗話報》的論說不僅深入開掘了相關主題，而且以其高超的傳播技巧「第一次」將這些主題傳遞給了安徽社會的底層民眾。正是在這個意義上，可以討論《安徽俗話報》論說思想新穎深刻的特點。以下僅以《亡國的原因》以及《婦女的裝扮》兩篇文章作為代表探討這一特點。

對國民性的批判。梁啟超在《新民說》中將國民劣根性歸納為「貪鄙之性、

偏狹之性、涼薄之性、虛偽之性、諂阿之性、暴戾之性、偷苟之性」〔註145〕。他認為，中國歷史上專制暴虐、戰亂摧殘、民生艱難是造成國民劣根性的根本原因，欲建設新國家，必先改造國民性。陳獨秀在此基礎上，將「亡國滅種之病根」直接歸因於「國民性」。在他看來，亡國的原因「不是皇帝不好，也不是做官的不好，也不是兵不強，也不是財不足，也不是外國欺負中國，也不是土匪作亂」，「凡是一國的興旺，都是隨著國民性質的好歹轉移。我們中國人，天生的有幾種不好的性質，便是亡國的原因了」，他進一步指出具體的原因——「只知道有家，不知道有國」、「只知道聽天命，不知道盡人力」。應該說，陳獨秀這番亡國原因的論述帶有濃厚的「反躬自身」的意味，在此種意義上，陳獨秀確是較早展開國民性批判的報人之一。陳獨秀的這番「歸因」論述，不僅在當時屬於振聾發聵之語，即使放在今天也是深具啟迪意義的。

再如《惡俗篇》之《婦女的裝扮》一文。此文批判了六樣打扮刑法，即裹腳的腳鐐刑法、戴手鐲的手銬刑法、掛耳環的穿孔刑法、套項鍊的鏈條鎖頭頸的刑法、披披肩的枷刑以及塗脂抹粉的打皮巴掌刑法。文章也作了歸因分析，「想來想去，想這般婦女們的裝扮，是甚麼意思？一向有些不明白，想到如今，想出一個緣故來了」，原來是「我中國的婦女們，還是幾千年前，被混帳的男人，拿女子來當做玩弄的器具」，但這班婦女卻自甘愚弄，「這班婦女們，受了這個愚，便永遠在黑暗地獄，受盡了萬般的苦楚，一線兒光亮都沒有，到如今越弄越愚，連苦惱都不曉得。相習成風，積非成是，像這樣壞風俗，真是大有害於世道人心呀！」站在晚清婦女啟蒙的視角審視這篇文章，即可發現這篇文章的新穎之處：其一，文章的視角是批判的，這有別於苦口婆心的教育；其二，文章批判了六種打扮刑法，幾乎囊括了婦女的日常裝扮，這突破了婦女纏腳、婦女教育等晚清啟蒙運動有關婦女的中心話題；其三，對婦女裝扮惡俗的歸因分析，也是深刻而有趣的，既將矛頭對準了千年以來的男權，也批判了婦女的愚昧而不自知。即使從當代女權主義的視角，該篇文章作為一篇20世紀初葉發表於報刊的由男性寫就的批判婦女裝扮的文章，也是有其當下意義的。

2. 語言淺俗生動

從陳獨秀「由選學妖孽轉變為康梁派」的自述看，陳獨秀本人對文選是下了工夫的，具有深厚的古文功底，《揚子江形勢論略》一文也顯示了其高超的

〔註145〕梁啟超：《新民說·敘論》，《梁啟超全集》，北京出版社，1999年，第620頁。

文字駕馭能力。然而，作為一份面向底層社會，開啟民智的啟蒙刊物，《安徽俗話報》必須使用「俗話」，以便順利走入下層社會的閱讀生活。這就需要陳獨秀的語言創造，而陳獨秀也不負眾望，《安徽俗話報》論說的語言，不僅淺顯易懂，而且生動活潑，攙入的方言俗語更增添了文章的表現力。

如《瓜分中國》，「中國官最怕俄國，活像老鼠見了貓一般，眼看了他佔了奉天，那敢道半個不字。各國人看中國這樣容易欺負，都道中國是一定保不住了。與其把這個肥羊尾子，讓俄國獨得，不如趁早我們也都來分一點吧。因此各國駐紮北京的欽差，私下裏商議起來，打算把我們幾千年祖宗相倚的好中國，當作切瓜一般，你一塊、我一塊，大家分分，這名目就叫做『瓜分中國』。」再如，《論安徽的礦務》「……他們做官的，幹了這些黑心的事體，他糊籠糊籠，走了就沒事。」「唉！有錢的人現在不肯出錢，……，那時眾人受苦不了，就是剮守財奴的肉做元子吃，也是不濟事的了。」再如《婚姻篇》，「倘若媒人從中說了謊話，衣服、首飾、禮物等件，有一樣前言不符後語，更要鬧得天翻地覆，把那班王八蛋做媒的兒子，頭都罵呆了，腿都跑匾了，肚子都氣大了，這時候男女兩家，就和仇人一般。」再如《惡俗篇》之《婦女的裝扮》。把女人穿的戴的裏的等等都比作是班房大牢中不同的刑法，既形象通俗，又具有說服性和諷刺性。「第一樣是腳鐐的刑罰。列位看我們中國的婦女，拿一雙腳纏得像粽子一般，皮開肉綻，不管痛，也不管癢，但曉得纏得極小，……我拿纏腳的婦女們，比釘鐐的犯人，不是嘲笑他們，真真活像的呢。第二樣便是手銬的刑法。什麼手銬呢？便是婦女們手上所帶鐲頭，好比犯人的手銬。……第四樣是鏈條鎖頭頸的刑法。我見女人家頭子上，都要套一條兜兜鏈……第五樣是一面枷……不說虛話足有六七斤重，壓在肩膀上，頭頸都不能動一動，背脊骨都不能曲一曲，……。第六是打皮巴掌。……拿了胭脂粉，用兩隻手在臉上亂拍亂打，拍得通紅。」

由上可見《安徽俗話報》語言淺俗生動的特點。《安徽俗話報》使用的白話語言，在中國現代語言發展史上是有其歷史意義的，即如朱文華所說，「如此的語言語調，比之當時的半文半白、文白相間的語言文字，顯然更進步；比之那些把文言文『譯』成白話文的篇什，也顯得更加新鮮活潑，並且已開始了向現代漢語語法的過渡。」〔註146〕

〔註146〕朱文華：《陳獨秀是不是文學家》，《陳獨秀研究（第 2 輯）》，安徽大學出版社，2003 年，第 102 頁。

3. 論證系統有力

《俗話話》的論說具有系統性的特點。這體現在兩個方面：一，陳獨秀在「論說」欄刊登的文章具有系統的特點。從《瓜分中國》到《說國家》再到《亡國篇》，陳獨秀系統論述了愛國救亡這一核心主題。《瓜分中國》向讀者介紹了瓜分情勢，《說國家》則介紹了西方近代以土地、人民、主權等為核心要素的國家概念，《亡國篇》分別分析了土地滅亡的現象、權利（鐵路、礦產、貨物）滅亡的現象、主權滅亡的現象，並指出亡國的原因在於「我們中國人天生的有幾種不好的性質」。再如《惡俗篇》之《婚姻篇》，陳獨秀分三章對舊式婚姻中存在的男女不平等問題進行了揭露和批判。他認為，不僅「結婚的規矩不合乎情理」，而且「成婚的規矩不合乎情理」，連「退婚的規矩不合乎情理」，文中還以西方婚姻方式為參照系，大力提倡婚姻自由。這就徹底否定了傳統的婚姻惡俗。二，其他作者的論說均是對陳獨秀論說主題的補充論證，這有益於深化論說主題。比如，雪聰的《再論婚姻》就從先賢典籍《詩經》中引經據典來充當婚姻自由的論據，並搬出孔子即為自由戀愛的愛情結晶的例子對《婚姻篇》進行補充論證。陳獨秀對傳統婚姻的批判，主要是就事說理，引入西方自由婚姻作為參考，雪聰則從中國傳統資源論證自由婚姻的合理性，兩者相互補充，增強了對婚姻惡俗的批判力度；再如咄咄在《論風水的迷信》中，對迷信風水不僅影響本地經濟的發展、國家的富強，最終還可能被外國強盜霸佔的論述，這與陳獨秀《安徽的礦務》的主旨也是一致的。再如一癡的《愛國篇》，認為日俄戰爭中日本人制勝的原因在於「知愛國，不怕死」，由此鼓勵國人要養成「知愛國，不怕死」的尚武精神，進一步闡明陳獨秀設定的愛國救亡的觀點和主張。

論說具有系統性，可以詳細深刻地闡明論說者的思想與主張，其他作者的補充論證則使說論說主題更具說服力。《安徽俗話報》論說的系統性不僅有力地論證了愛國救亡的主題，而且也成就了陳獨秀，使其成為中國近代史上系統論述愛國救亡思想的白話報人之一。

4. 強烈的問題意識

如前所述，報刊言論是政論時代報紙的「靈魂」與「旗幟」，言論質量的高低決定報刊影響力的大小。決定言論質量高低的因素固然是多重的，但問題意識無疑是最為重要的因素。強烈地問題意識不僅反映了作者的危機意識、責任意識和深入思考，思考的問題也都指向真問題，具有急迫性和強烈地現實意

義。以言論聞名的報刊，無一例外地都呈現了強烈的問題意識。《安徽俗話報》論說的問題意識具有一定的獨特性，不僅作者具有強烈的問題意識，所有論說都是針對當時重要的社會問題，而且每篇論說都直接向讀者發問，努力將論者思考的問題轉換為讀者思考的問題，希望以此引起「療救的注意」。

　　比如，《瓜分中國》篇首即提出，「我們中國人，又要做洋人的百姓了呵！這樣大禍臨門……」的大問題，篇末又要求「大家睡到半夜，仔細想想看看，還是大家振作起來，做強國的百姓好？還是各保身家不問國事，終久是身家不保，做亡國的百姓好呢？」再如，《惡俗篇》篇首，陳獨秀交待了寫作目的，「我們中國稀奇古怪的壞風俗，實在是多得很，一時也說不盡，現在我揀那頂要緊的，頂有關係國家強弱的，說幾件給列位聽聽。」再如《說國家》，「我十年以前，在家裏讀書的時候……那知道國家是什麼東西，和我有什麼關係呢？」「可憐我們中國，也算是世界上一個自古有名的大國，到了今日，這三件事是怎麼樣呢？列位細細地想想看呀！」再比如《亡國篇》七篇，每篇文末都有激刺讀者的言辭，「眼見得故國山河，已不是我漢種人的世界，既悲已往，又思將來，豈不是一件可惱可苦可驚可怕的事體麼？！」「唉！我們安徽人，個個還在睡覺哩，那裡曉得我們安徽省，已經在英國人勢力之下了，我哀我中國，我更哀我安徽！」「大利既去，大權既失，那時全國的人，只有供他奔走，仰他鼻息了，萬世子孫，那有翻身的日子呢？我所以說中國失了礦產的利權，便是一種已經滅亡的現象，列位以為如何？！」「列位想想看，現在還有人用中國針和中國釘的麼？這兩樣中國貨已經是絕了種了嗎？！」「列位啊！照以上所說的看起來，我們中國土地、利權、主權，那一項不是已經滅亡的現象呢？」「像做這等種種黑心的事，不都是因為不懂得愛國的大義嗎？我所以說只知有家，不知有國，是中國人亡國的原因哩！」「我們丟下不要的東西，旁人自然要拿去，這是一定的道理，那裡能怪得天怪得命呢？！」

　　《安徽俗話報》做的是喚起民眾覺醒救亡圖存的啟蒙工作，它的讀者層次不一，且以中下層民眾為主。這就要求《安徽俗話報》不僅要提出問題，提供解決問題的可行辦法，更要努力將這種問題轉變為讀者的問題，進入讀者的思考視域，這樣才能真正引發「療救的注意」。

5. 多種途徑抒發真摯感情

　　感情真摯強烈是《安徽俗話報》論說的一個特色，細讀《安徽俗話報》的論說，可以感受到文章中充滿的焦慮感，憂國憂民之情躍然紙上。然而，與面

向士大夫鼓吹維新的半文半白的時務體不同，《安徽俗話報》是面向社會中下層民眾的白話文章，所以筆端雖帶感情，但是表達感情的途徑卻不一樣的。

（1）「我」與「列位」的角色定位，迅速實現情感共鳴

《安徽俗話報》的論說幾乎都以「我」第一人稱展開論述，陳獨秀與一癡用「我」，咄咄與雪聰則用「在下」，而所有論說中都以「列位」指稱讀者。以第一人稱展開論述，不僅便於論述的展開，而且因為「我」直接面向「列位」（讀者）發言，可以迅速實現情感共鳴。比如《論安徽的礦務》，「唉！我們中國人，只知道恨洋人，殺教士，……你道什麼是中國人的命脈呢？就是各處的礦山了。列位呀！要曉得礦山是地下的寶貝……」；《惡俗篇》，「我們中國稀奇古怪的壞風俗，實在是多得很，一時也說不盡，現在我揀那頂要緊的，頂有關係國家強弱的，說幾件給列位聽聽。列位要是覺得我的話說得有理，不說全改了，就是能改去一半，那怕把我的嘴說歪了，手寫斷了，我都是心腹情願的。」《亡國篇》，「我中國土地雖大，也擋不住今朝割一塊，……今將北京政府，明明的訂個條約，把中國的土地送給各國的列表於後。列位請看呀！請看呀！！請看呀！！！」《婦女的裝扮》，「列位要知道我所說的是甚麼刑法，待我慢慢地一樣一樣說出來，給列位聽了，就可明白了」。這樣的論述方式在《安徽俗話報》論說中，比比皆是。

（2）大量使用反問句與設問句，傳達了焦慮急迫的感情

比如《瓜分中國》文末，「大家睡到半夜，仔細想想看看，還是大家振作起來，做強國的百姓好？還是各保身家不問國事，終久是身家不保，做亡國的百姓好呢？！」據不完全統計，《惡俗篇》之《婚姻篇》約 22 處使用了反問句、設問句。如「唉，你想男女婚姻，乃終身大事，就是這樣糊塗辦法，天下做老子娘的，豈不坑害了多少好兒好女嗎？！」「男人沒有兒子，便要娶妾，恩愛鍾情的夫婦，普天下能有幾人呢？就是日本結婚的規矩，雖有由父母作主的，也要和兒女相商，二意情願才能算事。那有像中國強姦似的這樣野蠻風俗呢？！」「以上所說的三椿事，有一椿合乎情理嗎？第一椿，……這是合乎情理嗎？第二椿，……這是合乎情理嗎？第三椿，……就應該給人家糟蹋呢？……比妓女還不如呢，這是合乎情理嗎？」再如《亡國篇》之《權利滅亡的現象》中關於鐵路的論述，「列位若是不相信，東三省就是個榜樣。東三省自從讓俄人造鐵路以來，東三省的土地，還算得是中國的土地嗎？東三省的人民，讓那俄國鬼子，糟蹋的還了得嗎？現在內地十八省，那一省不有洋人仿照

俄國的主義，來造鐵路嗎？單說我們安徽，英國造的浦信鐵路，豈不是走鳳陽、潁州兩府經過嗎？唉！我們安徽人，個個還在睡覺哩，那裡曉得我們安徽省，已經在英國人勢力之下了，我哀我中國，我更哀我安徽！」類似的句式在論說中還很多，幾乎成為論說警醒民眾的主要論述方式。

值得注意的是，上述兩種抒發感情的手段在文章中，是綜合使用的，而且融合在一起，也正因為這樣，《安徽俗話報》論說才能向讀者傳遞真摯強烈的愛國熱情，以此警醒國人。

第三節　「思想言論，事實之母」：陳獨秀清末新政時期傳播思想探析〔註147〕

當前新聞傳播學界對陳獨秀早年報刊實踐的研究起點是《安徽俗話報》，普遍忽略了陳獨秀此前的報刊實踐活動與報刊思想。造成此種現象的主要原因在於：一方面，《安徽俗話報》是由陳獨秀創辦並刊有陳獨秀署名「三愛」的多篇文章，這些文字可以為相關研究提供「可靠」的文字「佐證」；另一方面，《安徽俗話報》創刊前，陳獨秀雖有報刊實踐尤其是「參編」《國民日日報》，但因為《國民日日報》所刊時論多不署名，除了少數署名「由己」的報刊文字及詩作外〔註148〕，沒有更多的文字可以用來「佐證」陳獨秀這一時期的報刊思想。然而，通過前文梳理、考證陳獨秀創辦《安徽俗話報》前兩次愛國演說會活動以及「參編」《國民日日報》的報刊實踐及發表的報刊文字，結合陳獨秀《安徽俗話報》文字，可以發現，陳獨秀提出了「思想言論，事實之母」的觀點。陳獨秀認為思想言論具有改變社會、再造事實的功能，這是他積極投身報刊實踐的重要原因。

一、「思想言論，事實之母」的提出

陳獨秀在創辦《安徽俗話報》前的報刊實踐活動主要集中在 1902 年與 1903年。1902 年春，陳獨秀在安慶發起第一次演說會，影響雖然不大，但這是安

〔註147〕原文《思想言論，事實之母：陳獨秀早年報刊思想探析》發表於《新聞春秋》，2016 年第 2 期，第 37～43 頁。

〔註148〕分別是《安徽愛國會演說》（《蘇報》「學界風潮」欄，1903 年 5 月 26 日），《哭汪希彥》（《國民日日報》，1903 年 8 月 9 日），《題西鄉南洲遊獵圖》（《國民日日報》，1903 年 8 月 17 日）。

徵拒俄運動的「先聲」；1903 年春，陳獨秀在安慶發起第二次演說會，直接推動了安徽拒俄運動的興起；1903 年夏參與創刊、編輯《國民日日報》，陳獨秀雖是首次參與辦報，但其地位與章士釗同等重要，為報紙的成功做出了重要的貢獻。可見，在 1904 年創辦《安徽俗話報》前，陳獨秀已經有了三次頗有「影響」的報刊實踐活動〔註 149〕。

在這一時期可考的報刊文字中，陳獨秀提出了「思想言論，事實之母」的觀點。如在 1903 年 5 月 21 日《蘇報》刊載的安徽愛國會《會啟》中即有「思想言論，事實之母」的文字。同年 8 月 7 日《國民日日報發刊詞》對「言論為事實之母」觀點進行了較為具體的闡釋。同年 10 月 21 日，《國民日日報》刊載的《近四十年世風之變態》一文則以「思想言論也，即為其事其物之母」作為立論前提，對「過渡時代的思想言論」進行了批判。〔註 150〕應該說，在上述三篇文字中，「思想言論，事實之母」的表述雖存在些許差異，但表達的內容基本相同，即思想言論具有改變社會、再造事實的功能。這意味著陳獨秀在創辦《安徽俗話報》前已經形成「思想言論，事實之母」的報刊思想。「三愛」筆名不僅反映了這一報刊思想，一定意義上，《安徽俗話報》也是這一報刊思想指導下的產物。

二、「思想言論，事實之母」的內容

陳獨秀認為思想言論具有改變社會，再造事實的功能。陳獨秀想再造的「事實」是挽救民族危局，實現國家獨立富強，為了實現這一目的，報刊言論必須「愛國」「守序」，報刊活動必須兼顧「輸灌學理」與「激發志氣」，必須反對「訕謗詆毀，致涉叫囂」的報刊言論。

〔註 149〕 將兩次演說會活動納入報刊實踐的原因在於：第一次演說會期間，陳獨秀不僅發起創設「西學藏書樓」，而且組織勵志學社，還提出了擬辦《愛國新報》的主張；第二次演說會期間，陳獨秀不僅通過《蘇報》對相關活動予以報導，而且已有明確的辦報理念（見於《蘇報》的相關報導）。事實上，這一時期陳獨秀的社會活動也是前後相關，密切相連的。

〔註 150〕 《會啟》應為陳獨秀所作，或至少獲得陳獨秀的首肯，這在學界已經達成共識；本書稿作者在《〈國民日日報發刊詞〉作者考》（《新聞春秋》，2014年第 3 期）一文中指出《發刊詞》為陳獨秀與章釗合撰，《發刊詞》提出的「思想言論，事實之母」的觀點屬於陳獨秀；本書稿作者在博士論文《陳獨秀前期報刊實踐與傳播思想研究（1897～1921）》（暨南大學博士論文，2012 年）對《近四十年世風之變態》進行了考證，指出該文作者應為陳獨秀。

（一）思想言論必須「愛國」「守序」

　　日益嚴重的民族危機是清末報人投身報刊活動的重要背景，而 1902～
1904 年的拒俄運動則是陳獨秀投身報刊實踐的直接促因。陳獨秀希望通過思
想言論喚起國民的愛國心，促成民眾的實際行動，挽救國家危局。在強調愛國
的同時，陳獨秀也強調對國家秩序的「遵守」。

　　「愛國」是陳獨秀這一時期報刊活動的出發點，也是貫穿陳獨秀該時期思
想言論的一條主線。1902 年第一次演說會期間，陳獨秀擬辦的《愛國新報》
即以「探討本國致弱之源，及對外國爭強之道，依時立論，務求喚起同胞愛國
之精神」〔註151〕為宗旨；1903 年第二次演說會期間發布的《會啟》再次強調
「愛國」，「……神州大陸，忍令坐沉，家國興亡，在此一舉……皖之國民，寂
無聞焉。豈以此事為偽而非真耶？抑以為政府之責任，而無關於人民之利害
耶？思想言論，事實之母。同人特擬於月之二十一日，風雨無阻，開演說於藏
書樓，公布斯旨，且議補救之方、善後之策……」〔註152〕又如陳獨秀署名「由
己」發表的《安徽愛國會演說》，「……謂中國人天然無愛國性，吾終不服，特
以無人提倡刺擊，以私見蔽其性靈耳。若能運廣長舌，將眾人腦筋中愛國機關
撥動，則雖壓制其不許愛國，恐不可得。」〔註153〕再如《國民日日報發刊詞》，
「嗚呼！中國報業之沿革如是，國民之程度如是，而欲蔚成一種族，吸取民族
之暗潮，改造全國之現勢，其殆不能乎？其殆不能乎？故以吾《國民日日報》
區區之組織，詹詹之小言，而謂將解脫『國民』二字，以餉我同胞……以此報
出世之期，為國民重生之日」〔註154〕。以上文字足以表明陳獨秀希望通過愛
國思想言論的傳播，喚起封閉麻木、無動於衷的國民，激發他們的愛國熱情，
引發實際行動，以收「眾志成城之效」。

　　值得注意的是，在強調「愛國」的同時，陳獨秀也強調對「國家秩序」的
「遵守」。在《安徽愛國社擬章》中，陳獨秀提出，「本社既名愛國，自應遵守
國家秩序，凡出版書報，惟期激發志氣，輸灌學理，不得訕謗詆毀，致涉叫囂。」
〔註155〕「遵守國家秩序」意味著承認現存國體，承認清政府統治的合法性。
這不僅與當時「排滿革命」的時代潮流相悖，也不符合歷史「主流話語」建構

〔註151〕《紀愛國新報》，《大公報》1902 年 4 月 19 日，第 286 號。
〔註152〕《蘇報》，1903 年 5 月 25 日。
〔註153〕《蘇報》，1903 年 5 月 26 日。
〔註154〕《國民日日報發刊詞》，《國民日日報》1903 年 8 月 7 日。
〔註155〕《蘇報》，1903 年 6 月 7 日。

的陳獨秀的「革命」形象。儘管看似矛盾，但這是陳獨秀當時的真實心態。

陳獨秀發起的兩次演說會，宗旨都在愛國拒俄，而非「反清排滿」，這在《紀愛國新報》、《會啟》、《安徽愛國會演說》等文字中均有清晰的顯示。《國民日日報》時期，陳獨秀與章士釗共同主持報紙筆政，但與章士釗在辦報的同時又參與革命不同，陳獨秀全身心投入辦報，為《國民日日報》的「舒緩」作出了貢獻，這也表明「反清排滿」不是陳獨秀的辦報旨趣〔註156〕。《安徽俗話報》的創辦也進一步證明了陳獨秀此時的辦報旨趣是愛國拒俄，而非反清排滿。作為晚清下層啟蒙運動的重要內容，愛國主義是《安徽俗話報》貫穿始終的一條主線。《安徽俗話報》從反抗外來侵略、維護國家利益、啟蒙民眾愛國救亡意識的角度出發，首先向下層民眾輸入近代國家觀念，在此基礎上大力鼓吹愛國主義。陳獨秀作為《安徽俗話報》的靈魂，通過論說以及「歷史」、「地理」欄的文章，系統闡述近代國家觀念。《安徽俗話報》「論說」、「時事新聞」、「本省的新聞」、「小說」、「詩詞」、「戲曲」等欄目，也通過報導、揭露並譴責列強的侵略行徑及野心，向民眾傳播民族危機，鼓吹愛國主義。比如《安徽俗話報》開篇論說《瓜分中國》，即將亡國危局呈現在民眾的面前，以引起民眾的關注和重視。「時事新聞」欄中對日俄戰爭的評述，使讀者切實感受到「這件事，關係我們中國很大。」再如「戲曲」欄所刊六部時事新戲的戲文，充滿了濃厚的救亡圖存意識。

而從政治革命視角考察《安徽俗話報》，可以發現報刊內容並不「激烈」，論說的主題為愛國救亡與揭批惡俗，所有論說都圍繞啟蒙（開通民智）和救國（救亡圖存）兩條主線展開；刊載的新聞（「時事新聞」與「本省新聞」）中，批評政府、官員以及士紳的報導都排在末位，遠低於列強入侵、國內亂事、民間興學、新政舉措等報導內容，而「合理」地批評政府、官員以及士紳在清末新政時期也是可以接受的。畢竟清末新政初期相對寬鬆的文化出版政策為報業營造了一個較為自由的言論空間，批評政府、批評官員並不等同於否定政府的合法性。以上充分表明，陳獨秀這一時期的辦報旨趣是「愛國拒俄」，而非

〔註156〕辦報期間，章士釗不僅去南京推行「他與黃興議定好的南京方面的工作」，又赴長沙「召開秘密會議，商討革命方略」，與黃興等人建立華興會，還創建新大陸書局，出版《大革命家孫逸仙》、《猛回頭》、《攘書》、《皇帝魂》等「排滿革命」書籍，其刊發於《國民日日報》的《漢奸辨》與《王船山史說申義》內容的激烈程度絲毫不亞於劉光漢。因此，《國民日日報》的「舒緩」特徵即是緣於陳獨秀的貢獻。

「反清排滿」。可以說，《安徽俗話報》從不同角度傳播救亡意識、鼓吹愛國主義，兩者相互呼應，使《安徽俗話報》愛國主義的宣傳成為晚清白話報「愛國主義」宣傳的佼佼者。

「思想言論，事實之母」，為了挽救國家危局，必須喚起民眾的愛國心，這就需要愛國思想言論的傳播。與此同時，報刊的思想言論又必須「遵守國家秩序」，顛覆國家秩序的思想言論，勢必淆亂人心，增添亂局。應該說，報刊言論必須「愛國」「守序」，既源於當時「急迫」的民族危機，也受制於陳獨秀的主觀認知，但不管原因如何，這是陳獨秀當時的真實心態與自發體認。

（二）思想言論必須「激發志氣」、「輸灌學理」

「思想言論」可以再造「事實」，為了更好地再造事實，「思想言論」的傳播必須兼顧「激發志氣」與「輸灌學理」。志氣是一種力求成事的氣概，意味著上進的決心和勇氣，屬於人的主觀情感；學理即學說或原理，為判斷事物提供相對的較為客觀的標準，屬於客觀的範疇。「激發志氣」主要是通過報刊言論刺激國民的愛國心，「輸灌學理」則是通過知識、學說的傳播開啟「民智」。「激發志氣」與「輸灌學理」必須相互兼顧，志氣的激發只有在「民智」開啟的狀態下才能取得更好的效果，否則容易淪為純粹的「叫囂」。

在清末的民族危機中，知識精英認為「民氣不張」、「民智不開」是民族危局形成的一個重要原因。在這樣的背景下，知識精英開始關注底層社會，伸張民氣、開啟民智也成為知識精英挽救國家民族危局的一種手段。這是清末底層啟蒙運動的發生原因，也是陳獨秀清末投身報刊實踐的重要原因。陳獨秀認為，「只爭生死，不爭榮辱，但求偷生苟活於世上，滅國為奴皆甘心受之」的國民性，以及國人「十有八九」皆為「國賊逆黨」、「無深謀遠慮之紳商」、「似開通而不開通之士流」、「草野愚民」等四種人，是亡國滅種的重要原因，創辦《愛國新報》，「運廣長舌」「提倡刺擊」，可以「蔽其私見」，張其「性靈」，「撥動」「眾人腦筋中愛國機關」〔註157〕。《國民日日報發刊詞》也指出，「嗚呼！中國報業之沿革如是，國民之程度如是，而欲蔚成一種族，吸取民族之暗潮，改造全國之現勢，其殆不能乎？其殆不能乎？」正是因為國民素質太差，所以無法改造全國，因此需要創刊《國民日日報》，「嚮導國民」，「以此報出世之期，為國民重生之日」。《安徽俗話報》時期，陳獨秀對民俗、迷信以及國民性等的批

〔註157〕《蘇報》，1903 年 5 月 26 日。

判不僅系統，而且「激烈」，也取得了較好的效果，不僅開通了安徽一省的風氣，也「開啟了現代報刊文化批判的先河」〔註 158〕。可以說，陳獨秀對底層社會及文化進行批判與「刺擊」的根本目的在於「激發志氣」，喚起底層民眾的愛國心。

如上所述，志氣的激發只有在「民智」開啟的狀態下才能取得更好的效果，否則容易淪為純粹的「叫囂」。陳獨秀在「激發志氣」的同時也強調「輸灌學理」。1902 年第一次演說會期間，陳獨秀發起創設「西學藏書樓」的目的即在於「傳播新知、牖啟民智」；1903 年第二次演說會期間，陳獨秀在《安徽愛國社擬章》中，明確表示「凡出版書報，惟期激發志氣，輸灌學理」〔註 159〕；《國民日日報》是陳獨秀辦報活動的起點。相較於《蘇報》，《國民日日報》刊登的社說在體制上多為長篇，內容也表現出較強的「學理」性，如《箴奴隸》、《說君》、《王船山史說申義》、《革天》、《中國魂》、《論中國古代信天之思想》、《中國鬼神原始》、《中國古代限抑君權之法》、《論中國歷史之血》等社說〔註 160〕，僅從標題來看，這些論說就表現出較強的說理性。陳獨秀作為創辦人之一與總理編輯之一，《國民日日報》社說的這種說理體制與陳獨秀不無關係。

《安徽俗話報》也很重視「輸灌學理」，陳獨秀所撰文字如《亡國篇》、《惡俗篇》、《中國歷史大略》等都很注重學理的輸灌。《說國家》對西方國家以土地、人民、主權等為核心要素的近代國家概念的介紹，《亡國篇》對土地滅亡、權利滅亡、主權滅亡等現象的依次論述，《惡俗篇》對西方婚姻的引介與對西洋人反對迷信的簡介等。需要指出的是，陳獨秀此時對學理的理解比較籠統，除了西方的學說原理外，「時事」與「新知」也被納入了學說學理的範圍，如在發刊詞《開辦安徽俗話報的緣故》中，陳獨秀對懂得「學問」、通達「時事」的強調，「人生在世，糊裏糊塗的過去，一項學問也不懂得，一樣事體也不知道，豈不可恥嗎？」「若說起窮人來，越發要懂得點學問，通達些時事，出外去見人謀事，包管人家也看得起些，」但是對窮人來說，「上學攻書」是不現實的，但卻「有一樣巧妙的法子，就是買幾種報來家看看，也可以學點學問，通些時事，這就算事半而功倍了」。〔註 161〕他進

〔註 158〕陳長松：《陳獨秀前期報刊實踐與傳播思想研究（1897～1921）》，暨南大學博士論文，2012 年，第 77 頁。

〔註 159〕《安徽愛國會擬章》，《蘇報》1903 年 6 月 7 日。

〔註 160〕以上社說選自《國民日日報彙編》。《國民日日報彙編》由章士釗彙編出版，所選內容為各欄目的精華，具有代表性。

〔註 161〕此處相關引文均出自《開辦安徽俗話報的緣故》。

一步指出創辦《安徽俗話報》的兩個主義，「第一是要把各處的事體，說給我們安徽人聽聽，免得大家躲在鼓裏，外邊事體一件都不知道。況且現在東三省的事，一天緊似一天，若有什麼好歹的消息，就可以登在這報上，告訴大家，大家也好有個防備。我們做報的人，就算是大家打聽消息的人，這話不好嗎？第二是要把各項淺近的學問，用通行的俗話演出來，好教我們安徽人無錢多讀書的，看了這安徽俗話報，也可以長點見識。」在隨後所附的章程裏，陳獨秀又將這「兩個主義」歸納為八個字，即教大家「明白時事」和「通達學問」，「讀書的人看了，可以長多少見識，而且本省外省本國外國的事體，沒有一樣不知道，這真算得秀才不出門能知天下事了。教書的人看了，也可以學些教書的巧妙法子。種田的看了，也可以知道各處年成好歹。做手藝的看了，也可以學些新鮮手藝。做生意的看了，也可以曉得各處的行情。做官的看了，也可以明各白處（明白各處）的利弊。當兵的看了，也可以知道各處的虛實。女人孩子們看了，也可以多認些字，學點文法。」〔註162〕

當然，如果從「底層民眾」這一傳播對象來看，「時事」與「學問」確實同樣重要。這些都表明陳獨秀對學理輸灌的重視。事實上，《安徽俗話報》的很多欄目都貫徹了這一宗旨。如「時事新聞」與「本省的新聞」欄中對新聞、時事的報導，地理、實業、衛生、格致、博物等欄目對自然科學、養蠶、造紙等實用知識的介紹，教育欄中對婦女、兒童教育方法的關注，兵事欄中對水雷、槍法使用的介紹，甚至小說、戲曲、閒談等文學欄目中也為讀者展示了「異域情境」〔註163〕。這一切都體現了陳獨秀「時務知新主義」的啟蒙主張。

「思想言論，事實之母」，思想言論的傳播只有兼顧「激發志氣」與「輸灌學理」，才能更好地改造社會民眾的舊思想、舊觀念，也才能為新事物的產生提供一個新的社會共識，以此改變社會，再造事實，推動社會向前發展。

（三）思想言論不得「訕謗詆毀」、「致涉叫囂」

陳獨秀在強調「激發志氣，輸灌學理」的同時，明確反對「訕謗詆毀，致涉叫囂」的思想言論。陳獨秀認為，思想言論尤其是公開傳播的思想言論具有

〔註162〕本段引文均出自《開辦安徽俗話報的緣故》。
〔註163〕陳獨秀的小說《黑天國》提供了西伯利亞這一異域情境，戲曲《瓜種蘭因》對波蘭與土耳其開戰的描寫，「閒談」中「黃金世界之女名士」提供的西方國家的「奇聞軼事」。

改變社會、再造事實的功能，然而並不是所有的思想言論都能造成「善果」，不遵守國家秩序的「訕謗詆毀」、「致涉叫囂」的「思想言論」造成的只能是「惡果」，帶來的則是愈發悲慘的社會現實。

在《安徽愛國社擬章》中，陳獨秀雖明確指出報刊「不得訕謗詆毀，致涉叫囂」，但並沒有進一步解釋何為「訕謗詆毀，致涉叫囂」。在《近四十年世風之變態》中，陳獨秀通過批判《清議報》、《新民叢報》等報刊進一步解釋了「訕謗詆毀，致涉叫囂」。如批《清議報》「三年之中，百號之內，有日日不可缺之述說焉，一<u>揭</u>宮中之淫事，以垂簾故；二<u>攻</u>榮祿之奸惡，以軍機大臣故；三<u>詆</u>剛毅之橫暴，以南下故；四<u>罵</u>張之洞之無知，以殺唐才常故；五<u>嗤</u>端莊之冥頑，以立大阿哥故」〔註164〕；批《新民叢報》「彼自稱中國新民者，日在風潮漩渦之中，豈特為是<u>聒聒</u>者耶？吾人鑒其苦心孤詣，其見識真加人一等者……」。上述引文中「揭」、「攻」、「詆」、「罵」、「嗤」、「聒聒」等字詞，無疑最合「訕謗詆毀，致涉叫囂」之意。因此，該篇文字為分析陳獨秀反對「訕謗詆毀，致涉叫囂」的報刊主張提供了可能。

《近四十年世風之變態》是一篇頗具媒介批評色彩的文字，該文在「思想言論，事實之母」的立論基礎上，對以《格致彙編》、《經世文續編》、《盛世危言》、《時務報》、《清議報》以及《新民叢報》為代表的六個時期的「近四十年的世風」進行了批評。陳獨秀認為，「過渡時代之中，必有無量之思想以胚胎之，必有無量之言論以醞釀之，而此思想言論也，即為其事其物之母」，所以「其言論其思想不可不察」。作者選擇這幾份書報作為考察對象，則是因為這些書報具有代表性，即「一時輿論之所趨向者」。陳獨秀認為，《格致彙編》、《經世文續編》、《盛世危言》、《時務報》、《清議報》以及《新民叢報》等書報倡導的思想言論，帶來了愈發悲慘的社會現實，即「由製造以至洋務，吾民之脂膏被人吸去者幾何，吾民之土地被人轉贈朋友者幾何；由洋務而時務而變法而保皇而立憲，吾民之脂膏被人吸去者幾何，吾民之土地被人轉贈朋友者幾何？」客觀地說，陳獨秀對上述書報，尤其是梁啟超創辦的《清議報》與《新民叢報》的評價並不公允，但論述本身還是反映出他對「思想言論」負面效果的認識。

應該看到，陳獨秀反對「訕謗詆毀」、「致涉叫囂」的「思想言論」與其時

〔註164〕《近四十年世風之變態》，《國民日日報》1903年10月21日。這一部分引文的文字均出自該文，引文中下劃線為筆者所加。

危急的國家情勢有關。「拒俄事件」如果處理不好，各國勢必瓜分中國，在「瓜分之禍」迫在眉睫的情況下，中央政府的存在仍屬必要。因此，陳獨秀強調出版書報務必「遵守國家秩序」，由此也必須反對「訕謗詆毀」、「致涉叫囂」的「思想言論」。陳獨秀對《清議報》、《新民叢報》的上述批評文字也主要針對兩份報刊的政治言論，尤其是對中央政府的批評言論，這也足以表明陳獨秀對「國家秩序」的看重。當然，站在思想啟蒙的視角，也必須反對「訕謗詆毀」、「致涉叫囂」的「思想言論」。陳獨秀清末的報刊傳播實踐具有鮮明的思想啟蒙色彩，《國民日日報》「嚮導國民」的志趣與《安徽俗話報》對「學問」與「事體」的強調都表明陳獨秀對思想啟蒙的重視。

如陳獨秀在《安徽俗話報發刊詞》中一再強調，辦報的主義「是很淺近的，很平和的」，大家別要疑心「有什麼奇怪嚇人的議論」，「只管放心買來看著」，「別要當作怪物」。有觀點認為，陳獨秀在發刊詞中的低調主要有兩個原因：一是當時報刊的生存環境並不寬鬆，若政治色彩過濃，語言過激，將可能重蹈《蘇報》的命運而被查封。二是啟蒙的對象是社會中下層民眾，消息閉塞，思想保守。若不考慮他們的心理承受能力，一開始就將激進的辦刊宗旨呈現在他們面前的話，很有可能將他們嚇跑。﹝註165﹞這種解釋並不充分：首先，陳獨秀創辦《安徽俗話報》的初衷並不以《蘇報》為楷模，辦刊宗旨不是「激烈主義」，而是「開民智」的啟蒙宗旨，這就決定了文化批判勢不可免；其次，與劉師培、林獬的「激烈主義」相比，文化批判並不等於「奇怪嚇人的議論」，而是對民眾生活其中的不合理的文化現象進行批判，民眾完全有能力對此這些議論進行「甄別」。可見，在陳獨秀看來，對文化進行批判與反思是合理合法的，既不是過激之論，也不是奇談怪論，而是進行底層啟蒙所必需的一項工作。

清末下層啟蒙的對象是底層民眾，啟蒙的內容也主要圍繞底層民眾的生活視域而展開，啟蒙的目的也在於提高底層民眾的「素質」以應付國家與民族危機，這就需要遵守「國家秩序」。「訕謗詆毀」、「致涉叫囂」的思想言論不僅違背「國家秩序」，對「識力不深」的底層民眾也只能徒增其擾，未見其益。這正是陳獨秀此時不以「革命排滿」為旨趣，強調「平和」、「淺近」辦報主義的根本原因。

﹝註165﹞黃曉紅：《〈安徽俗話報〉研究》，安徽大學歷史文獻學博士論文，2010年，第53頁。

三、「思想言論，事實之母」的意義

「思想言論，事實之母」思想的提出及實踐，表明陳獨秀早在《安徽俗話報》甚至《國民日日報》前即已形成比較系統、成熟的報刊思想。「思想言論，事實之母」有別於梁啟超「思想自由」、「言論自由」、「出版自由」是「一切文明之母」的論點，顯示出陳獨秀早期報刊思想的早發性；從「思想言論，事實之母」的視角對《清議報》、《新民叢報》所作的批評，讓陳獨秀早期的報刊思想具有了媒介批評的色彩；對「輸灌學理」的強調，則預示「啟蒙」將成為陳獨秀報刊實踐活動的重要特徵。

（一）「思想言論，事實之母」思想的早發性

通常認為，《安徽俗話報》標誌著陳獨秀報刊思想的形成〔註 166〕。然而，如上所述，陳獨秀早在 1903 年 5 月即已提出「思想言論，事實之母」的論點，同年 8 月在《國民日日報發刊詞》又對「言論為事實之母」進行了較為具體的闡釋，同年 10 月在《近四十年世風之變態》一文以「思想言論，事實之母」為立論前提對梁啟超《時務報》、《清議報》、《新民叢報》等報刊活動展開批評。這表明陳獨秀在創辦《安徽俗話報》前即已形成「思想言論，事實之母」的報刊思想，這就將陳獨秀報刊思想的研究推進到了《安徽俗話報》創刊前一年，亦即章士釗主筆《蘇報》時期〔註 167〕。儘管陳獨秀當時尚未從事具體的辦報工作，但其報刊思想已經初步形成，這是陳獨秀「思想言論，事實之母」報刊思想具有早發性特徵的一個層面。

「思想言論，事實之母」報刊思想的早發性還表現在這一論點具有較高的原創性。松本君平在《新聞學》中論述了新聞與文明的關係，認為近世文明與新聞業互為因緣，相互漲進；梁啟超在松本的基礎上進一步提出，「思想自由、言論自由、出版自由」是「一切文明之母」的論點。〔註 168〕比較「思

〔註 166〕將《安徽俗話報》時期作為陳獨秀新聞思想形成的標誌，普遍見於當前各種新聞史著述中。個中原因在於：一是陳獨秀是《安徽俗話報》的靈魂人物，該刊發表了陳氏的多篇文章，足以歸納陳獨秀的思想主張；二是陳獨秀此前的報刊文字多不署名，而考證相關文字是一件費力無功之事，無法為研究陳獨秀報刊思想提供據以確證的文字。

〔註 167〕陳獨秀在《會啟》中首次提出「思想言論，事實之母」論點，而《會啟》及《安徽愛國會演說》、《安徽愛國社擬章》等相關文字均刊登在章士釗任主筆的《蘇報》。

〔註 168〕本文作者在《〈國民日日報發刊詞〉作者考》一文中對此有所考察，參見《〈國民日日報發刊詞〉作者考》（《新聞春秋》2014 年第 3 期）。

想言論，事實之母」與上述兩人的觀點，可以發現，前者雖與松本、梁氏的相關著述存有一定的關聯，但在內涵上卻存在較大的差異。陳獨秀強調的是「思想言論」對於再造事實，改造社會的功用性，後兩者突出的則是新聞（業）與社會文明的關係。前者功用性的描述源自中國社會的特殊性，針對性很強，後兩者尤其是梁啟超的論述則是一種普遍性的描述，不僅缺少針對性，與松本的論述也存在明顯的承繼性。因此，相較於松、梁兩人的相關論述，「思想言論，事實之母」的思想表現出一定的原創性，這是陳獨秀報刊思想早發性的一種表現。

此外，「思想言論，事實之母」的思想還高度概括了近代國人報刊活動的某些特徵。日益嚴重的民族危機是近代國人辦報實踐的重要背景，在此背景下，思想家辦報、政治家辦報是近現代國人辦報實踐的主流，講求報刊的政治功用與宣傳功能也有其合法性。「思想家辦報」強調報刊的思想傳播功能，「政治家辦報」則強調報刊的政治功用。表面看來，「思想言論，事實之母」似乎過分誇大思想言論的作用，有唯心主義之嫌，然而，「思想言論，事實之母」強調的是通過報刊媒介對新思想、新言論的傳播，改造社會民眾的舊思想、舊觀念，為新事物的產生提供一個廣泛的社會共識，以此改變社會，再造事實，推動社會向前發展。因此，「思想言論，事實之母」既強調了「思想傳播」的重要性，也強調了「再造事實」的功用性。前者與「思想家辦報」對「思想傳播」的看重相似，後者與「政治家辦報」對報刊政治功用的重視相近。在此意義上，「思想言論，事實之母」可以很好地概括近代國人辦報活動尤其是「思想家辦報」、「政治家辦報」的主要特徵。

綜上，陳獨秀「思想言論，事實之母」的報刊思想不僅提出的時間較早，而且表現出了較高的原創性，並且概括了近代國人辦報活動尤其是思想家辦報、政治家辦報的主要特徵，這就讓陳獨秀「思想言論，事實之母」的思想具有了早發性的意義。

（二）「思想言論，事實之母」思想的批判性

批判性是指一種對現實保持質疑的態度，是一種「回顧性反思」活動〔註169〕。批判性既要求批判者富於洞察力、辨別力、判斷力以發現問題，也需要批判者或運用新的知識資源或從新的視角進行批判。報刊思想中的批

〔註169〕陳長松：《陳獨秀前期報刊實踐與傳播思想研究（1897～1921）》，暨南大學博
　　　　士論文，2012 年，第 76 頁。

判性主要表現為媒介批評。當前學界雖然對媒介批評的定義尚存爭議，但通常傾向於認為媒介批評存在「兩種視野」，「不僅瞄準宏觀層面，分析媒介的性質和傳播制度，而且還對微觀層面——傳播內容和傳播者，其中包括對具體作品（報導或書籍）做出評價或指引。」〔註170〕應該說，這是一種「泛化」的媒介批評，多少模糊了媒介批評與媒介理論的界限。在本義上，批評與針砭相類，因此，媒介批評更應偏重對媒介（無論微觀還是宏觀媒介行為）的針砭，這是嚴格意義上的媒介批評。

作為中國新聞史上最重要的報人之一，梁啟超在清末創辦的《時務報》、《清議報》、《新民叢報》等報刊是清末報界之翹楚，他發表的新聞傳播方面的論述「涉及面之系統史無前例」〔註171〕。可以說，梁啟超的報刊活動對其時的知識精英影響至深，他創辦的《清議報》與《新民叢報》成為當時知識精英的「精神食糧」，他個人則成為其時知識青年的「精神導師」。然而，在中國新聞史上佔有如此重要地位的梁啟超及其創辦的《時務報》、《清議報》與《新民叢報》，在 1903 年 10 月即已成為陳獨秀批判的對象。在《近四十年世風之變態》中，陳獨秀以「思想言論，事實之母」為立論前提對《格致彙編》、《經世文續編》、《盛世危言》、《時務報》、《清議報》以及《新民叢報》等書報展開了批評（具體批評性文字參見上文「思想言論不得『訕謗詆毀』、『致涉叫囂』」部分），這就讓陳獨秀「思想言論，事實之母」的思想具有了批判性的色彩。

應該說，陳獨秀對梁啟超辦刊活動的評價有失全面。陳獨秀沒有看到上述「世風」的「演進」既受制於書報創辦人（主筆）的主觀認知，也受制於由技藝到制度再到文化的「學習路徑」，也沒有看到上述書報尤其是梁啟超《清議報》與《新民叢報》除政治鼓吹以外的內容。然而，陳獨秀的批評是自成一體、富有創見的。他站在「思想言論，事實之母」的視角，「發現」了書報在思想言論尤其是政治言論方面的「訕謗詆毀」、「致涉叫囂」與愈發悲慘的社會現實之間的關聯性。如果考慮到梁啟超創辦的上述報刊背後的「黨派色彩」，那麼，對《清議報》與《新民叢報》的批判則意味著陳獨秀對黨派報刊相互攻訐，黨同伐異等負面功能的批判。1905 年《新民叢報》與《民報》的論戰，民國初年政黨報刊的相互攻訐，則進一步印證了陳獨秀所見非謬。

〔註170〕劉建明等：《中國媒介批評史》，福建人民出版社，2011 年，自序。
〔註171〕戴元光：《中國傳播思想史（現當代卷）》，上海交通大學出版社，2005 年，第 17 頁。

除了《安徽俗話報》外，陳獨秀在清末公開發表的可考的報刊文字很少，而其中論及新聞傳播的文字更少。儘管如此，從現有的相關文字來看，陳獨秀「思想言論，事實之母」的思想包含對鴉片戰爭以來近四十年書報傳播負面功能的批判，他對梁啟超辦報實踐的批判也預見到了政黨報刊具有的相互攻訐、黨同伐異的負面功能。因此，可以說「思想言論，事實之母」的思想具有批判性的特徵。

（三）「思想言論，事實之母」思想的啟蒙性

本文使用的「啟蒙」來自「啟蒙運動」。啟蒙運動是指 18 世紀發生在歐洲的啟蒙運動。以此相對照，清末的下層社會啟蒙運動以及五四時期的新文化運動則是近代中國發生的兩次具有啟蒙性質的思想文化運動。在第一次清末下層啟蒙運動中，陳獨秀是重要的參與者，其創辦的《安徽俗話報》是清末啟蒙報刊的佼佼者，在五四新文化運動中，陳獨秀則是領導者，與《新青年》同人一起掀起了中國近代史上最為動人的思想革命。可以說，陳獨秀是中國近代史上最傑出的啟蒙思想家之一，而其啟蒙思想的形成，則可以追溯到他早年形成的「思想言論，事實之母」的思想。

陳獨秀在《安徽愛國社擬章》中強調，「凡出版書報，惟期激發志氣，輸灌學理，不得訕謗詆毀，致涉叫囂」。「惟期」表明陳獨秀辦報的根本目的在於「激發志氣」「輸灌學理」，「不得」則表明「激發志氣」必須與「輸灌學理」相結合，離開學理的輸灌，志氣的激發容易淪為「訕謗詆毀，致涉叫囂」。這反映出「輸灌學理」雖然服務於「激發志氣」，但「輸灌學理」卻佔有基礎地位。志氣的激發只有在「民智」開啟的狀態下才能取得更好的效果，否則容易淪為純粹的「叫囂」，而「民智」的開啟則有賴於「學理」的「輸灌」。

啟蒙的本義是指通過新知識、新思想的輸入，確立理性主義的思維方式，以此擺脫傳統思想和宗教的束縛，實現思想自由與個性發展。18 世紀歐洲啟蒙運動是如此，近代中國的兩次具有啟蒙性質的思想文化運動也是如此。而且相較於歐洲啟蒙運動的內生性，中國的兩次啟蒙性質的思想文化運動偏於外生性，這直接決定了近代中國的啟蒙運動主要通過輸入西方知識資源，推動社會的思想文化的改造，換句話說，西方的知識資源成為中國啟蒙運動中新知識、新思想的主要來源。在此意義上，陳獨秀「輸灌學理」的主張合乎近代中國啟蒙運動的內在要求，這就讓陳獨秀「思想言論，事實之母」的思想表現出濃厚的啟蒙特徵。

如前所述，這一時期陳獨秀對「學理」的理解比較籠統，除了西方的學說原理外，「時事」與「新知」也被納入了學理的範圍。儘管如此，在革命風潮日盛一日的背景下，「學理」仍然成為陳獨秀報刊實踐的主要「構成」（在上述「思想言論必須『激發志氣』、『輸灌學理』」部分對此作了較為細緻的描述）。由此可以看出，陳獨秀對「輸灌學理」的熱情，也表明陳獨秀對思想啟蒙的特別關注，預示著一飯時機成熟，陳獨秀將利用報刊進行更為深入的思想啟蒙。

陳獨秀在創辦《安徽俗話報》前即已形成「思想言論，事實之母」的思想，他認為思想言論具有改變社會、再造事實的功能。陳獨秀期望通過學理的「輸灌」，志氣的「激發」，改造民眾思想，挽救民族危局。為此他提倡書報出版必須遵守國家秩序，不得「訕謗詆毀，致涉叫囂」。「思想言論，事實之母」思想形成的時間不僅「早」，而且具有較高的原創性，高度概括了近代國人辦刊實踐的一些主要特徵，由此讓「思想言論，事實之母」的思想表現出早發性。陳獨秀對鴉片戰爭以來近四十年代表性書報的批判，尤其是對青年導師梁啟超《清議報》與《新民叢報》的批判則讓「思想言論，事實之母」思想具有了批判性的特徵；陳獨秀對「輸灌學理」的強調，不僅讓「學理」成為其報刊實踐的主要構成，也表明陳獨秀對思想啟蒙的重視，作為中國最傑出的啟蒙思想家之一，「思想言論，事實之母」思想是其啟蒙思想形成的源頭。

小結

《國民日日報》雖是陳獨秀涉足報壇的起點，但在此之前，陳獨秀已經形成了自己的辦報主張，《擬章》中「本社既名愛國，自應遵守國家秩序，凡出版書報，惟期激發志氣，輸灌學理，不得訕謗詆毀，致涉叫囂」的論述，即是該時期陳獨秀辦報理念的體現。對激發志氣，輸灌學理的強調，對《清議報》、《新民叢報》訕謗詆毀，致涉叫囂的批判，表明陳獨秀希望在遵守國家秩序的基礎上，通過灌輸學理的方式激發國民的志氣，以此挽救國家危局。這是他這一時期從事報刊實踐活動的基調，也是他初涉報壇即能與「暴得大名」的章士釗共同主筆《國民日日報》的主要原因，更是他在《國民日日報》停刊後創辦《安徽俗話報》，投身清末下層啟蒙運動的重要原因。

事實上，無論是 1902 年，1903 年的兩次演說會，還是《安徽俗話報》，陳獨秀都以愛國拒俄為目標，革命排滿並不是他的辦報旨趣，甚至連頗具革命

色彩的《國民日日報》也呈現出了「舒緩」的特徵。也正是陳獨秀對底層社會展開啟蒙的執著，讓《安徽俗話報》風行一時，海內聞名，而且也為安徽這一內陸地區吹來一縷「開民智」的新風。儘管以革命的視角審視這一時期陳獨秀的報刊實踐，會發現他的報刊實踐「微不足道」，然而，如果從思想啟蒙的視角審視，陳獨秀的報刊實踐則可圈可點，《安徽俗話報》成為清末下層啟蒙運動中啟蒙報刊的佼佼者即是明證。事實上，這也預示著陳獨秀對思想啟蒙的特別關注，一飭時機成熟，陳獨秀將利用報刊進行更為深入的思想啟蒙，這就為創辦《新青年》，引領五四新文化運動埋下了伏筆。

第三章　隻眼帶來光明：「五四」時期的報刊實踐與傳播思想（1913～1921）

　　辛亥革命的勝利，結束了中國幾千年的帝王統治，成立了中華民國。然而，民元初年的政治社會現實不僅沒有按照民主共和的道路前進，而且大有退回封建帝制的可能。國際上，雖然第一次世界大戰爆發，西方各國無暇顧及中國，但是日本卻提出了滅亡中國的「二十一條」；國內方面，袁世凱不僅打壓國民黨，鎮壓「二次革命」，控制輿論，更利用「二十一條」愚弄民意；更為可悲的是，在文化思潮方面，民國初年即已出現尊孔復古的反動思潮，這無疑讓袁世凱看到了復辟的可能性。中國社會亟需補課，如果民眾思想沒有根本轉變的話，「共和的招牌」是掛不長久的。陳獨秀順應歷史潮流，再次投身報刊實踐活動，掀起了中國近現代歷史上最為動人的「思想革命」──「五四新文化運動」。

　　本章主要討論五四期陳獨秀的報刊實踐與傳播思想，研究時段劃定在1913～1921 年。陳獨秀以思想家的身份登上歷史舞臺，其報刊實踐表現出鮮明的思想啟蒙色彩，也成就了中國新聞史上啟蒙報刊的典範，在給「五四青年」帶來思想啟蒙光輝的同時，也將中國社會由近代社會「推進」現代社會。在此意義上，李大釗在陳獨秀被捕入監時所論陳獨秀「隻眼帶來光明」〔註1〕並非過譽之詞。一份刊物引領一場運動，作為雜誌的靈魂，無論是非功過，陳獨秀注定要與《新青年》一起接受歷史的「審視」。

〔註 1〕李大釗：《是誰奪了我們的光明》，《每週評論》第 30 號，1919 年 7 月 30 日。

第一節　五四時期報刊實踐概述

　　五四新文化運動時期，陳獨秀的報刊實踐主要由參編《甲寅》、創辦《新青年》與《每週評論》三部分組成。就參編《甲寅》來說，雖然他只在《甲寅》上發表了唯一一篇論說——《愛國心與自覺心》，但已顯示出「汝南晨雞，先登壇喚」的「早發性」，並預示著《新青年》創辦的必然性。《新青年》與《每週評論》不僅成就了陳獨秀報人生涯的巔峰狀態，而且也引領了五四新文化運動，《新青年》成為中國新文化運動的「元典」，《每週評論》則引領了這一時期評論類刊物的辦報潮流。

一、「謀生」的需要：參編《甲寅》

　　1913 年 7 月 12 日，二次革命爆發。10 月 21 日，倪嗣沖點名捉拿第一名「要犯」陳獨秀，陳獨秀逃往上海。陳獨秀逃到上海後，「本擬閉戶讀書，以編輯為生」，然而民生凋敝，圖書出版業也很不景氣，他編輯的由亞東圖書館出版的《英文教科書》和《字義類例》，「銷路不及去年十分之一」，所得稿費甚少，不能維持家用，「故已擱筆，靜待餓死而已」。既然，賣文也無以為生，所以他「急欲學習世界語，為後日謀生之計」〔註2〕。於是寫信給在日本的章士釗，請他推薦一本世界語的教材。章士釗接信後，不僅將陳獨秀的來信節錄於《甲寅》「通信欄」，且以「生機」為名，加附按語。按語中章士釗邀請陳獨秀東渡日本參編《甲寅》，「折東邀愁人，相逢只說愁，以語足下，其信然否」。於是，1914 年 7 月，陳獨秀第五次東渡日本。他到日本後，進「雅典娜法語學校」學習法文〔註3〕，同時幫助章士釗編輯《甲寅》，「度他那窮得只有一件汗衫，其中無數蝨子的生活。」〔註4〕由此看來，陳獨秀參編《甲寅》的確具有「謀生」的色彩。

　　陳獨秀雖然參編《甲寅》雜誌，但他在該刊發表文字甚少，文章如下：

編號	文章名稱	刊　期	署　名	備　註
1	《生機——致〈甲寅〉雜誌記者》	一卷二號	CC 生	章士釗節錄陳獨秀來信

〔註2〕陳獨秀：《〈生機〉（致〈甲寅雜誌〉記者）》，《甲寅雜誌》第一卷第二號，1914年 6 月。
〔註3〕唐寶林、林茂生：《陳獨秀年譜》，上海人民出版社，1988 年，第 62 頁。
〔註4〕傅斯年：《陳獨秀案》，《獨立評論》第 24 號，1932 年 10 月。

2	詩七首：《杭州酷暑寄懷劉三沈二》、《遊韜光》、《遊虎跑》（二首）、《靈隱寺前》、《詠鶴》、《雪中偕友人登吳山》	一卷三號	陳仲	詩作曾發表於 1911 年 1 月 20 日《民立報》
3	愛國心與自覺心	一卷四號	獨秀	
4	《〈雙枰記〉敘》	一卷四號	獨秀山民	
5	詩：《述哀》	一卷五號	陳仲	該詩為宣統元年所作，應為舊作。
6	詩二首：《遠遊》、《夜雨狂歌答沈二》	一卷七號	陳仲	陳獨秀 1909 年前後身居杭州時所作，亦為舊作。
7	《〈絳紗記〉序》	同上	獨秀	亦為舊作〔註5〕

應該說，陳獨秀《甲寅》所刊文字不多，詩、序均為舊作。由此，陳獨秀為《甲寅》所作的文章只有一篇，即《自覺心與愛國心》。儘管如此，陳獨秀於《甲寅》仍做出了貢獻。〔註6〕

二、成就「元典」〔註7〕：創辦《新青年》

《新青年》（初為《青年雜誌》）創刊於 1915 年 9 月 15 日，1922 年 7 月1 日出版了第九卷第六號後休刊，共五十四冊。〔註8〕

《新青年》分為 3 個時期，第一時期為第一卷—第三卷，為陳獨秀主撰時期；第二時期為第四卷—第七卷，為同人雜誌時期；第三時期為第八卷—

〔註5〕《〈絳紗記〉序》文末「乙卯六月，獨秀敘於春申江上」，表明此文寫於陳獨秀赴日參編《甲寅》之前。

〔註6〕一是《自覺心與愛國心》一經發表，即引起很大的反響，《甲寅》聲名大振；二是吳虞詩作能刊登於《甲寅》，也緣於陳獨秀的「慧眼」，由此表明陳獨秀對文錄等文藝欄的編輯權；第三，陳獨秀對《甲寅》讀者群的形成也是有貢獻的，高一涵、劉文典、鄧藝孫、程演生等人不僅是安徽籍，還是陳獨秀的熟識。參見陳長松：《陳獨秀前期報刊實踐與傳播思想研究（1897～1921）》，中國社會科學出版社，2015 年，第 97～98 頁。

〔註7〕此處的「元典」，含有最經典的意思，且嚴格限制在「新文化運動」的語境中。儘管，從時間上看，《新青年》的出版還不到一百年，「經歷」的時間考驗尚短，然而，不可否認的是，《新青年》已經成為探討「五四新文化運動」的至關重要且無法迴避的重要節點，而且由於它的開放性面向，現代人文社會學科都可以從中找到具有「發生」意義的文字。因此，將《新青年》稱為「新文化運動」的「元典」是可以的。

〔註8〕本書研究的是《新青年》月刊，即 6 卷 54 本的《新青年》。1923 年創刊的《新青年》季刊不在此處的討論範圍。

第九卷，成為上海中共發起組的機關刊物。與之相應的是，作者群也大致可以分為四個階段，第一卷作者群主要為「皖籍鄉識」；第二—三卷作者群主要為「當代名流」；第四—七卷為北京同人（北大同人）；第八—九卷是共產主義服膺者。大致來看，《新青年》一至七卷的作者群雖然處於變動狀態，但構成作者群的作者多為近代新型知識分子，這就決定了他們身上具有一些相同的特點，如知識背景多是傳統與新式教育參半，新舊學問兼備；職業身份多為教授（學者）與報人的雙重身份；政治傾向上革命與啟蒙的矛盾結合等。〔註9〕《新青年》八—九卷的作者群主要是傾向馬克思主義、社會主義的進步知識分子，這個作者群中的絕大多數人也先後加入中國共產黨，成為中共早期的一批黨員。〔註10〕

　　《新青年》以「思想啟蒙」為宗旨。儘管學界對《新青年》的宗旨，還沒有達成一致，但是就成為上海共產主義小組機關刊物之前的一至七卷《新青年》的「思想啟蒙」性質，學界基本沒有異議，容易產生分歧的是成為上海共產主義小組刊物的第八—九兩卷《新青年》。《新青年》第八—九卷成為宣傳社會主義的主陣地，對社會主義的獨尊，必然背離平等探討各種學理的初衷，《新青年》也必然由「百花齊放」終至「一支獨秀」。然而，如果從輸入學理，教育青年，改造社會的角度出發，這一時期的《新青年》仍然是遵從了創刊之初確立的輸入學理，教育青年，改造社會的辦刊宗旨。事實上，這個辦刊宗旨貫穿了《新青年》的始終。因此，本書稿認為《新青年》是思想啟蒙刊物。

陳獨秀《新青年》（1～7卷）署名陳獨秀（獨秀）刊發的論說與隨感

卷　號	文　章
1卷1號	敬告青年
	法蘭西人與近代文明
	婦人觀
	現代文明史

〔註9〕 有關《新青年》的歷史分期與作者群體的討論參見陳長松：《陳獨秀前期報刊實踐與傳播思想研究（1897～1921）》，中國社會科學出版社，2015年，第111～130頁。

〔註10〕 李大釗、張崧年、沈玄廬、陳望道、袁震英、李達、李漢俊、周佛海、施存統、沈雁冰、李季、陳公博、高一涵、楊明齋等人先後都加入了中國共產黨，其中，李漢俊、周佛海、李達、陳公博為中共一大代表。

1 卷 2 號	今日之教育方針
	讚歌
	（美國國歌）亞美利加
1 卷 3 號	抵抗力
	現代歐洲文藝史譚
	歐洲七女傑
1 卷 4 號	東西民族根本思想之差異
	現代歐洲文藝史譚
1 卷 5 號	一九一六年
1 卷 6 號	吾人最後之覺悟
2 卷 1 號	新青年
	當代二大科學家之思想
2 卷 2 號	我之愛國主義
	駁康有為致總統總理書
	現代文明史
2 卷 3 號	憲法與孔教
	當代二大科學家之思想
2 卷 4 號	孔子之道與現代生活
	袁世凱復活
	西文譯音私議
2 卷 5 號	再論孔教問題
2 卷 6 號	文學革命論
3 卷 1 號	對德外交
3 卷 2 號	俄國革命與我國民之覺悟
3 卷 3 號	舊思想與國體問題
3 卷 4 號	時局雜感
3 卷 5 號	近代西洋教育
3 卷 6 號	復辟與尊孔
	科學與基督教
4 卷 1 號	科學與基督教
4 卷 2 號	人生真義

4 卷 3 號	駁康有為共和平議
	丁巳除夕歌〔註 11〕
4 卷 4 號	隨感三則：學術與國粹；國會；元曲
4 卷 5 號	有鬼論質疑
5 卷 1 號	今日中國之政治問題
	隨感五則：韓世昌；自由正義與和平；科學與神聖；學術獨立；陰陽家
5 卷 2 號	偶像破壞論
	隨感五則：聖言與學術；基督教與迷信鬼神；社會裁制力；偽善的基督教國民；信神與保存國粹
5 卷 3 號	質問東方雜誌記者
5 卷 5 號	克林德碑
6 卷 1 號	本誌罪案之答辯書
	對於梁巨川先生自殺之感想
6 卷 2 號	再問東方雜誌記者
6 卷 4 號	我們應該怎樣〔註 12〕
7 卷 1 號	本誌宣言〔註 13〕
	實行民治的基礎
	隨感錄 68～73：「籠統」與「以耳代目」；法律與言論自由；過激派與世界和平；調和論與舊道德；留學生；段派、曹陸、安福俱樂部
7 卷 2 號	自殺論
	詩：答半農 D——詩
	隨感錄 74～83：《浙江新潮》——《少年》；新出版物；保守主義與侵略主義；裁兵？發財？；學生界應該排斥底日貨；闊處辦；青年體育問題；約法底罪惡；男系制與遺產制；解放
7 卷 3 號	基督教與中國人
7 卷 4 號	馬爾塞斯人口論與中國人口問題
7 卷 5 號	新文化運動是什麼？
	工讀互助團問題：（五）工讀互助團失敗底原因在哪裏？
7 卷 6 號	勞動者底覺悟
	上海厚生紗廠湖南女工問題

〔註 11〕這是一首新詩。

〔註 12〕「附錄」欄，原文少年中國學會會務報告。

〔註 13〕雖未屬名，但是陳獨秀作。

陳獨秀《新青年》（第1～7卷）「通信欄」「答信」

卷　號	文　章
1卷1號	答王庸工（國體）
1卷2號	答李平（學習法文）；答王珏（求學）
1卷3號	答答吳勤；答李平；李大魁（佛教）；答呂君
1卷4號	答張永言
1卷6號	答張永言；答姚夢寬；答輝暹
2卷1號	答汪叔潛（政黨政治）；答何世俠；答沈慎乃（國語）；答舒新城；答畢雲程；答陳恨我；答程詩葛（德、智、體）；答 J.A.Jackson
2卷2號	答胡適（文學革命）；答王庸工；答王醒農、畢雲程；覆李平
2卷3號	答法文專修學校一民；答 T.M.Cheng；答畢雲程；答莫夫卿；覆李平；答陳蓬心；
2卷4號	覆畢雲程（社會問題）；答常乃悳（古文與孔教）；答王統照；答孔昭銘（介紹西學）。
2卷5號	覆畢雲程、李平；答曄、吳又陵（社會主義）；答褚葆衡（社會主義）；答孫臏、顧克剛；答 T.M.Cheng；答孔昭銘（獨身主義）；
2卷6號	答程演生（國學與國文）；答葉挺（宇宙、人生）；答程振基、常乃悳（古文與孔教）；答陳丹崖（新文學）；答錢玄同（小說）
3卷1號	答錢玄同（文學改良）；答蔡元培；答佩劍青年（孔教）；答傅桂馨（孔教）；答汪啟疆；答常乃悳（儒教與家庭）；答淮山逸民（道德）；致莫夫卿；答俞頌華（宗教與孔子）
3卷2號	答常乃悳（孔教與家庭）；答張嵩年；答曾毅（文學革命）；答方孝岳（白話文）；答 I.T.M 生（社會道德）
3卷3號	答胡適（文學革命）；答劉競夫（孔教）；答餘元濬（《青年雜誌》）；答葉新民、俞頌華（孔教）；答錢玄同（譯音）；答李享嘉（對德宣戰）；答胡子承；答張護蘭（文學革命與道德）；答毛義；答李傑（墨、莊、許之評價）；答劉半農。
3卷4號	答錢玄同（世界語）；答胡適（書評）
3卷5號	答李寅恭（園林）；答《新青年》愛讀者（孔教）；答吳又陵（孔教）；答顧克剛（政治思想）；答卓魯（革命問題）；答沈藻墀（詞章與古文）；答錢玄同（應用文改良十三事）

3 卷 6 號	答陶孟和（世界語）；答錢玄同（文字符號與小說）；答馮維鈞。
4 卷 4 號	答錢玄同（中國今後之文字問題）。
4 卷 5 號	答湯爾和（學術思想）
4 卷 6 號	答張厚載；答南豐美以美會基督徒悔（論信仰）；答崇拜王敬軒者
5 卷 2 號	對 Esperanto 在學術上的價值的意見
5 卷 4 號	答易宗夔（論新青年之主張）
5 卷 6 號	答張壽朋（文字改良與孔教）；答莫等（鬼相之研究）；答愛真（五毒）；答朱墉（文字改革與國語報紙）
6 卷 1 號	答嚬雪（擺脫奴隸性）；答黃界石（修辭學的題目）；答呂瀓（美術革命）
7 卷 3 號	答虞杏村（教育問題），答臧玉海（林紓與育德中學）；答明慧女士（婦女選舉權）
7 卷 6 號	獨秀答知恥（工人底時間工資問題）；答章積和（工人教育與工作時間）

三、引領報刊新潮流：創辦《每週評論》

　　1918 年 12 月 22 日《每週評論》在北京創刊，1919 年 8 月 30 日出至第 37 期被北洋政府查禁。第 1～25 期由陳獨秀主編，第 26～37 期由胡適接辦。主要撰稿人除陳獨秀、胡適外，還有李大釗、高一涵、周作人、張申府、張慰慈等，每期出 4 開 4 版。闢有「國外大事評述」、「國內大事評述」、「社論」、「隨感錄」、「新文藝」、「國內勞動狀況」、「通訊」等欄目，還出有「對於新舊思潮的輿論」、「對於北京學生運動的輿論」等「特別附錄」。該刊旨在「主張公理，反對強權」，內容側重於「輸入新思想、提倡新文學」。評論性是《每週評論》的最大特點，通過各種形式的評論，將世界性的社會思潮傳播到中國，並從理論和實踐兩方面繼續完善新文學，推動了五四新文化運動的深入發展。事實上，無論是五四運動，還是馬克思主義在中國的傳播，以及「問題與主義」的歷史公案都與《每週評論》密切相關。

　　陳獨秀在《每週評論》署名「隻眼」的文字主要是 24 篇論說性的文字，以及 100 篇「隨感」。具體篇目如下：

陳獨秀刊於《每週評論》的論說性文字（24篇）〔註14〕

期　數	文　章
1	發刊詞
2	歐戰後東洋民族之覺悟及要求
3	國防軍問題（告四國銀行團）
5	除三害
6	燒煙土
	請問蔣觀雲先生
7	我的國內和平意見（一）先決問題
8	我的國內和平意見（二）廢督問題
9	我的國內和平意見（三）裁兵問題
10	我的國內和平意見（四）國防軍問題
11	我的國內和平意見（五）國會問題
12	人種差別待遇問題
13	關於北京大學的謠言
14	朝鮮獨立運動之感想
	為什麼要南北分立？——南北人民分立呢？還是南北特殊勢力分立呢？
18	我的國內和平意見（六）憲法問題
19	貧民的哭聲
20	孔教研究
21	對日外交的根本罪惡——造成這根本罪惡的人是誰？
22	為山東問題敬告各方面
	山東問題與上海商會
23	山東問題與國民覺悟——對外對內兩種徹底的覺悟
24	對於日使照會及段督辦通電的感言
25	我們究竟應不應當愛國？

〔註14〕陳獨秀在《每週評論》刊等以「隻眼」為名的論說性文字共有 24 篇，其中發
刊詞 1 篇，《關於北京大學的謠言》、《孔教研究》等 2 篇刊登在「評論之評
論」，《對日外交的根本罪惡》、《為山東問題敬告各方面》、《山東問題與上海商
會》、《山東問題與國民覺悟》等 4 篇刊登在「山東問題」專刊，其餘 17 篇都
刊登在「社論」欄。

陳獨秀刊於《每週評論》的「隨感」（127篇）

序　號	號　數	文章標題
1	第一號	兩團政治
2		義和拳征服了洋人
3		戰爭的責任者
4		公僕變了家長
5	第二號	大紅頂子紅纓帽
6		異哉搭現問題
7		野心
8		倒軍閥
9	第三號	又要製造民意了
10		軍民分治
11		到底是那一團厲害？
12		得眾養民
13		誰是匪
14		國防軍
15		軍人與官僚
16		武治與文治
17		尊孔與復辟
18		安徽小鬼
19	第五號	國民大會
20		鴉片與紙票
21	第七號	嗚呼特別國情！
22		公理戰勝強權
23		揭開面具
24		誰的罪惡
25	第八號	威大炮
26		公理何在
27		光明與黑暗
28		特別國情

29	第十號	司令部土多
30		信實通商
31		理想家那裡去了？
32		第一次警告
33		不准百姓點燈
34	第十一號	舊黨的罪惡
35		中日親善
36		亡國與賣國
37		鐵道管理問題
38	第十二號	亡國與親善
39		歡迎英美艦隊
40		陝西問題
41		不忘日本的大恩
42		日本人的信用
43		日本人與曹汝霖
44		國際管理與日本管理
45	第十三號	東局千零十三號
46		參戰軍
47		亞洲的德意志
48		愛爾蘭與朝鮮
49	第十四號	你護的什麼法？
50		和平的根本障礙
51		中國的李完用宋秉竣是誰？
52		希望各國干涉
53		莫做傀儡
54		何人的命令？
55		停止納稅
56	第十五號	更加肉麻
57		林紓的留聲機器
58		日本人可以在中國隨便拿人嗎？

59	第十六號	冤哉洪述祖！
60		南北一致
61		綱常名教
62		中國和平的障礙
63		太監與纏足
64		安徽省議會的笑話
65		婢學夫人
66		倪嗣沖的兒子
67	第十七號	衍聖公和張天師同聲一哭
68		不可思議的新舊思潮
69		林琴南很可佩服
70		關門會議
71		國民參與政治外交的資格
72		文治主義原來如此
73		美國也有軍械借款嗎？
74		形式的教育
75		議長串通賣礦
76		怪哉插徑班！
77		預定的計劃
78	第十八號	二十世紀俄羅斯的革命
79		多謝倪嗣沖張作霖
80		傷寒病和楊梅毒
81		土匪世界
82		卻沒有了自己
83		四大金剛
84		世界第一惡人
85		畢竟南方軍人有良心
86	第十九號	苦了張宗祥的夫人
87		怎麼商團又要「罵曹」？
88		陸宗輿到底是那國的人？
89		再看江庸的戲
90		法律是什麼東西？

91		干政的軍人反對軍人干政
92		破壞約法的人擁護約法
93		克倫斯基與列寧
94		南北代表有什麼用處？
95		護法？醜！套狗索！
96	第二十號	共同管理
97		兩個和會都無用
98	第二十三號	賣國都有憑據嗎？
99		只有歎氣！
100		自家人不及外國人
101	第二十四號	「本是同根生，相煎何太急！」
102		同盟會與無政府黨
103		北京十大特色
104	第二十五號	立憲政治與政黨
105		六月三日的北京
106		吃飯問題
107		研究室與監獄
108		愛情與痛苦
109		南北一致
110		政學會與桂系

可以說，陳獨秀作為報紙的主編，雖只主編了前25號，但已經為《每週評論》奠定了成功的基礎。針對國內外重大政治事件，陳獨秀在《每週評論》上發表了大量的政治性意見，引導讀者關心現實政治，不僅為讀者帶來了「光明」，也推動了新文化運動的深入發展。與此同時，陳獨秀也「完成」了對各式公理的「甄別」，開始形成並宣傳自己的政治主張，並為此被捕入監。主編《每週評論》的經歷實際上已成為陳獨秀從精神領袖向政治領袖過渡的「第一步」。

第二節　六個問題的商榷、考證與澄清

陳獨秀作為富有爭議的歷史人物，對其報刊活動也富有爭議。對幾個問題進行商榷與澄清，一方面是因為討論有利於接近歷史事實，有助於豐富人們對

歷史的認知；另一方面這也是深入認識陳獨秀這一時期報刊思想的需要。基於此，主要討論一下幾個問題：揚棄：《甲寅》與《青年雜誌》（《新青年》）關係的再審視，對《新青年》一二卷雜誌的慘淡經營與瀕臨停刊；對五四青年的分化；以及罵人與激烈的言論態度問題；陳獨秀五四時期報刊評論實踐等五個層面展開討論。

一、揚棄：《甲寅》與《青年雜誌》（《新青年》）關係的再審視

《甲寅》與《青年雜誌》（《新青年》）的關係，這是當前學界研究的一個熱點。相關研究雖對《甲寅》與《新青年》，尤其是與《青年雜誌》的淵源關係作了深入探討，但卻存在一個問題，都在強調《甲寅》對《新青年》的影響，這種研究取向導致將兩個刊物的形式、內容進行比較，一般的論文僅從形式進行比較，較為深入的論文則在前者的基礎上，對兩者的內容進行比較，由此得出《甲寅》對《新青年》的「全面影響」，甚至得出「陳獨秀為了生計創辦《青年雜誌》」，「其時並沒有成熟的辦刊思想」，所以沿用《甲寅》金字招牌的研究結論。因此，有必要對《甲寅》與《青年雜誌》（《新青年》）的關係進行重新審視。

本書認為，《甲寅》與《青年雜誌》（《新青年》）關係，既不是簡單的「傳承」、「沿襲」，也不是簡單的「和而不同」，更多地體現為「揚棄」。「揚棄」（英文 sublation；德文 Autheben）是黑格爾解釋範疇的發展過程的辯證概念。他認為，在範疇的推演和發展過程中，每一階段對於前一階段來說都是一種否定，但這種否定又不是單純的否定或全盤地拋棄，而是否定中包含著肯定，取消中包含有保存，從而使發展過程體現出對舊質既有拋棄又有保存的性質〔註15〕。「揚棄」是「否定之否定」，是「一種有肯定結果的否定」。這種否定的結果，既使新事物和舊事物之間有著本質的差別，又使新舊事物聯繫起來成為有機的整體而向前發展。〔註16〕在黑格爾看來，「概念和事物都可被揚棄」〔註17〕。

「傳承」英文為「Tradition」，希臘文為「paradosis」，拉丁文為「traditio」，

〔註15〕 蔣永福、吳可、岳長齡主編：《東西方哲學大辭典》，江西人民出版社，2000年，第886頁。

〔註16〕 金炳華等編：《哲學大辭典──修訂本（下）》，上海辭書出版社，2001年，第1762頁。

〔註17〕 〔英〕布寧：《西方哲學英漢對照詞典》，余紀元編著，人民出版社，2000年，第962頁。

源自「tradere」，意為「傳遞」、「傳話」，指被接受的學說和實踐的傳遞和繼承。在基督教中特指由使徒和教會所傳承的上帝的神聖啟示的傳統，因而亦稱「聖傳」、「教會傳統」、「使徒聖傳」。〔註18〕「傳承」在現代漢語中意為「更替繼承」，一般指承接好的方面，具有先傳再承的意味〔註19〕。由上可知，在東西方的語境中，「傳承」的語義是相通的，無論是「傳遞」還是「更替」，目的都是為了「繼承」，而且「繼承」的都是原有學說或實踐的優良特質。換句話說，「傳承」具有忠實於被傳承之物的實踐品格。

由上述對「揚棄」與「傳承」兩個概念的簡單介紹，可知兩者存在很大的區別。「傳承」具有的忠實於被傳承之物的實踐品格，顯然有別於「揚棄」「否定之否定」，「一種有肯定結果的否定」的特性。比如，《甲寅》的政論風格，不僅充分反映了章士釗的「調和立國論」，而且也是《甲寅》的特色之一。初創期的《青年雜誌》，雖刊有較多的政論文章，但與章士釗的「調和立國論」存在很大的不同。而到了《新青年》，則以文化啟蒙為追求，與「現實政治」始終保持著一定的距離。由此可見，《甲寅》雖對《青年雜誌》以至《新青年》存有一定的影響，但這種影響絕非是「傳承」、「承繼」，更非是「沿襲」。那麼，《甲寅》對《青年雜誌》以至《新青年》的影響能否稱為「揚棄」呢？「揚棄」是黑格爾用來分析「範疇」發展過程的辯證概念，「範疇」是指最高級的概念，能應用於任何事物、最普遍的、哲學的概念。因此，「揚棄」不僅可以用來分析概念的發展，也可以用來分析事物的發展。以「揚棄」來考察《甲寅》與《青年雜誌》、《新青年》的關係是可行的。

（一）兩份刊物在宗旨、內容、讀者定位方面存在根本不同

如前所述，「揚棄」是「否定之否定」，是「一種有肯定結果的否定」。這種否定的結果，既使新事物和舊事物之間有著本質的差別，又使新舊事物聯繫起來成為有機的整體而向前發展。考察《甲寅》與《青年雜誌》（《新青年》）之間的關係，可以發現，兩者雖有淵源，但兩者存有本質的差別，而且這種差別正是《新青年》大獲成功的重要原因。

陳獨秀認為，無窮無盡的政治空談無濟於事，所以他要創辦《青年雜誌》，以此喚醒青年一代。他在《青年雜誌》創刊號即明示刊物宗旨，「改造青年之

〔註18〕基督教大辭典，http://bigyi.fudan.edu.cn/christDic/christContent.asp?id=2080004。
〔註19〕阮智富、郭忠新編著：《現代漢語大詞典（上）》，上海辭書出版社，2009年，第301頁。

思想，輔導青年之修養，為本誌之天職。批評時政，非其旨也。」這表明，《青年雜誌》創刊之初，即確立以青年學生為讀者對象的思想文化刊物的報刊定位。這不僅是《青年雜誌》與《甲寅》的最大區別，也是《新青年》矢志追求並終獲成功的重要因素。儘管創立之初的《青年雜誌》，為了打開銷路，借鑒了《甲寅》，如稿件注重實務，政論較多，欄目設置相仿，編者與作者亦類，但是這並不能得出，《青年雜誌》與《甲寅》雜誌之間存在一定的「傳承」關係的論斷。因為刊物整體上已經向「思想文化」類刊物轉變，無論是陳獨秀的《敬告青年》、《法蘭西人與近代文明》、《婦人觀》、《現代文明史》、《今日之教育方針》、《東西民族根本思想之差異》、《一九一六年》、《吾人最後之覺悟》等論說，還是高一涵《共和國家與青年之自覺》、《近世國家觀念與古相異之概略》、《民約與邦本》、《國家非人生之歸宿論》、《讀梁任公革命相續之原理論》、《自治與自由》等論說，以及易白沙的《述墨》、《我》、《戰雲中之青年》、《孔子平議》，高語罕的《青年與國家之前途》、《青年之敵》等文章，都表明《青年雜誌》以青年學生為讀者對象的思想文化刊物的報刊定位，更不用說《青年雜誌》中刊登了大量的西方人物傳記以及西方青年組織的介紹，如《卡內基傳》、《佛蘭克林自傳》、《霞飛將軍》、《英國少年團規律》、《大飛行家譚根》、《英國少年團巡視》、《美國少年團記》、《麥剛森將軍》等等。

對大眾傳媒而言，內容與讀者是媒介定位的重要依據，不僅是媒介能否成功的重要因素，也是「此媒介」區分於「彼媒介」的重要參照標準。判定兩份刊物之間是否存在「傳承」關係，不能僅依靠欄目設置、作者群等外在形式進行論斷，而更應建立在對刊物的宗旨、內容、讀者等方面進行比較。因此，楊早論述的《甲寅》與《新青年》之間的差異，實際上正反映了兩份刊物在讀者定位、內容定位方面的本質不同。楊琥的「章士釗始終堅持『政治救國』論，致使新文學運動未能在《甲寅》月刊上開展起來，而陳獨秀則高舉文學革命的旗幟，使《新青年》成為發動文學革命和新文化運動的主要輿論陣地」〔註20〕論述，也反映了章、陳二人辦刊理念的根本差異。因此，僅依據《甲寅》中出現的某些「思想文化」方面的「質素」，就斷定《青年雜誌》的「思想文化」的刊物定位，以及其後《新青年》發起的「新文化運動」，即是「傳承」於《甲寅》的結論是缺乏「效度」的。

〔註20〕楊琥：《〈新青年〉與〈甲寅〉月刊之歷史淵源》，《北京大學學報：哲學社會科學版》，2002 年第 6 期，第 124～129 頁。

（二）《愛國心與自覺心》預示著《青年雜誌》創辦的必然性

如前所述，陳獨秀因「生計困頓」而受邀參編《甲寅》，多少帶有「以文謀生」的意味。按理說，「以文謀生」的陳獨秀應在《甲寅》發表較多的文字，而且憑陳獨秀的文筆才情為《甲寅》撰寫文章也不是件難事。然而，陳獨秀只為《甲寅》作了一篇文章——《愛國心與自覺心》。形成鮮明對照的是，陳獨秀在其創辦的《青年雜誌》前兩期發表了數量頗多的論說，而這一時期，陳獨秀仍是《甲寅》的編輯。為何擅長為文的陳獨秀只為《甲寅》撰寫了一篇文章？為何陳獨秀在編輯《甲寅》的同時，就急著創辦《青年雜誌》並發表大量文章？本書認為，這與知識界對《愛國心與自覺心》由「詰問叱責」到「接受推崇」的態度轉變存在重要的關聯。

《愛國心與自覺心》是陳獨秀為《甲寅》雜誌精心撰寫的一篇論說，也是陳獨秀在《甲寅》上正式推出的第一篇文章，章士釗刊登此文也表明章本人對此文是認同的。沒想到的是，該文一經刊出，即遭「詰問叱責」。儘管「詰問叱責」的信件是寫給主撰章士釗的，但作為編輯的陳獨秀肯定也知曉這些信件。這種「詰問叱責」無疑是對初以「獨秀」為名的陳獨秀的重大打擊。雖然，《愛國心與自覺心》是陳獨秀痛苦反思之後的「心得」，但其時知識精英並不領情，甚至主撰章士釗也沒有立即撰文予以辯解。因此，陳獨秀要想堅持自己的「心得」，就必然「失聲」，要想繼續「發聲」，就必然放棄自己的「心得」。以陳獨秀的個性，他不會放棄自己痛苦反思所獲的「心得」，於是只能選擇「失聲」，因此他雖擔任《甲寅》編輯，但他再也沒有為《甲寅》撰寫文章。這與李大釗、高一涵、高語罕、易白沙等人形成鮮明的對照。

然而，不堪形墓的時局很快讓知識精英認識到《愛國心與自覺心》一文的現實意義，於是知識界對該文的態度發生了根本逆轉。梁啟超發表的《痛定罪言》是知識界態度逆轉的一個標誌。梁啟超進一步從參政權、法律權、財政權、教育權等方面論證「有國不如無國」。章士釗對此評價道，「夫梁先生方以不作政談宣言於眾人者也，勸人不為煽誘激刺之論者也。今驟然與昨日之我挑戰，其所為驚人之鳴，竟至與舉世怪罵之獨秀君合轍，而詳盡又乃過之。此固聖者因時制宜之道，然而謹厚者亦復如是，天下事可知矣。」[註21]

梁啟超的文章發表於 1915 年 6 月 20 日，上距陳文發表的時間 7 個月。這 7 個月，陳獨秀雖身為雜誌編輯，卻沒有為其遭到「詰問叱責」的文章進行

[註21] 章士釗：《國家與我》，《甲寅》第一卷第六期，1915 年 8 月。

辯解，也沒有其他公開發表的文字，處於「失聲」狀態。這對個性鮮明的陳獨秀來說，無疑是一種煎熬。1915 年 6 月 19 日陳獨秀由日返滬，第二天即有與「通俗圖書局開會之約」，6 月 23 日，又在陳子壽家討論三家（群益、亞東及通俗三家書局）合辦，「終以分別籌款為主」，整個 7 月份，陳獨秀也為此多方聯絡，最終說服群益書社承辦《青年雜誌》〔註 22〕。這說明陳獨秀早在 1915 年 6 月，即有創辦《青年雜誌》的想法。這個時間點與標誌知識界態度發生逆轉的梁啟超《痛定罪言》發表的時間暗合，這多少意味著，知識界的態度轉變具有推動和堅定陳獨秀另辦《青年雜誌》的意義。此外，這個時間點也表現出陳獨秀創辦《青年雜誌》的急切性。為何在編輯《甲寅》的同時，如此迫切的想另創一本雜誌？原因只能在於《甲寅》並不合乎陳獨秀的報刊主張，陳獨秀迫切需要一本屬於自己的刊物，以發出自己的聲音。因此，陳獨秀創辦《青年雜誌》是其深思熟慮的產物，這種深思熟慮既是對民元後「一切如故」的現實的反思，也是對《甲寅》的「揚棄」，決不是所謂「謀生」的需要，相反，陳獨秀參編《甲寅》卻帶有一定的「謀生」意味。

（三）《青年雜誌》(《新青年》) 承繼了《甲寅》的開放姿態

如前所述，「揚棄」是「否定之否定」，但這種否定又不是單純的否定或全盤地拋棄，而是否定中包含著肯定，取消中包含有保存，從而使發展過程體現出對舊質既有拋棄又有保存的性質。上述兩點分析了兩份刊物在宗旨、內容、讀者定位方面都存在本質的差別，以及《愛國心與自覺心》一文所標示的意義。此處將分析兩份刊物的相同之處，指出在建構開放的報刊話語空間方面，《青年雜誌》(《新青年》) 繼承了《甲寅》的開放姿態。

話語空間，是指話語言說的空間，亦即思想表達的空間。話語空間既可以表現為物理空間，也可以表現為報刊、廣播、電視、網絡等媒體空間。儘管話語空間的形式多種多樣，話語空間言說的話語也不一定就是「真正」的話語，但空間對於話語言說卻是至關重要的，空間是話語言說及其效果生成的重要場域。任何空間都有一定的「邊界」，任何話語（或思想）也都帶有一定的傾向性，因此，「絕對」「開放」的話語空間是不存在的。但是，話語在本質上又具有對話性的特點，話語的生成以及效果的產生也都依賴於對話，這種對話性又反過來要求話語空間必須保持充分的開放。因此，話語空間的開放性是一種

〔註22〕以上史料來自於沈寂《陳獨秀傳論》（安徽大學出版社，2007）第 196 頁。

「有限」的開放性，任何話語空間都是如此。報刊作為大眾傳媒，本身即是一種重要的話語空間，而且又因大眾傳媒的傳媒屬性，這種話語空間要求高度的「開放性」。當然，這種「高度」「開放」的特徵，並不意味著報刊話語空間的「開放性」是沒有「邊界」的「絕對開放」。事實上，任何一份報刊都無法做到絕對的開放。因此，本書所論報刊話語空間的開放性，是指報刊對其所關注的論域能夠吸納不同作者從不同角度進行多面向的討論，從而將其所關注的論域推向深入，並呈現一種「歷史」的「深度」。

近代中國，現代報刊雖是舶來品，但報刊作為一種重要的話語空間，日益為中國文人所關注，他們紛紛以各種形式介入報刊，進行各種各樣的話語言說。值得注意的是，近代國人報刊實踐是與日益嚴重的民族危機相伴而行的，甚至可以說民族危機是國人積極投身報刊實踐的直接原因，這就決定了近代國人報刊實踐必然具有強烈的政治色彩，報刊的政治功用成為國人報刊實踐追求的首要目標。應該說，報刊具有強烈的政治訴求，本身並無可厚非，但這卻很容易造成報刊間的黨同伐異，導致報刊話語空間的閉合，使得相關論域無法向深度拓展。民初報壇，絕大多數報紙或為政府控制，或為黨派控制，成為各黨各派相互攻訐，黨同伐異的政治工具。

在上述背景下，《甲寅》的開放姿態就具有開創性的意義。《甲寅》雜誌雖然出版時間不長，期數不多，但它通過建構開放的報刊話語空間，容納來自社會各界的不同話語，贏得了社會各界的好評與尊重，被譽為「唯一不受政府或某一政黨控制的論壇」，黃遠庸在致《甲寅雜誌》的信中，稱讚章士釗是「一大改革家」，「今日稱以言論救世者，惟足下能副其實。」〔註23〕《青年雜誌》（《新青年》）繼之而起，從改造青年思想入手，通過文化、思想的啟蒙實現救國之路，以其不斷的探索精神與對西方政治文化思想的引介和傳播，成為民初先進知識分子表達自由思想的報刊話語空間，最終造就了中國新文化運動的「元典」。無論是《甲寅》的「調和立國」的政治主張，還是《青年雜誌》（《新青年》）的「思想啟蒙」的文化路線，兩者均因不同作者從不同角度進行的多面向討論，呈現出「歷史」的「深度」，作為一種「思想資源」，在歷史的長河中有其存在的價值。

《甲寅》與《青年雜誌》（《新青年》）雖有淵源，但兩者的關係既不是傳

〔註23〕《通訊》，《甲寅雜誌存稿》下冊，臺灣文海出版社，第96頁。

承關係，也不是沿襲關係，而是一種「揚棄」。從報刊的視角出發，兩者無論在宗旨、內容還是預期的讀者具有本質的不同；《愛國心與自覺心》一文也表明創辦《青年雜誌》（《新青年》）是陳獨秀深思熟慮的結果。從報刊話語空間來看，《青年雜誌》（《新青年》）承繼了《甲寅》的「開放姿態」，這也是兩份刊物獲得成功的根本原因。

二、「殘民之禍，惡國家甚於無國家」

客觀地說，陳獨秀「殘民之禍，惡國家甚於無國家」的論點有其存在的價值，不僅在當時具有鮮明的現實針對性，在中國思想史上也具有里程碑式的意義，反映了陳獨秀作為思想家思想的敏銳性和先見性。不過，前行者總是孤獨的，陳獨秀的這一論點不僅在當時為人所不解，即使當代學者也認為這一觀點存有偏頗之處，甚至以「偏激」形容陳的言辭。因此，有必要對陳獨秀這一觀點進行解讀，進而理解這一觀點的深刻性及其體現出的陳獨秀的思想軌跡。

（一）出發點：悲天憫人的人道主義情懷

通讀《愛國心與自覺心》一文，可以發現，陳獨秀「有惡國不如無國」論的出發點是悲天憫人的人道主義情懷，而且這種人道主義情懷所關注的對象是社會的底層民眾。陳獨秀認為，國家是「為國人共謀安寧幸福之團體」，國家必須保障國民的權利，謀益人民的幸福，「愛國心」的提倡，必須建立在國家保民、安民的基礎上。如果一個國家不僅做不到愛民、保民，反而日益加重人民的生活苦難，給民眾帶來人道主義災難，民眾連最起碼的生命權都無法保障，以致不得不托身租界以存活，這樣的國家既喪失了存在的合法性，也不值得國民去愛，這樣的「惡國」不要也罷。

陳獨秀對朝鮮、土耳其、日本、墨西哥、中國等「不知國家之情勢而愛之者」的批判，雖有偏頗之處，如將朝鮮反抗日本的民族主義運動視為「誠見其損，未睹其益」，沒有看到朝鮮民族主義運動的正義性和合理性；因擔心土耳其一旦戰敗將引發國難而否定土耳其與意、俄等國的民族戰爭；對墨西哥國內民生日益凋敝的現狀開出的「附美為聯」的藥方也是不合情理的。但是如果從「國家」應「為國人共謀安寧幸福之團體」，「國家」不能給國內民眾帶來大規模人道主義災難的視角，陳獨秀的上述觀點又有其合理性，這些國家的民眾本已生活於水火之中，戰爭只能加劇底層民眾的生活苦難。

文章末段，陳獨秀又以中國人與印度、朝鮮、猶太人作比，指出國人「顛

連無告之狀，殆不可道理計」，他還以「辛亥京津之變」，「癸丑南京之役」中「人民咸以其地不立化夷場為憾」為例，論證「此非京、津、江南人之無愛國心也，國家實不能保民而至其愛，其愛國心遂為其自覺心所排而去爾。」這段論證同樣也反映了陳獨秀的「有惡國不如無國」的論點。

應該說，一個國家最基本的構成人群為普通民眾，普通民眾非如知識精英，其趨利避害的功利主義取向是強烈的，其自我保護的能力又是微弱的。因此，任何一個國家，都必須保護普通民眾的生存權利，否則對民眾侈言愛國是無益的，民眾只會以「腳」證明國家可愛與否。民元初年，中國京、津、江南地區的民眾投奔租界以求苟活已經證明了這一點，而當今世界的難民潮以及某些國家與地區的「叛逃」人流也證明了這一點。陳獨秀在民元初年提出的「有惡國不如無國」的論點，確是「汝南晨雞，先登壇喚」。

（二）背景：政象日亂的社會現實與「偽國家主義」的宣傳

如前所述，《愛國心與自覺心》一文是陳獨秀反思的「心得」，既是對辛亥革命勝利後至參編《甲寅》前「政象日亂」的「反思」，也是對其由參與「新政府」到被迫流亡，以致賣文為生的個人經歷的「反思」。作為一本「政論刊物」，《甲寅》所刊文章必然關涉政治現實。《甲寅》中多篇文章均描述了社會政治日益混亂，認為「今不如昔」。這種論調既見於章士釗、張東蓀等人的政論，也廣見於「通訊欄」所刊登的不同作者的來函。由此可見，其時政治確如陳獨秀所說的「一切如故」，甚至「今不如昔」。

針對日亂的政治社會現實，不同的人給出了不同的解決方案，「偽國家主義」即是其中的一種解決方案。「偽國家主義」把愛國等同於愛政府，利用民族主義危機，尤其是日本對中國提出的「二十一條」亡國條款，宣傳「亡國滅種」之「恐怖」，希望國人能夠發揚「愛國」精神，支持政府，擁護政府，以幫助政府渡過「難關」。雖然，章士釗、張東蓀等人均撰文批判了「偽國家主義」，但「偽國家主義」確有其一定的影響。袁世凱能夠稱帝，「偽國家主義」未嘗不是其中的一個重要原因，甚至可以說袁世凱成功利用了民眾對於日本「二十一」條的抗議，獲得了輿論支持，使其看到了「復辟」的可能性。

應該說，陳獨秀對朝鮮、土耳其、墨西哥等「不知國家之情勢而愛之者」的批判，具有鮮明的現實針對性。表面上看，批判的是朝鮮、土耳其、墨西哥等國，實際上，這些批判均具有鮮明的現實指向，如對朝鮮「必欲興復舊主」的批判具有反對君主復辟的意義；對土耳其的批判也是從「國基未固，不自量

度」，一旦戰敗，國難將作的角度；對墨西哥的批判則是在「恐其革命相循，而以兵得政，以政虐民之風不易革也」的角度。因此，與其說批評這些國家，不如說批評中國日亂的政治現實。

因此，陳獨秀的「有惡國不如無國」論，源自其對政象日亂的社會現實的深刻反思，是思想家經過痛苦反思後的肺腑之言，結論雖然尖銳，但卻直指政象日亂的社會現實以及「偽國家主義」的「救國」路線。

（三）「有惡國不如無國」不同於「有國不如無國」

如果說，「殘民之禍，有惡國不如無國」的論點，尚且容易接受的話，那麼文末最後一句，「嗚呼！國家國家，爾行爾法，吾人誠無之不為憂，有之不為喜。吾人非咒爾亡，實不禁以此自覺也。」則不容易被接受。在日本提出滅亡中國的「二十一條」，國人咸以「亡國為奴，何事可怖」的危急時刻，這句話確實容易被理解為「國家有無與己無關」的「有國不如無國」論。事實上，時人對此文的批評指責也正在於此點。然而，仔細考察原文，文末最後一句發出的「國家有無與己無關」的感慨與「有國不如無國」論並不能簡單地劃上等號，而且陳獨秀在文中也從沒有「有國不如無國」的文字表述，這種結論是讀者對陳獨秀有關文字的「誤讀」。

應該看到，與章士釗、張東蓀等人撰寫的結構嚴密的邏輯文相比，該文是一篇頗具文學色彩的論說。文章對文學性的追求必然要求作者要注重感性的表達，而直接的感性表達在提高作品易讀性的同時，也給讀者留下了較多的想像空間。在文本語境中，該句話既可以理解為陳獨秀對京、津、江南民眾的行為發出的慨歎，也可以理解為陳獨秀將京、津、江南民眾的「心聲」付諸文字。因此，「國家有無與己無關」的感慨並不等於「有國不如無國」，更不能表明陳獨秀反對愛國主義，主張無政府主義，甚或國家虛無主義。

「有惡國不如無國」論，並非反對愛國，而是強調什麼樣的國可愛，保民、愛民之國可愛，殘民之國不可愛。在民智不開的情況下，侈言愛國，「其愚益甚」，況且中國已有租界，租界居民的「安寧自由」，為普通民眾提供了參照物，「辛亥京津之變」、「癸丑南京之役」中「人民咸以其地不立化夷場為憾」已經證明了普通民眾的選擇。此種情況下，盲目的提倡愛國主義，效果只能適得其反，不但無益於「建設國家於二十世紀」，而且只能加重民眾的生活苦難。

「有惡國不如無國」論，也不是提倡無政府主義，更不是國家虛無主義。無政府主義，主張取消政府，國家虛無主義，則主張取消國家。文中，陳獨秀

開出了國家自力更生、自強不息、生養教化以應對危局的藥方，這表明陳獨秀認識到政府的重要性，而「夫政府不善，取而易之，國無恙也」的表述，也表明陳獨秀認識到，政府可以取代，但政府之於國家仍是必要的，而政府之取易，則應以無恙於國為標準，這就表明陳獨秀對於國家的重視，從而與國家虛無主義劃清界限。

因此，將該文及「國家有無與己無關」的表述理解為陳獨秀公然非議愛國主義是錯誤的。事實上，陳獨秀不僅不反對愛國主義，相反，他所主張的愛國主義是更高層次上的愛國主義，是一種理性至上的愛國主義。在民國成立初年，當近代民族國家理念漸為國人接受之時，陳獨秀卻發出「有惡國不如無國」論，這不僅體現出該論點的歷史意義，也表現出陳獨秀作為思想家思想的敏銳性和先見性。

（四）目的：促使國民警醒自覺

晚清以來遭遇的瓜分危機以及晚清政府的日趨無能，注定了民族主義必然成為清末革命的思想資源，黃帝、炎帝等由歷史符號轉化為政治文化符號，用以號召國人推翻滿清政府、建立現代共和國家即是民族主義興起的例證，而無論晚清還是民元，建立民族國家都是進步知識分子所著力宣傳的重要內容，因此辛亥革命具有濃厚的「民族主義革命」色彩，革命後建立的新國家也以民族國家為指向，以期立於世界民族之林。

辛亥革命的勝利，讓近代民族國家理念有了實現的可能，共和觀念也漸為國人接受。然而，民元初年，國家面臨的內憂外患，袁世凱的個人野心，知識精英應對危局的莫衷一是，讓「愛國主義」成了各方用以號召民眾的最佳「標語」。用「愛國主義」號召民眾以應對危局，本身無可厚非，然而對於忠君思想嚴重、家國不分的中國民眾來說，「愛國主義」又實是「政治強人」達成個人野心的絕佳途徑，更何況其時共和觀念、民族國家觀念雖漸入人心，但政府與國家的關係並沒有經過系統的闡釋，更沒有深入普通民眾的頭腦，封建王朝「朕即國家」的國家理念被簡單地替換為「政府即國家」。此時甚囂塵上的「開明專制」、「國家主義」的宣傳以及將二次革命歸罪為「黨爭」等論調，均證明了「政府即國家」在知識精英中大有市場，甚至章士釗、張東蓀等人於《甲寅》倡導調和立國，在一定意義上，也透露出「政府即國家」的潛意識。

事實上，政府與國家關係雖然密切，但一個政府能否代表國家，必須有其

合法性。合法性的取得可以通過各種形式，然而，合法性的根源在於政府能否謀益人民幸福、保障民眾權利，這是現代民主政治的本義，也是任何政府據以執政的合法性所在。章士釗、張東蓀等人雖然也認為國家應保障多數人之幸福，但這是對執政當局提出的要求，而這種要求無異於與虎謀皮。陳獨秀則將國家應保障多數人之幸福作為政府是否具備合法性的根本要求，並將之作為國家是否可愛的前提，這並不意味著陳獨秀不懂得國家與政府之間的關係，相反正是因為他懂得兩者之間的密切關係，看到了愛國與愛政府的區別，才向國人宣告「有惡國不如無國」的論點。

因此，陳獨秀所主張的愛國主義是一種理性至上的愛國主義，與盲動的感性至上的愛國主義判然有別。在日本提出滅亡中國的「二十一條」的危急時刻，陳獨秀拋出此論，對國人尤其是知識精英來說，不啻於晴天驚雷，引起眾人的指責實屬必然。不過，時局很快證明了陳獨秀所見非謬，時人開始認識到此論的價值，紛紛以「自覺心自覺也」。在這個意義上，該論點促進了國民，尤其是知識精英的覺醒。

三、慘淡的經營？《新青年》一二卷經營情況淺探〔註24〕

學界公認北京同人雜誌時期是《新青年》的輝煌期，而對於《新青年》一、二兩卷（第一卷為《青年雜誌》，第二卷改名《新青年》）的經營狀況則存有不同觀點。有觀點認為雜誌前兩卷，已經「鋒芒畢露」、「聲名遠播」，陳平原即持此論〔註25〕，另一種觀點則認為前兩卷雜誌的經營是「慘淡」的，甚至有論者將雜誌第三卷也歸入「慘淡經營」的範圍。

張寶明認為，《新青年》第三卷第1號扉頁上登載的「全方位」的「廣而告之」，如將雜誌「所有目錄」「掛靠」在「顯赫位置」、「陳獨秀先生主撰」、「大名家數十執筆」、「定價一元」、「郵費九分」等細節在反映出版發行人「哄抬賣點」的同時，也反映出雜誌出版發行者「慘淡經營的苦心孤詣」〔註26〕。李憲瑜在其博士論文中寫道，「如果後來的《新青年》不經改革（指雜誌第二卷所作的調整——筆者注），首先在經濟上就難以為繼了」，此外，在論及二卷一號出版數月後《新青年》雜誌的銷數增至一萬五、六千份時，他用「起死回

〔註24〕原文《〈新青年〉一二卷經營情況淺析》發表於《文化與傳播》2015年第4期，第49～53頁。

〔註25〕參見陳平原：《觸摸歷史與進入五四》，北京大學出版社2005年，第60頁。

〔註26〕張寶明：《多維視野下的〈新青年〉研究》，商務印書館2007年，第13頁。

生」一詞加以描述〔註27〕。章清也認為，從「生意」的角度看，《新青年》最
初的經營狀況確實是「慘淡」的。〔註28〕王觀泉認為，《青年雜誌》出足第一
卷後，停刊半年才出版第二卷，「發起青年運動的旗手大概陷入困境」，並認為
「停刊的原因是經費支拙」。〔註29〕王奇生在《新文化是如何「運動」起來的
——以〈新青年〉為視點》一文中，雖沒有使用「慘淡」、「困境」等詞語描述
雜誌前兩卷的經營情況，但卻極力論證早期《新青年》（主要指1～3卷——筆
者注）是一份「沒有多大影響」的「名符其實」的「普通雜誌」，他還用魯迅
在給許壽裳的信中的文字——「《新青年》以不能廣行，書肆擬中止；獨秀輩
與之交涉，已允續刊」——進一步指出雜誌出完3卷後仍然「發行不廣，銷路
不暢」。〔註30〕

應該說，《新青年》從一份「普通刊物」發展成引領新文化運動的一塊「金
字招牌」，確是經歷了發展到輝煌的過程，對於《新青年》這樣一份開風氣的
思想性刊物來說，尤其如此。將「發展」視為「慘淡」，以至「將死」，多少顯
示出考察視角的侷限。事實上，其時雜誌並不「慘淡」，更不至於「將死」。作
為一份「普通刊物」，雜誌的經營頗為成功。與陳平原從內容上論證雜誌成功
經營的視角不同，此處主要通過對相關史實的理清來討論雜誌的經營問題。

（一）停刊、改名≠慘淡經營

1915年9月，《青年雜誌》出版發行，第一卷出滿6期後，雜誌停刊半
年。1916年9月，雜誌在內容、版式方面作了一些調整後，改名為《新青年》
繼續發行。持「慘淡經營」論者通常認為雜誌的停刊與改名、改版存在必然的
聯繫——因為經營慘淡，雜誌難以為繼，所以導致停刊，要想繼續經營，必須
有所「調整」。實際上，這種觀點是有待商榷的。

《青年雜誌》停刊的原因，是因為國內爆發了護國戰爭（1915年12月～
1916年7月）。作為一場內戰，護國戰爭的主戰場主要發生在川湘黔桂等省，

〔註27〕以上文字見於李憲瑜：《〈新青年〉雜誌研究》，北京大學中國現當代文學專業
　　　　博士學位論文2000年，第21頁，第25頁。
〔註28〕參見章清：《五四思想界：中心與邊緣——〈新青年〉及新文化運動的閱讀個
　　　　案》，《近代史研究》2010年第3期，第54～72。
〔註29〕王觀泉：《被綁的普羅米修斯——陳獨秀傳》，臺灣業強出版社1996年，第122
　　　　頁。
〔註30〕參見王奇生：《新文化是如何「運動」起來的——以〈新青年〉為視點》，《近
　　　　代史研究》2007年第1期，第321～334頁。

然而戰事的發生，以及伴隨而來雲、貴、桂、粵、浙、陝、川、湘等省的相繼獨立，則讓「國家已陷入於極度混亂狀態之中」〔註31〕。民國初年，書刊雜誌的發行主要依賴各個書局建立起來的發行渠道〔註32〕。護國戰爭的爆發，必然對雜誌的發行人——群益書社所建立起來的發行渠道，產生重要影響。事實上，雜誌一卷2號列出的分布於49個城市的76個「代派處」中，雲南、貴州、長沙、桂林、城都（成都）、瀘州、重慶等省市的代派處即地處交戰區域，如果算上先後獨立省份的城市則更多。陳獨秀在致胡適的信中明確指出，「護國戰爭」的爆發致使雜誌停刊，「《青年》（指《青年雜誌》——筆者注）以戰事延刊多日，茲已擬仍續刊」，護國戰爭導致「百業停滯，吾業尤甚，日夕彷徨，真不知所以善其後，奈何奈何！」〔註33〕可見，是護國戰爭導致雜誌停刊，而並非雜誌自身慘淡經營。

雜誌由《青年雜誌》改為《新青年》，則是因為《青年雜誌》的刊名與此前上海基督教青年會發行的《青年雜誌》同名，上海基督教青年會專門致信群益書社指責雜誌存有「冒名」的嫌疑。群益書社經理陳子壽為此專赴陳獨秀處商議，最後決定將雜誌改名為《新青年》。當時汪孟鄒也在場，他也贊成改名〔註34〕。這件事發生在3月初，與雜誌停刊幾乎同時〔註35〕。《新青年》第二卷第1號於同年9月發行，陳獨秀發表《新青年》一文，並在《通告》中告知讀者，「自第二卷起，欲益加策勵，勉副讀者諸君屬望，因更名為《新青年》」〔註36〕。由上可知，無論是雜誌更名的原因，還是更名的過程都是簡單的，未必如後世史家的「過度」解讀——「添加一個『新』字，以與其鼓吹新思想、新文化的內容名實相符」〔註37〕，當然也不能將之視為陳獨秀設得一個「圈套」〔註38〕。事實上，

〔註31〕〔美〕費正清編：《劍橋中華民國史.1912～1949》（上卷），中國社會科學出版社，1994年，第247頁。
〔註32〕章清對此有所論述，參見《五四思想界：中心與邊緣——〈新青年〉及新文化運動的閱讀個案》一文。
〔註33〕《胡適來往書信選》上冊，中華書局，1980年，第2～3頁。
〔註34〕《孟鄒日記》（1916年3月3日），見於汪原放《回憶亞東圖書館》，學林出版社，1983年，第32頁。
〔註35〕事實上，根據汪孟鄒3月10日給胡適信中「青年雜誌已出至五期，六期不日即出」（胡適書信集）的內容，可以判定《青年雜誌》第6號應在3月份發行。
〔註36〕《通告》，《新青年》第2卷第1號，1916年9月。
〔註37〕參閱蕭超然：《北京大學與五四運動》，北京大學出版社，1986年，第38頁。
〔註38〕王奇生在其文章中認為這是陳獨秀為擴大雜誌影響而設的一個圈套，參見《新文化是如何「運動」起來的——以〈新青年〉為視點》一文。

改名的原因的確簡單，休刊的半年也確是中國社會極度混亂，開啟軍閥割據局面的半年。這段時間，陳獨秀完全可以根據親身觀察，給出自己的論斷。因此，改名及相關的調整是陳獨秀因時應勢的經營行為，而非挽救經營危機的刻意之為。

既然休刊的原因是因為護法戰爭，那麼復刊時進行的調整，當屬正常的調整，而非為了挽救經營遇到的危機，而且，第二卷第 1 號封面上已經響亮地標上了「主撰陳獨秀」的字樣，這都表明這一時期雜誌的經營並不慘淡。

（二）北上募資、婉拒蔡元培與雜誌的經濟困境

為募集資本，1916 年底陳獨秀與汪孟鄒奔赴北京，並在北京待了一個多月。此間蔡元培多次登門拜訪，力邀陳獨秀出任北大文科學長。陳獨秀最終答應蔡的邀請並於 1917 年 1 月赴任。數月後，《新青年》的銷數增至一萬五、六千份，而雜誌最初的發行數只有一千份左右。由此，北上募資與數月後雜誌發行量的猛增成為雜誌「出師不利」、「起死回生」的「可靠」證據。事實上，北上募資是陳獨秀的贊助行為，陳獨秀對蔡元培的婉拒也表明雜誌此時已經頗有「聲名」。

應該說，此次陳獨秀北上募資不是因為雜誌面臨經濟困境，而是為了贊助「亞東」與「群益」兩個書社合併改為公司之事。這段史實首見於《孟鄒日記》（1919 年 9 月 18 日）〔註39〕，這既表明陳獨秀北上募資的行為是一種「贊助」行為，也表明兩個書社的合併事宜是在雜誌二卷 1 號發行之後提出來的。此外，陳獨秀在 11 月間多次為合併事宜「同飲共商」，並最終於 11 月 26 日與汪孟鄒北上募資〔註40〕。陳獨秀為此事在北京待了月餘，在此期間蔡元培曾多次拜訪並力約他出任北大文科學長。陳獨秀最終答應並於 1917 年 1 月就任。需要注意的是，《新青年》第二卷第 4 號於 1916 年 12 月 1 日發行，第 5 號的發行日期為 1917 年 1 月 1 日，第 6 號的發行日期為 1917 年 2 月 1 日。如果考慮到雜誌輯稿、排版、印刷所需的時間，以及陳獨秀 12 月、次年 1 月的行程，則可以推斷陳獨秀在赴北大之前，甚至是北上募資之前，二卷 6 號已經完成了輯稿。以上事實表明，陳獨秀北上募資是為書社合併之事，而非為《新青年》雜誌募集資本，雜誌的按期發行及陳獨秀的提前輯稿，也表明雜誌經營並沒有出現難以為繼的局面。

值得注意的是，受邀之初陳獨秀即以編輯《新青年》婉拒了蔡元培的美意，

〔註39〕見於汪原放《回憶亞東圖書館》，學林出版社，1983 年，第 34 頁。

〔註40〕以上史實見於唐寶林、林茂生：《陳獨秀年譜》，上海人民出版社，1988 年，第 74～75 頁。

甚至在蔡元培答應可以「把雜誌帶到學校裏辦」的許可之後，他仍抱有到北大「試幹三個月」[註41]的想法。為何陳獨秀最初不願去北大呢？為何在得到蔡元培的許可後，仍抱了試幹三個月的想法呢？

可以說，陳獨秀能夠進入北大，一是得到了「學兄」湯爾和、「老友」沈尹默的推薦，二是蔡元培「又翻閱了《新青年》」[註42]。朋友推薦固不可少，但是蔡元培對雜誌的閱讀更為重要。事實上，陳獨秀的辦刊旨趣與蔡元培整頓北大的理路大體是一致的。為了延聘陳獨秀，蔡元培「差不多天天要來看仲甫（陳獨秀）」[註43]，甚至親自為陳獨秀填報履歷，並親自答覆質疑陳獨秀學術水平的北大教工。這段史實表明，其時《新青年》已經頗有「聲名」，陳獨秀進入北大多少也是「眾望所歸」。當然，陳獨秀對蔡元培的「婉拒」，及「試幹三個月」的想法，也透露出雜誌的經營已經讓主撰看到了希望。如果雜誌是「慘淡經營」，甚至「將死」的話，相信陳獨秀即使有再多的熱情，也會接受蔡元培的美意，畢竟其時北大教授的待遇非常優厚。

（三）成功的地域定位與雜誌的有效經營

就地域定位來看，《新青年》發行網絡雖然遍及全國，海外也有代銷處，如新加坡的普益印務公司、曹萬豐書莊，但是其發行區域仍存在「中心」和「邊緣」之別。就前兩卷雜誌的地域定位來說，中心即上海，邊緣則是發行網絡中上海以外的地域。選擇上海作為辦刊地，是因為其時上海已經成為出版重鎮，資金、讀者、交通、通訊、印刷等一系列創辦現代報刊所需的社會文化條件已經具備。

講求時間性是新聞媒介的一個重要特徵。表面看來，《新青年》（《青年雜誌》）作為一份思想性刊物，其對時間的要求並不明顯，事實並非如此，比如「通信欄」的設立。「通信欄」作為主編與讀者互動的欄目，非常講求時間性。「問學」、「褒貶」類的信件可以不講求時間，但學術商討尤其是駁論性的來信對時間的要求則很高，唯其如此，才能顯示出讀者與雜誌互動的有效性和及時性。《新青年》是月刊，雜誌與讀者互動的最佳時效為一個月。這個時限對上海、北京以及平滬線[註44]連接的一些城市（如天津、蘇州）最為有利，而雜

[註41] 訪岳丹秋（岳相如之子）記錄，引自《陳獨秀生平點滴》，《文史資料選輯》（安徽）1980 年第 1 輯。轉引自唐寶林、林茂生《陳獨秀年譜》，第 76 頁。

[註42] 蔡元培：《我在北京大學的經歷》，《東方雜誌》第 31 卷第 1 號，1934 年 1 月。

[註43] 汪原放：《回憶亞東圖書館》，學林出版社，1983 年，第 36 頁。

[註44] 其時，北平到上海鐵路分兩段，一段叫津浦鐵路，一段滬寧鐵路，到武漢沒有鐵路，當時的平滬快車算是比較好的。

誌前兩卷 12 期的「通信欄」也證明了這一點。

　　前兩卷 12 期雜誌的「通信」欄，共刊登 40 人的 53 篇通信，具體如下：

《新青年》（1～2 卷）通信欄一覽表

期數	來　信	來信地址	期數	來　信	來信地址
1.1	答王庸工		2.2	答畢雲程	上海
	答章文治	安徽		李平	上海
1.2	答李平			答法文專修學校一民	上海
	答王玨	上海		答 T.M.Cheng	
1.3	答吳勤	天津		答畢雲程	上海
	答李平		2.3	答莫夫卿	上海
	答李大魁			答李平	上海
	黃劍花來函	上海		答陳蓬心	上海
1.4	答穗			潘贊化	
	答沈偉	上海	2.4	答畢雲程	上海
	答張永言	上海		答常乃惪	北京
1.6	答張永言	上海		答王統照	濟南
	答姚夢寬			答孔昭銘	蕭山
	答輝		2.5	畢雲程	上海
2.1	答汪叔潛	上海		答李平	上海
	貴陽愛讀貴誌之一青年	貴陽		曄	
	答何世俠			答吳虞	成都
	答沈慎乃	上海		答褚葆衡	
	答舒新城	湖南		孫斌	揚州
	答畢雲程	上海		答顧克剛	蘇州
	答陳恨我			答 T.M.Cheng	
	答程詩葛			答孔昭銘	蕭山
	答胡適之	美國	2.6	答程演生	杭州
	答王庸工			答葉挺	湖北
	王醒儂來信			程振基來信	倫敦
				再答常乃惪	北京
				答陳丹崖	日本
				答錢玄同	北京

由上表可知，有地址可考的共有 26 人，其中上海 10 人（如畢雲程、李平、張永言等）、北京 2 人（常乃德與錢玄同），其餘 14 人分散於國內各地（安徽、天津、貴陽、湖南、山東、成都、蕭山、揚州、蘇州、杭州、湖北等地區）以及美國、日本、英國等國；這 26 人的來信被刊發了 35 封，其中上海 10 人刊發 17 篇（如畢雲程 5 封、李平 4 封、張永言 2 封），北京 2 人刊發 3 封（常乃德 2 封、錢玄同 1 封），分布在平滬線以及其他地區與國家的 14 人的來信則被刊發了 15 封。

儘管上述數據有欠精確，但足以反映出雜誌的地域定位是成功的並有效促進了雜誌的經營發行。上述來信的作者及其地域分布，足以表明雜誌不是在「勉力維持」，更不是所謂的「慘淡」與「將死」。事實上，雜誌的經營是頗有成效的，不僅能夠依靠群益書社的發行網絡到達較廣的地域，更能夠引起讀者尤其是一些知識精英的關注與互動。

（四）雜誌的「普通」≠經營的「慘淡」

相較於北京同人雜誌時期（4～7 卷），以及隨後中共上海發起組刊物時期（8～9 卷），《新青年》前三卷尤其是前兩卷的確「普通」，不僅發行量維持在一千份左右，而且也容易因戰事而影響正常發行。然而，「普通」並不意味著雜誌經營的慘淡，因為「普通」而把「正常」的經營行為看成主編為了擺脫慘淡經營的苦心孤詣，多少偏離了客觀的歷史事實。

張寶明即將《新青年》第 3 卷第 1 號扉頁刊登的廣告指為「全方位」的「廣而告之」，用以論證雜誌經營的「慘淡」與出版發行者的「苦心孤詣」。雖然「雜誌出版發行者」是群益書社，但他明確指出陳獨秀是出版者，並列舉「陳獨秀先生主撰」、「大名家數十執筆」、「定價一元」、「郵費九分」等細節。可見，在他看來，這一切都是陳獨秀為了擺脫慘淡經營的苦心孤詣。事實上，「全方位」的「廣而告知」是其時雜誌經營的一種普遍行為，目錄「掛靠」式地哄抬「賣點」也是其時雜誌的一種普遍做法，標明「陳獨秀先生主撰」也非陳獨秀獨創〔註45〕，而「定價一元」、「郵費九分」等具體的經營行為更與發行人——群益書社直接相關。

作為一份開風氣的思想性刊物，《新青年》必然有一個發展、輝煌到衰敗的發展過程，陳獨秀也預見到了雜誌要發生「很大的影響」，需要「十年、八

〔註45〕如《甲寅》月刊的封面上即標有「章士釗主撰」。

年的工夫」。這意味著雜誌在輝煌之前，必然有一個「普通」的時期，不能因為其後的「輝煌」而「拔高」此前的「普通」。在此種意義上，王奇生的結論是富有創見性的。「普通」固然存在，但「普通」並不意味著王文中使用周氏兄弟的書信，鄭振鐸、張國燾等人的回憶來論證雜誌「普通」的論點具有「普遍」的「效度」。一方面，知識精英對雜誌的觀感並不能代表所有人，尤其是普通讀者的觀感；另一方面，即使是知識精英，他們對雜誌的觀感也是存在差異的，錢玄同、胡適、常乃德等人便較早地與雜誌發生了「聯繫」。事實上，無論是中心地域，還是邊緣地域，都有知識精英和普通讀者參與到與主撰的互動之中，而且正如上文所述，這種「互動」已經表明雜誌的經營頗為成功。

《新青年》1～3卷雖然「普通」，但其經營並不慘淡，其時雜誌已經頗有「聲名」。希望雜誌甫始就能「一炮打響」、「洛陽紙貴」，那只是後世研究者的一廂情願。同樣，將「發展」視為「慘淡」，甚至「將死」，也多少偏離了客觀的史實。

四、從舊道德到新道德：批評視角的轉換與《新青年》「偏激」印象的生成 [註46]

自上世紀60、70年代林毓生在《中國意識的危機》與《中國傳統的創造性轉化》等著作中提出「五四激進反傳統」的命題以來，學界對《新青年》的研究主要以「反思」、「祛魅」為主，「祛魅」的結果是除去了意識形態因素加予《新青年》的「光環」，「反思」的結果則使《新青年》同人的「激進主義情緒」備受質疑，而近年來「國學熱」的興起則進一步讓「偏激」幾乎成為《新青年》遺世的「唯一面相」。從新聞傳播學的視角聚焦《新青年》「雙簧信」的「造假」、同人的「罵戰」行為以及「不容討論」的言論態度，可以發現，林紓的主動「接戰」雖在學理上敗北，但他成功地「引入」了評價的道德視角。後世站在道德的視角，運用「學理」「查照」「雙簧信」以及《新青年》同人的言論態度，得出「偏激」的評價勢不可免。不過，與林紓對舊道德的直接強調不同，後世使用的是「隱匿」的新的職業道德標準，這就讓《新青年》同人的「偏激」印象有逐漸演變為「常識」的趨勢。因此，需要再次回顧林紓與《新青年》之間的「交戰」，指出「偏激」評價背後所隱匿的道德視角，以此更為客觀地評價《新青年》同人的言論態度。

〔註46〕原文《從舊道德到新道德：批評視角的轉換與《新青年》「偏激」印象的生成》發表於《文化與傳播》2017年第1期，第34～60頁。

（一）問題的提出

近年來，隨著國學熱的興起及對五四新文化運動的反思，《新青年》「激烈反傳統」的論點逐漸成為一種「常識」，《新青年》同人的「激進主義情緒」也備受質疑。儘管也有論者提出商榷與質疑的意見，但由於意識形態方面的政治因素以及近年來「國學熱」的文化因素，相關論點並不占優，於是「偏激」幾乎成為《新青年》同人遺世的唯一「面相」。應該說，從純學理角度對《新青年》進行內容分析就可以很好地對《新青年》「激烈反傳統」問題甚至「全盤西化」問題展開批駁〔註47〕。然而，應該看到，真正的問題並不在於《新青年》的內容，而在於《新青年》同人「激烈」與「激進主義情緒」的「偏激」的態度。如果討論問題的態度是「偏激」的，那麼討論的內容理當沾染上「激烈」與「激進」的色彩，得出的結論也就偏離了「理性」的基調，這是一種合乎邏輯的推演。事實上，這也是《新青年》的「激烈反傳統」與《新青年》同人的「激進主義情緒」儼然成為毋庸置疑的「常識」的重要原因。然而，有些問題仍需要追問，《新青年》同人「激烈」、「激進」的「偏激」印象是如何生成的？與「雙簧信」的「造假」、同人的「罵戰」以及「不容討論」的言論態度存在什麼樣的關聯？又是什麼導致了「偏激」逐漸演變為「常識」，成為《新青年》的唯一「面相」？

此處的研究思路是從新聞傳播學的學科視角出發，通過分析「雙簧信」及其引發的「罵戰」以及同人「不容匡正」的言論態度與「偏激」印象「生成」、「固化」之間的關係，發現道德評價在《新青年》「偏激」印象生成固化中的重要作用。採用新聞傳播學的視角是因為《新青年》是一本思想言論類刊物，報刊的媒介屬性對辦刊的言論表達有著內在的要求；聚焦於「雙簧信」、「罵戰」以及「不容匡正」的言論態度等方面則在於上述方面是當前學界論證《新青年》的「偏激」形象時普遍使用的立論基礎〔註48〕。

〔註47〕 比如嚴家炎、李新宇、何玲華、黃林非等人就此問題展開討論的論著。參見嚴家炎《「五四」「全盤反傳統」問題之考辨》，《文藝研究》2007年第3期；李新宇《新文化運動為何「復孔孟」——以陳獨秀為例》，《東嶽論叢》2007年第1期；何玲華《在歷史語境中審視——〈新青年〉同人反「傳統」問題研究》，中國社會科學出版社2009年；黃林非《論〈新青年〉的反孔非儒》，《北京青年政治學院學報》2005年第3期。

〔註48〕 參見陳長松：《「罵人」與「偏激」：〈新青年〉「偏激」印象的歷史考察》，《民國新聞史研究（第一輯）》，南京師範大學出版社，2014年，第190～197頁。

（二）緣起：「雙簧信」及引發的「罵戰」

「雙簧信」主要由《新青年》第 4 卷第 3 號（1918 年 3 月 15 日）刊登的兩封信件構成，一封是錢玄同託名「王敬軒」的來信，集中了社會上保守派各種咒罵、反對和攻擊新文學的論調，作為系統批判的靶子；一封是劉半農以記者身份的答信，答信對王敬軒來信列舉的論調逐條批駁。儘管兩封信針鋒相對，言辭激烈，「現場效果」強烈，但與後世的觀感不同，「雙簧信」發表後，並沒有立即引起廣泛關注。事實上，直到 3 個月後，《新青年》第 4 卷第 6 號才陸續刊文討論此事[註49]。相關來信主要涉及三方，分別為《新青年》同人、藍公武、汪懋祖等人以及「崇拜王敬軒先生者」、張壽朋、彝銘氏、「愛真」等人。來信內容也主要圍繞「雙簧信」引發的「罵人」問題展開，三方觀點各不相同，藍公武等人從「討論學理」角度反對「罵人」，他們的來信以學理論辯為主，沒有「罵人」詞句；《新青年》同人認為「罵人」與討論學理並不相悖；「崇拜王敬軒先生者」、張壽朋、彝銘氏、「愛真」等人雖反對「罵人」，但他們在論辯中也存在「罵人」的行為。因為此處主要討論「罵戰」問題，所以藍公武等人不在考察範圍，本文重點考察的是《新青年》同人與「崇拜王敬軒先生者」、張壽朋、彝銘氏、「愛真」等人以及其後林琴南的「罵戰」行為。

所謂「罵戰」，是指筆戰雙方在論辯過程中均使用了「叫罵」的論辯方法。從「罵戰」的角度看，錢玄同、劉半農兩人的「雙簧信」即是一場「罵戰」，而此後「崇拜王敬軒先生者」、張壽朋、彝銘氏、「愛真」等人與《新青年》同人的來信與答信更是「愈罵愈烈」。就「雙簧信」本身來看，「王敬軒」把「舊文人們的許多見解歸納在一起」，對《新青年》同人的言行進行了「指責」，劉半農則以嘲諷的語調對這些「指責」進行了「回應」。就「罵人」與「學理論辯」來說，《新青年》同人認為「痛罵」與「討論學理」並行不悖，「崇拜王敬軒先生者」、張壽朋、彝銘氏、「愛真」等則反對一切形式的「罵人」，主張即

[註49] 相關討論文字如下：「崇拜王敬軒先生者」以《討論學理之自由權》為題的來信及陳獨秀的答信（《新青年》第 4 卷第 6 號）；汪懋祖題為《讀新青年》的來信及胡適的答信，戴主一題為《駁王敬軒君信之反動》的來信及錢玄同的答信（《新青年》第 5 卷第 1 號）；Y.Z 題為《對於新青年之意見種種》的來信及劉半農的答信（《新青年》第 5 卷第 3 號）；張壽朋題為《文字改良與孔教》的來信及周作人、劉叔雅、陳獨秀等人的答信；愛真題為《五毒》的來信及陳獨秀的答信（《新青年》第 5 卷第 6 號）；彝銘氏題為《對於文學改革之意見二則》的來信及錢玄同的答信（《新青年》第 6 卷第 2 號）；藍公武、胡適、周作人三人關於問學與辯難的通信（《新青年》第 6 卷第 4 號）。

使對於「無可救藥」、「將死」的人也不能「罵」，只能聽之任之，他們的來信不僅有「罵人」的語句，部分來信甚至主動「討罵」。

從「雙簧信」及引發的「罵戰」來看，「罵戰」雙方雖各有持論，論辯中也都使用了「痛罵」法，但論辯本身僅就「罵人」是否利於「論辯學理」展開，在此意義上，「罵戰」只是雙方論辯學理的一個手段。因此，在「雙簧信」及引發的「罵戰」初始階段，並不涉及對論者的道德評價，「罵人」也與「偏激」無關。

（三）舊道德：林紓的失敗與成功

確如相關研究指出的，「『雙簧戲』事件直接引出林紓加入論戰的說法難以成立」〔註50〕，林紓雖是《新青年》同人重點「關注」的對象〔註51〕，「雙簧信」也點了林紓的名，但是，在「雙簧信」發表後的相當長時間內，林紓並沒有予以直接回應，他也沒有加入「雙簧信」所引發的「罵人」與「討論學理」的「論辯」。事實上，林紓是在「罵人」與「討論學理」的「論辯」快要結束之際，於 1919 年 2 月～4 月間以《荊生》、《妖夢》及《致蔡鶴卿太史書》（以下簡稱《致書》）等文字加入了「論戰」。

相較於「崇拜王敬軒先生者」、張壽朋、彝銘氏、「愛真」等人的來信，林紓的《荊生》與《妖夢》雖同為「罵人」之作，但用的是「影射」、「妖魔化」的文學寫作筆法——一種「高度藝術化」的「罵人」手法。這表明在林紓看來，《新青年》同人「痛罵」與「不容討論」的言論態度根本不是問題。相較於《荊生》、《妖夢》的「妖魔化」，《致書》則是一篇很「成功」的「道德文章」，不僅文氣貫穿始終，態度也很鮮明，強烈表達了林紓維護「名教道德」的決心。《致書》中，林紓將道德與大學的教學內容及教授的言行「掛鉤」，以其時外界「紛集」的「謠琢」為論據，指出《新青年》的言論及陳獨秀的言行違背了「名教道德」。可見，在林紓看來，喪失「道德」才是《新青年》同人最大的問題。

相較於《荊生》、《妖夢》的「妖魔化」，《致書》是一封公開信，既讓蔡元

〔註50〕宋聲泉：《林紓與〈新青年〉同人結怨考辨》，《漢語言文學研究》，2013 年第 3 期，第 36～43 頁。

〔註51〕早在三卷 3 號「通信」中，胡適即考察了林琴南《論古文之不當廢》一文，通過論證「方、姚卒不之踣」的「不通」，認為「此則學古文而不知古文之『所以然』之弊也。」足見「古文之當廢也，不亦既明且顯耶？」（《新青年》第三卷第三期，1917 年 5 月，胡適與陳獨秀的通信。）

培致函回覆，也與陳獨秀的離職有著一定的關聯。因此，此處重點分析《致書》與蔡元培的《答函》。從「學理」層面來來看，《致書》是失敗的。林紓籠統羅列了一些現象作為論據對《新青年》同人進行責難，不僅缺少學理色彩，甚至根本算不上嚴格意義上的學理論辯的文字。這讓林紓在與《新青年》的論戰中，高下立現，這也預示著林紓與《新青年》的「論戰」必然以「失敗」而告終。然而，從「道德」層面觀之，《致書》又是「成功」的，不僅導致了其後陳獨秀的去職，蔡元培的《答函》也落入了林紓設置的「道德陷阱」。

　　蔡元培的《答函》雖然在學理上遠勝於林紓的《致書》，但由道德視角觀之，《答函》又遜於林紓的《致書》。《答函》中，蔡元培首先即對林紓的責難進行了澄清，「惟謠諑必非實錄，公愛大學，為之辨正可也。今據此紛集之謠諑。而加以責備，將使耳食之徒，益信謠諑為實錄，豈公愛大學之本意乎？」〔註52〕這表明蔡元培本人也很重視外界「紛集」的「謠諑」；隨後蔡元培對北大教授校內外的言行進行了「剝離」——「對於教員，以學詣為主。在校講授，以無背於第一種之主張為界限。其在校外之言動，悉聽自由，本校從不過問，亦不能代負責任。」應該說，蔡元培的這種「剝離」既不旗幟鮮明，也不是論述的重點，多少具有迴避「問題」的傾向〔註53〕；蔡元培還以北大成立進德會為例，申明北大自身很注重「道德建設」，這也表明蔡元培本人也很重視「道德」問題，陳獨秀不久即因「嫖娼」問題而離職。

　　林紓是從道德視角審視《新青年》同人言行的，其使用的道德標準是「舊道德」，雖可以「攻擊」陳獨秀的私德而致陳獨秀去職，但卻無法提供據以批駁《新青年》內容的學理論據；不僅如此，因為林紓對「偉丈夫」的倚重，《新青年》得到了社會輿論的普遍支持，並很快在「論戰」中取勝。因此，林紓雖從道德視角審視《新青年》，但其時並沒有形成《新青年》的「偏激」形象。

（四）新道德：「雙簧信」、「罵戰」、「不容匡正」與「偏激」

　　如前所述，當前學界在論證《新青年》的「偏激」形象時，普遍地將「雙簧信」及陳獨秀等人的「不容匡正」作為立論的基礎。比如賴光臨、陳平原等兩位學者的觀點。賴光臨用「議論激昂，態度剛愎」形容《新青年》同人的言論態度，認為「罵人」即是「武斷」，「不容討論」也是武斷，雜誌同人的言論

〔註52〕蔡元培：《致〈公言報〉函並答林琴南函》，《公言報》，1919 年 4 月 1 日。
〔註53〕客觀地說，蔡元培對教授校內外言行的「剝離」是無法完成的，事實上，區分公德與私德仍是現代中國難以解決的大問題。

是「偏激」的。陳平原也認為《新青年》同人是「偏激」的，「單從文本看，陳獨秀、錢玄同等人的偏激，可謂一目了然。」「明知罵人為惡俗，卻偏要採取如此『偏激』的言說姿態。」在此基礎上，兩位學者還進一步指出《新青年》的「歷史責任」問題。賴光臨認為，「《新青年》狂放的言論，趨於偏激，對識力不深，情感浮動的青年，難免誤解產生不良影響」，而且「這一份後果，顯然相當嚴重，而負責的人自是新青年作者」。陳平原則認為「矯枉必須過正」的「革命家的思維方式」，雖有好的一面，但「過於講求『策略性』，追求最大限度的『現場效果』，未免相對忽視了理論的自洽與完整……」〔註54〕上述兩位學者的觀點在兩岸學界頗具代表性，其論述也有其一定的合理性。然而，需要質疑的是，為何在其時《新青年》同人與林紓等人的「論戰」中，「雙簧信」、「罵戰」以及陳獨秀的「不容匡正」與《新青年》「偏激」與否無關，而到後世的研究中，「雙簧信」、「罵戰」以及陳獨秀的「不容匡正」則成為「坐實」《新青年》「偏激」形象的佐證呢？

「雙簧信」是錢、劉二君「自問自答」的「秘密」在相當長一段時間內是不為外人所知的，然而，隨著新文學運動的順利展開及取得「勝利」，這個「秘密」被逐步揭開〔註55〕，「雙簧信」成為後世關注的焦點——在成就新文學史上一段「佳話」的同時，也必然成為異議者「道德」審查的對象。如果在文學史上「雙簧信」尚可成為一段「佳話」的話，那麼在新聞史上，「雙簧信」則違背了新聞業的職業道德——「公然造假」與「公器私用」，這種違背公德的行為是現代社會所無法容忍的。事實上，這正是當代研究者將「雙簧信」視作陳獨秀及《新青年》同人為了「吸引眼球」而使用的一個「媒介策略」的根本原因，更有部分研究者在此基礎上認為《新青年》同人「大量偽造」讀者來信——「崇拜王敬軒先生者」、張壽朋、彝銘氏、「愛真」等人的來信均是偽造的〔註56〕。站在新聞職業道德的角度，「雙簧信」確是《新青年》同人無法抹

〔註54〕 本段所引賴光臨的文字見於賴光臨《中國近代報人與報業》，臺北商務印書有限公司，1987年，第532～536頁；所引陳平原的文字見於陳平原《觸摸歷史與進入五四》，北京大學出版社，2010年，第94～104頁。

〔註55〕 「雙簧信」的「秘密」的披露至今仍是一椿歷史迷案。雖有證據表明是胡適將這個信息透露給了朱經農、任鴻雋等美國留學生，但朱經農、任鴻雋等似乎又都遵守了「保密協定」。然而不管真相如何，從「雙簧信」的發表到林紓「接戰」後的相當一段時間，「雙簧信」的「秘密」是不為外人所知的。

〔註56〕 王奇生在《社會文化視野下的民國政治》（社會科學文獻出版社）中使用了「偽造讀者來信」的字句；鳳凰網歷史頻道摘錄王奇生的文字，但其標題改為《陳

去的「污點」。

　　就論辯態度來看，《新青年》同人認為「痛罵」與「討論學理」並行不悖，雜誌同人的「痛罵法」只針對特定的對象——「對於違背常識，閉眼胡說的妄人，不屑與辯，唯有痛罵一法」，亦即「痛罵法」的對象是論辯缺少學理、閉眼胡說的類似「崇拜王敬軒先生者」、張壽朋、彝銘氏、「愛真」等一類人。「不容匡正」則出自陳獨秀給胡適的信，「改良文學之聲，已起於國中，贊成反對者各居其半。鄙意容納異議，自由討論，固為學術發達之原則；獨至改良中國文學，當以白話為文學正宗之說，其是非甚明，必不容反對者有討論之餘地，必以吾輩所主張者為絕對之是，而不容他人之匡正也。」〔註57〕應該說，陳獨秀的「不容匡正」只是針對「是非甚明」的「白話文學」，並非針對所有問題，而且從文本語境視角，也更應看成是陳獨秀及《新青年》同人對推進「白話文學」的一種毅然決然的態度，離開文本語境作「過度」地「闡釋」和「無限」地「放大」是不合適的〔註58〕。然而，從現代學術論辯的職業規範角度來看，即使是「真理在手」，「罵戰」及「不容匡正」都是現代學術論辯所堅決反對的。

　　如上所述，林紓是從道德視角審視《新青年》的，但他所用的「道德」是「舊道德」，用這個標準審視陳獨秀的「私德」非常有效，審視《新青年》同人的言論態度，效度則不大。然而，如果從「新道德」（職業道德）的視角「查照」《新青年》同人的言論態度，無論是「雙簧信」、「罵戰」還是「不容匡正」都存在嚴重的道德瑕疵，更重要的還在於，「新道德」（職業道德）的審視方式還是一種「學理」審視，克服了林紓「舊道德」「學理」審視上的「失效」。由

　　　　獨秀辦雜誌炒作有道　常「代寫」讀者來信》（鳳凰網歷史 http://news.ifeng.com/history/zhongguojindaishi/detail_2010_07/12/1756512_0.shtml）；而在路衛兵《民國亂象》（中國工人出版社）以及程巍《「王敬軒」案始末：寂寞，或以革命的名義》（《中華讀書報》2009年3月5日）的表述中則變為「大量偽造讀者來信」。事實上，直至目前為止，除了「雙簧信」外，學界無法提供確切的《新青年》同人大量偽造讀者來信的證據。

〔註57〕陳獨秀：《再答胡適之（文學革命）》，《新青年》第3卷第3號，1916年5月1日。

〔註58〕事實上，其時其後致力於「匡正」陳獨秀「白話文學」主張的人層出不窮。胡適在《四十自述》中也曾講，「當年如果不是陳獨秀如此不容討論餘地，文學改革，白話文就不會有如今效果。」參見胡適《四十自述》，安徽教育出版社，2006，第28頁。胡適在晚年《容忍與自由》一文中論及的「不容匡正」則帶有濃厚的政治反思色彩，雖不乏自由色彩，但已經脫離了陳獨秀「不容匡正」的語境，而且無限放大了。

此，「雙簧信」、「罵戰」以及「不容匡正」成為「坐實」《新青年》「偏激」形象的佐證，《新青年》的形象也逐步「偏激」起來。

（五）道德評價：評價視角的轉換與「偏激」形象的「固化」

道德評價是依據一定的道德標準對他人和自身行為的評價。道德評價具有「先驗性」。儘管道德標準的形成具有一定的過程性，但在普遍意義上，相較於具體行為，評價具體行為的道德標準則是先驗的，因此，道德評價不僅是一種「事後評價」，還是一種依據「結果」進行的評價，表現出「先驗」的特徵。道德評價還具有一定的「隱匿性」。作為一種評價事物的視角，道德評價因其普遍存在的特性——人們總是自覺不自覺地對外界事物進行道德評價——而具有了「隱匿性」，成為一種習焉不察的評價視角。

與林紓訴諸「感性」色彩強烈的「舊道德」不同，後世採用的則是富有「學理」色彩的「新道德」（職業道德），表面看來，兩者沒有必然的關係，畢竟「新道德」（職業道德）不僅富有「學理性」，還隱含了「先進性」與「現代性」，這讓後世的相關評價與其說是「道德評價」，毋寧說是「學理評價」，以此「學理」的外衣「隱匿」了「道德評價」的實質。不僅如此，最大的弔詭之處還在於「新道德」與「舊道德」在本質上具有高度的相似性，都強調《新青年》需要對「世道人心」的「敗壞」負責，都要求《新青年》對中國傳統文化、中華文脈的「斷裂」負責。林紓自不必說，當前流行的《新青年》「激烈反傳統」、「導致中國傳統文化斷裂」的論調也多少如此。即如賴光臨、陳平原兩位學者對《新青年》「歷史責任」的「認定」也都使用了「隱匿」的道德評價視角。

賴光臨對《新青年》「狂放」、「趨於偏激」的言論對識力不深、情感浮動的青年產生的「不良影響」與「相當嚴重」後果的「論定」，以及陳平原對《新青年》因「罵戰」、「不容匡正」的「言論策略」而導致在理論「自洽與完整」方面的「缺憾」的「評價」，都具有道德評價的意味。事實上，《新青年》與部分青年的「偏激」是否沒有必然的關係，《新青年》在理論「自洽與完整」方面的「缺憾」與《新青年》同人「偏激」的言說姿態同樣也不存在必然的關係。就前者來說，《新青年》「點燃」了「五四青年」的「個體意識」，但「五四青年對不同道路（偏激與否的道路——筆者注）的選擇卻源於對現實的深刻思考」〔註59〕，要求《新青年》同人為其時及其後的「社會偏激」承擔責任，多

〔註59〕鄧金明：《從〈新青年〉到「新青年」——五四青年對〈新青年〉雜誌的閱讀研究》，首都師範大學博士學位論文，2008 年：第 121 頁。

少是不合適的。就後者來說，《新青年》不僅提出了問題，還討論了學理，卓有成效地推動了中國學術由傳統向現代的轉型，如果缺失《新青年》這一環節，中國學術的轉型與發展也是無法想像的。因此，上述兩位學者的結論存在一定的「偏頗」，其因果邏輯也存在一定的問題──由後果倒推原因。事實上，正是由後果倒推原因，讓其結論在具有一定「合理性」的同時也表現出「偏頗」的特徵。由果到因的論證邏輯反映了論者對後果（「歷史責任」）的「重視」，評價過程中對後果的高度「重視」則具有典型的道德評價的意味。

從近年來，學界為林紓的「翻案」也可以印證出學界對《新青年》同人「偏激」形象評價的「道德視角」。相關論文不僅從「雙簧信」中尋找林琴南的「影子」，而且也將胡適、劉半農等人在林琴南去世時發表的意見指為《新青年》同人「幡然悔悟」的證據，「努力」「坐實」林琴南即是錢、劉二君樹立的靶子。事實上，「雙簧信」本沒有靶子，也沒有「獨罵」林琴南，胡、劉二人的意見與其說是「幡然悔悟」，倒不如說是對一位頗有氣節的老者的敬意。然而，站在道德評價的視角，林紓的「批判」確實具有「啟示」、「預言」的性質，不僅如此，林紓「古文大家」、「譯文前輩」的身份，頗為「悲壯」的「氣節」以及「獨戰」《新青年》同人「失敗」後的「落寞」，這些都讓林紓成為新舊道德評價的「結合點」，也正是在此意義上，可以認為林紓「成功」引入了道德評價的視角。事實上，這也正是後世學者在論證《新青年》「偏激」形象時不忘給林紓「正名」的原因。唯一不同的是參與論辯的方式，林紓使用的仍是「痛罵」，後世學者使用的則是「學理」，在學理的「觀照」下，「雙簧信」以及《新青年》同人「不容匡正」的言論態度確實「構成」了《新青年》同人永遠無法抹去的「污點」。

道德評價作為一種評價視角自有其社會合理性，然而道德評價具有主觀性和先驗性，雖能豐富社會對相關議題的認知，但無法提供對相關議題的「完整」認知，而當道德評價成為隱匿的習而不察的考察視角時，對相關議題的考察則容易偏向主觀評價而背離對歷史「同情的理解」。《新青年》是在特定歷史環境下出現的，「偏激」理所當然地成為雜誌眾多「面相」中的一個「面相」。然而，將「偏激」指為《新青年》的重要「面相」甚至唯一「面相」，就讓《新青年》同人的「偏激」印象有逐漸演變為「常識」的「危險」，而當前流行的《新青年》造成「中國傳統文化斷裂」的論調正是這種「危險」的反映。

　　表面看來，《新青年》「偏激」印象的生成似乎與道德評價無關。然而，起初「罵戰」雙方均使用了「痛罵法」論辯「學理」，論辯過程中也不涉及道德評價，甚至在林紓「接戰」後，「罵戰」也不是雙方關注的焦點。對林紓而言，《新青年》同人「罵人」根本不是問題，「背離」傳統道德才是問題。林紓的「接戰」雖然在學理上敗北，但因為林紓的特殊身份及「獨戰」《新青年》同人的經歷，讓他成功地為後世「引入」了評價的道德視角。站在道德的視角，「雙簧信」的「公然造假」、「公器私用」以及《新青年》同人的「不容匡正」在「學理」的「查照」下，必然呈現出「偏激」的「面相」。然而，與林紓對道德的直接強調不同，後世普遍「隱匿」了批評的道德視角，這就讓《新青年》同人的「偏激」印象有逐漸演變為「常識」的趨勢。再次回顧林紓與《新青年》之間的「交戰」，指出林紓「引入」的道德視角對《新青年》「偏激」印象生成的重要影響，避免將「偏激」印象當作《新青年》的唯一「面相」，以此更為客觀地評價《新青年》同人的言論態度，更為辯證地析取《新青年》留給後世的寶貴遺產。

五、《新青年》的「閱讀」與「五四青年」的「分化」

　　通常認為，所謂「五四青年」的分化，是指伴隨著《新青年》的「政治轉向」，《新青年》讀者群出現的左翼與右翼的分化〔註60〕。嚴格來說，這個論斷是存有問題的，《新青年》讀者群（五四青年）在20世紀20年代分化為左翼與右翼確是人所共見的事實，但將其與《新青年》的「政治轉向」相互聯繫，則多少帶有決定論的色彩。作為五四青年，閱讀過《新青年》，或多或少受到《新青年》的影響，應該是極有可能的事，但五四青年的分化卻未必單純地由

〔註60〕 比如王奇生認為，「對於五四青年來說，因為《新青年》的思想文學革新旗幟而形成的統一體，因為《新青年》轉向宣傳社會主義，讀者群迅速出現分化：一批人重新回歸《東方雜誌》，另一批人則進一步成為《嚮導》的熱心讀者，成為徹底的左翼青年」（見王奇生：《新文化是如何「運動」起來的——以《新青年》為視點》，《近代史研究》，2007年第1期第32頁。）；鄧金明在其博士論文中，第五章即以「《新青年》與激進閱讀」為標題，其中第四小節「左翼青年的誕生」，引用毛澤東「被這個雜誌和五四運動警醒起來的人，後頭有一部分進了共產黨」（毛澤東：《「七大」工作方針》，《人民日報》，1981年7月16日第1版）的話，認為，「這句話似乎坐實了《新青年》的政治性，也正式宣告了在《新青年》的影響下，一代左翼青年的形成」（見鄧金明：《從〈新青年〉到「新青年」——五四青年對〈新青年雜誌〉的閱讀研究》，首都師範大學博士論文，2008，第125頁）。

《新青年》的「政治轉向」所決定。因此，有必要釐清《新青年》與讀者群分化的關係。此外，如果從五四青年分化為左翼與右翼，意味著選擇激進、革命、投身現實與溫和、改良、躲進書齋兩種不同道路的話，那麼五四青年（尤其是青年學生）的分化（對改造社會的態度與方法的不同選擇）也具有劃時代的意義。因此，也有必要分析五四青年分化的原因。此處主要從《新青年》對於左翼與右翼的共同影響考察「五四青年」的分化。

（一）一個「有趣」的現象

鄧金明在其研究中發現了一個「有趣」的現象，「即以我收集到的有限的資料來看，在自己的回憶錄、自傳、日記、文學作品中提到『《新青年》』的人，日後往往都左傾了，成為左翼文人、知識分子、政治家或者親左派，比如：許德珩、楊振聲、毛澤東……等等。考慮到這些人所接觸的往往是新文化運動時期（即政治轉向之前）的《新青年》，這就不得不令人深思了。」〔註61〕他認為，這是基於社會閱歷而生的現實關懷的結果〔註62〕。他的「發現」——真正對「左翼」產生影響的是前七卷以「哲學文學為是」的《新青年》〔註63〕——確實是一個既有意思，且令人深思的現象。如果他的「發現」是一個真問題，那麼意味著《新青年》的政治轉向對上述讀者日後成為「左翼」的影響則比較小，甚至於無；如果對「左翼」的這種影響是「真實」的，那麼對日後成為「右翼」的讀者，是否也存在著這種「真實」的影響？如果說對「左翼」、「右翼」都造成了影響，那麼這種影響究竟是什麼呢？

（二）鄧金明的「發現」是否是一個問題呢

鄧金明的結論是建立在對上段列出的這些「左翼」讀者的「回憶錄」、「自傳」、「日記」以及創作的「文學作品」等文字表述的基礎上，這些文字資料除了「日記」屬於當下的「記述」外，其餘均不同程度帶有「回憶」的

〔註61〕鄧金明：《從〈新青年〉到「新青年」——五四青年對〈新青年雜誌〉的閱讀研究》，首都師範大學博士論文，2008，第118頁。

〔註62〕鄧金明在其博士論文的121頁提出了這個問題。

〔註63〕需要指出的是，鄧金明「新文化運動時期（即政治轉向之前）的《新青年》」的論述不夠精確，將新文化運動時期與政治轉向之前等同，實際上割裂了新文化運動，就新文化運動而言，時間跨度較大，包含了《新青年》發行的始終。筆者根據鄧的論文，結合史實，將鄧的「政治轉向」修改以「哲學文學為是」為分期的標準。根據本書的論述，前七卷以「哲學文學為是」，後兩卷，以及季刊時期的《新青年》偏離了這一目標，轉向政治宣傳。

性質。需要進一步指出的是，鄧金明的論文一共使用了三本日記資料，分別為《蔣介石日記》、《吳虞日記》以及《惲代英日記》，其中《惲代英日記》作為論證惲代英成為「左翼」的論據。因此，事實上，鄧金明的結論基本建立在各種「回憶」的基礎上，這多少帶有以「有」證「有」的色彩〔註64〕。然而，「以有證有」並不妨礙鄧金明的結論的有效性，關鍵在於，回憶了什麼？在選擇性回憶的內容中選擇了哪些內容進行回憶？如果眾多回憶的內容都指向前七卷以「哲學文學為是」的《新青年》，就能證明這確實是一個問題。以這個角度考察鄧金明在論文中使用的資料，可以發現上述人的回憶及其文學作品均不同程度了指向了文學革命、反孔非儒、婦女解放等議題，而這正是前七卷《新青年》的重要內容，因此鄧金明的「發現」確實是個問題。

（三）這個「發現」是否也適用於轉為「右翼」的讀者呢

右翼與左翼是一對政治概念，有了左翼，勢必存在右翼，如果左翼意味著激進、革命的話，右翼則意味著溫和（保守）、改良。五四青年分化為左翼與右翼，意味著選擇了不同的「參與」現實政治的路徑，前者採取激進、革命的路線，後者選擇溫和、改良的線路。誰是右翼呢？以鄧文列舉的左翼人物為參照，右翼大概是指傅斯年、羅家倫、顧頡剛、俞平伯等人吧〔註65〕！如果上述人等屬於右翼範圍的話，那麼則可以斷言，「右翼」青年也深受前七卷《新青年》的影響。因為，這些人均有力參與了「五四新文化運動」，

〔註64〕關於此，陳寅恪曾有精到的詮釋：「凡前人對歷史發展所流傳下來的記載或追述，我們如果要證明它為『有』，則比較容易，因為只要能夠發現一、二種別的記錄，以做旁證，就可以證明它為『有』了；如果要證明它為『無』，則委實不易，千萬要小心從事。因為如果你只查了一、二種有關的文籍而不見其『有』，那是還不能說定的，因為資料是很難齊全的，現有的文籍雖全查過了，安知尚有地下未發現或將發現的資料仍可證明其非『無』呢？」見羅香林《回憶陳寅恪師》，臺北：《傳記文學》第17卷第4期，1970年10月，第17頁。轉引自章清《五四思想界：中心與邊緣──〈新青年〉及新文化運動的閱讀個案》（《中國近代史》，2010年第3期）。

〔註65〕作為一對政治概念，左翼與右翼是二元對立的，互以對方為參照標準。因此，這種劃分必然過於簡單，絕對，只能反映一種大致的趨勢。右翼相較於左翼，只是參與政治的路線不同，並不代表脫離政治，更不代表同流合污，是一種有「主張」的政治參與，有時態度也相當激烈。因此，本書此處將上述一些人列為右翼，是冒很大風險的。需要指出的是，本書使用的「左翼」、「右翼」是中性的，不涉褒貶，將上述人列為右翼，主要是在參照的意義上使用，參照的標準在於是否主張階級革命。

他們持論的態度也多與北京同人雜誌時期的《新青年》相同。鄧金明也是承認《新青年》的閱讀對五四青年成長為「新青年」（無論是日後的左翼還是右翼）是至關重要的，只是他驚訝的發現，左翼青年的成長更多的受益於前七卷「以哲學文學為是」的《新青年》，而不是主流話語所強調的轉向革命宣傳的後兩卷以及季刊《新青年》。五四「新青年」受到前七卷《新青年》的影響是毋庸置疑的，然而，對於日後成為「左翼」的「新青年」來說，其成為「左翼」的思想根源在於前七卷《新青年》，那麼另一批日後成為「右翼」的「新青年」轉為「右翼」的思想根源，是否也是受到了前七卷《新青年》的影響呢？

（四）《新青年》（前七卷）對於「五四青年」的共同影響

鄧金明在論文中，以鄭超麟、施存統、巴金為例，指出《新青年》閱讀對於五四青年個人意識覺醒的重要意義，「在個人閱讀中萌發了個人意識，這在五四青年身上，並不少見」，「閱讀為青年人提供了一個個體精神生活空間，這種內在的、個人、精神的自由生活，與外在的、家庭的、現實的倫理生活格格不入，前者始終遭到後者的壓制」〔註66〕。他進一步認為，「左傾的發生，與其說是黨派主義的吸引，不如說是基於社會閱歷而生的現實關懷的結果。」〔註67〕鄧金明的論文是一篇文藝學論文，從文藝學的視角得出這種結論有其一定的合理性，但是這個結論是否具有普遍的意義呢？老實說，鄧金明雖看到了《新青年》閱讀對於五四青年個人意識覺醒的重要意義，但將左傾的原因歸為「基於社會閱歷而生的現實關懷的結果」，多少有些偏頗。言下之意，似乎認為右傾的發生則與社會閱歷欠缺、現實關懷缺乏有關。其實，無論是左傾還是右傾，無論左翼還是右翼，都不缺乏社會閱歷與現實關懷，他們的區別不在於是否缺少社會閱歷，而在於選擇了不同的參與路徑，而這都基於對社會閱歷和現實關懷的獨立思考。個人意識覺醒之後的獨立思考，正是閱讀以「哲學文學為是」的前七卷《新青年》所帶來的。事實上，前期以「哲學文學為是」的《新青年》開啟了理性之光，五四青年之所以成為「新青年」，正在於他們敢於獨立思考。自由思想的種子已經埋下，收穫的必然是

〔註66〕鄧金明：《從〈新青年〉到「新青年」——五四青年對〈新青年雜誌〉的閱讀研究》，首都師範大學博士論文，2008，第112頁。

〔註67〕鄧金明：《從〈新青年〉到「新青年」——五四青年對〈新青年雜誌〉的閱讀研究》，首都師範大學博士論文，2008，第121頁。

不同的參與道路，這正是《新青年》之於左翼與右翼的共同影響。

六、報刊評論的時評化：陳獨秀五四時期新聞評論實踐初探

新聞史學界普遍承認，《新青年》與《每週評論》對五四新文化運動時期新聞評論業務的「改進」作出了重要的貢獻。如給中國報刊政治思想評論帶來了「新的生機」，讓「評論」成為中國報壇上「最富有朝氣的文體」；評論體裁也呈「多樣化」的發展態勢，「過去曾有萌發但未獲發展」的某些評論形式「茁壯成長起來」，其中尤以「時事述評」與「雜文」兩種體裁影響最大，然而，對刊物主編陳獨秀的新聞評論業務或一筆帶過或「不予置評」。〔註68〕當然，這並不是說相關著述缺少對陳獨秀生平、思想乃至編輯業務的介紹。事實上，陳獨秀作為五四運動的「總司令」，《新青年》與《每週評論》的「靈魂」，是五四時期新聞史研究無法迴避的關鍵人物。然而，出於多種原因，新聞史學界往往以對刊物的研究代替對主編陳獨秀的論述，這已經成為一種普遍的做法。〔註69〕毋庸置疑，兩份刊物及其對五四新文化運動乃至中國近現代歷史的影響是報刊同人尤其是「新青年同人」集體奮鬥的成果，然而，以刊物的研究「代替」主編陳獨秀的研究，則容易「遮蔽」甚至「忽視」陳獨秀報刊實踐的獨特性。即就本文關注的新聞評論實踐而言，陳獨秀的新聞評論性文字不僅構成了兩份刊物相關評論性欄目的主體，甚至有的欄目如《新青年》「大事記」與《每週評論》「大事述評」實是由陳獨秀獨立主筆。如果承認兩份刊物推動了中國報刊新聞評論業務的發展，則必須正視陳獨秀在此方面做出的重要貢獻。

改革開放以來，隨著史學界為陳獨秀「正名」運動的不斷深入，陳獨秀身

〔註68〕 方漢奇主編、寧樹藩副編：《中國新聞事業通史（第二卷）》（中國人民大學出版社，1996 年）第 107～111 頁論及「政治思想評論與學術自由討論」，主要以《新青年》與《每週評論》兩份刊物為例，對陳獨秀一筆帶過；第 121～124 頁討論「新聞體裁發展」，其中「新聞述評」以《每週評論》為例，「新聞通訊」以黃遠生、胡政之、瞿秋白及周恩來為例，「雜文」舉魯迅為例。

〔註69〕 黃瑚《中國新聞事業發展史》（復旦大學出版社，2009 年）、陳昌鳳《中國新聞傳播史：傳媒社會學的視角》（清華大學出版社，2009 年）與吳廷俊《中國新聞史新修》（復旦大學出版社，2008 年）等新聞史著述處理這一段史實時，雖各有特色，但都採取了以刊物研究代替主編研究的處理方法。又如宋素紅《〈新青年〉新聞報導和新聞評論探析——兼論〈新青年〉在新聞述評體裁史上的地位》（《新聞與傳播研究》2005 年第 4 期），從標題即可看出論文討論刊物而非主編陳獨秀的新聞述評。

上的「十宗罪」已經陸續被「推翻」〔註70〕，陳獨秀的歷史問題尤其是五四時期的相關問題都得到了很好地「解決」。在此背景下，新聞史學界理當進一步深化對陳獨秀五四時期報刊評論實踐的研究。而從史實來看，陳獨秀在五四新文化運動中居功至偉，這與其報刊評論實踐也是分不開的。中共建黨的另一位功勳李大釗當時即用「隻眼帶來光明」高度評價陳獨秀的報刊評論實踐。五四運動發生至今已過百年，重新審視陳獨秀五四時期的新聞評論實踐，不僅有助於「再現」陳獨秀被「遮蔽」的新聞評論實踐，也有助於更為「細緻」地「勾畫」五四時期新聞史面貌。

（一）陳獨秀五四時期新聞評論實踐的「構成」

大致來說，陳獨秀五四時期新聞評論實踐主要由《新青年》「國外大事記」與「國內大事記」（下文合稱「大事記」），《每週評論》「國外大事述評」與「國內大事述評」（下文合稱「大事述評」）以及「社論」，《每週評論》與《新青年》刊發的「隨感」等評論性文字構成。這裡需要說明兩個問題：一是陳獨秀刊於《新青年》的「論說」沒有被納入本文考察的範圍；二是《新青年》「大事記」與《每週評論》「大事述評」納入本文考察的原因。

陳獨秀在《新青年》發表了眾多的論說（政論），影響也很深遠。然而，如果從新聞評論必須以新聞時事為對象的評論要求，相關論說雖涉及社會、文化、政治、經濟等各種社會問題，但與新聞時事還是明顯有別，前者偏於宏觀、長時的議題，後者則偏向微觀、當下、迫切的時事。陳獨秀刊於《新青年》的「論說」與《每週評論》的「社論」即鮮明地表現出上述區別。因此，陳獨秀刊於《新青年》的「論說」沒有被納入本文考察的範圍。

與《新青年》、《每週評論》其他欄目均具署名不同，《新青年》「大事記」只署名「記者」，《每週評論》「大事述評」則無署名。學界雖不乏上述兩個欄目的研究，但對欄目主筆（「記者」）的身份則罕有論及，或迴避這一論題，或籠統地將報刊同人指為作者，「《新青年》新聞作品的署名幾乎全為『記者』，包括：『國內（外）大事記』的作者、一些新聞時評的作者、零散的新聞作品的作者等。這些『記者』應該是《新青年》的編輯同人們。」〔註71〕事實上，

〔註70〕唐寶林：《中國學術界為陳獨秀正名的艱難歷程（代序）》，《陳獨秀全傳》，社會科學文獻出版社，2013年，第1頁。

〔註71〕宋素紅：《〈新青年〉新聞報導和新聞評論探析——兼論〈新青年〉在新聞述評體裁史上的地位》，《新聞與傳播研究》2005年第4期，第21～26頁。

「大事記」、「大事述評」欄目的主筆人只能是陳獨秀。

　　首先，「大事記」只存在於《新青年》前三卷，這是陳獨秀「主撰時期」〔註72〕。刊物在第四卷成為「同人雜誌」〔註73〕後，「大事記」被「取消」，因此前三卷「大事記」欄目的署名「記者」只能是陳獨秀。其次，《每週評論》「大事述評」只存在於前 25 期，這恰是陳獨秀主編時期。陳獨秀被捕入監後，報紙由胡適接辦，「大事述評」欄目則被「取消」。其時北大同人中，只有主編陳獨秀因入監無法繼續撰稿，其他同人均可繼續撰稿，按理，刊物體例無需調整。這段史實「暗示」陳獨秀是「大事述評」的主筆人。既然主筆被捕，其他人又無意於此，胡適「取消」「大事述評」實屬必然。基於目前的史料，可以認為，相較於其他報刊同人，陳獨秀主筆上述欄目的可能性不僅最大，甚至基本可以斷定上述欄目的主筆人只能是陳獨秀。由此，上述欄目理應納入本文考察範圍。

　　綜上，陳獨秀五四時期新聞評論實踐研究，即是以陳獨秀刊於《新青年》與《每週評論》的「大事記」和「大事述評」、「社論」與「隨感」等新聞評論性文字為文本，在其時新聞評論向「新聞本位」轉軌的歷史語境下〔註74〕，討論陳獨秀新聞評論實踐的構成、特徵與意義。

（二）新聞述評：由「述」轉「評」

　　新聞述評又稱時事述評，以夾敘夾議的方式，將報紙通訊社所提供的新聞，用自己的語言進行科學說明，其最為典型的特徵是夾敘夾議，述評結合。〔註75〕五四時期是新聞述評得到廣泛運用的時期。陳獨秀這一時期的新聞述評實踐主要由《新青年》「大事記」與《每週評論》「大事述評」構成，欄目名

〔註72〕陳長松：《陳獨秀前期報刊實踐與傳播思想研究 1897～1921》，中國社會科學出版社，2015 年，第 111 頁。

〔註73〕《新青年》第四卷第 3 號刊登編輯部啟事，內含「本誌自第四卷一號起，投稿章程，業已取消。所有撰譯，悉由編輯部同人，共同擔任，不另購稿……。」從第四卷第 1 號起，封面「陳獨秀先生主撰」的字樣被取消。儘管沒有直接證據表明第四卷、第五卷是否實行輪流編輯，但根據魯迅的回憶，四卷五卷應該實行了編前會議，「《新青年》每出一期，就開一次編輯會，商定下一期的稿件」（參見《憶劉半農君》，《魯迅全集》第六卷，第 71 頁）。由此基本可以斷定，雜誌從第四卷第 1 號起已經成為「同人雜誌」。

〔註74〕涂光晉：《時代之「聲」——新時期中國新聞評論研究》，中國人民大學出版社，2011 年，第 3 頁。

〔註75〕方漢奇主編、寧樹藩副編：《中國新聞事業通史（第 2 卷）》，中國人民大學出版社，1996 年，第 109 頁。

稱由「大事記」改為「大事述評」也反映出其新聞述評實踐由「述」轉「評」的發展變化。

《新青年》「大事記」共刊登「國外大事記」54 篇，「國內大事記」55 篇。總體來看，「大事記」雖有「新聞述評」特徵，但「述」多「評」少，「評」也較為簡單，主要表現為文前的「按語」與文末的「短評」，「按語」多為選登「大事」的原因與意義，「短評」多是「記者」對所記大事的感慨。〔註 76〕以較具「代表性」的《塞爾維亞之破滅》（第一卷第 5 期）為例。

該文約 1600 餘字，文前「按語」「塞爾維亞者。非今次空前大戰之導火線耶。以叢讀小國。挺力出抗強敵。議者早知其必無幸矣。顧戰局發展以後。炮火中心。先後注射俄境波蘭。與南歐各地。此戰亂源泉之塞爾維亞。轉得稽延殘喘。一年以來。不可謂非幸運矣。」與文末「短評」「美國軍事家裏萊氏。論德奧攻塞之關係。謂為德國謀撼英吉利國基之初步。蓋德奧得利於近東。則突厥之交通開。塞耳維亞之命運絕。日耳曼之勢力。澎漲於巴耳幹。斯拉夫之威望。不復為人所重。進而斷絕英印交通。略取印度。皆可隨心所欲也。然則塞爾維亞之敗亡。其關於大戰全局者。實綦重矣。」共 200 餘字。此外，文中部分段落後類似「嗚呼。此特路透電之言耳。其實塞人之絕望。豈在此時。」「有國於此。設立政府於外國領中立地域之內。亦可謂開歷史之奇局矣。」「長此以往。恐亦不易安枕矣。」的慨歎性文字約有 60 餘字。總體來看，評論性文字約占該文總字數的 16%，這個數字可以表明「大事記」重點在「記」而非「評」。需要進一步指出的是，類似該篇這樣有文前「按語」、文末「短評」及文中「段評」的「大事記」屬於鳳毛麟角〔註 77〕。多數「大事記」只有按語，文末短評則類似《塞》文的「段評」。總體而言，如「大事記」名稱所示，「大事記」重在「記事」，雖有新聞述評的特徵，但重點在「述」不在「評」，述評對象雖轉向了新聞時事，但評述手法仍不脫傳統政論窠臼。

《每週評論》「大事述評」共刊登 69 篇「國外大事述評」，35 篇「國內大

〔註 76〕當然，也有部分沒有「按語」和「短評」，純為記事的「國內外大事」。如第一卷第 1 期《日本大隈內閣之改造》，第二卷第 2 期《愛爾蘭自治問題》、第 3 期《德意志潛航艇橫斷大西洋》、第 4 期《美國沿岸之德人潛艇戰》、第 6 期《日本政局之波動》，第三卷第 4 期《社會黨與媾和運動》、《俄國新政府之改組》、《美國之徵兵案與軍事行動》、《全英帝國會議》等。

〔註 77〕宋素紅即以該條「大事」為「範例」論證「大事記」的新聞報導和新聞評論特徵及其在中國新聞體裁史上具有的歷史地位。

事述評」。與《新青年》「大事記」以「記」為主不同，《每週評論》「大事述評」既「述」且「評」，以「評」為主，評論手法也由《新青年》「大事記」文前按語＋文末感慨式短評的「標配」轉變為對新聞事件本身的解讀與評析，甚至有的述評已經頗具現代新聞評論的意蘊。〔註78〕即以被認為「述多評少」的第1期兩則述評——《德國政狀》與《和平會議的阻礙一》為例。〔註79〕

《德國政狀》

關於德奧國內之近狀，近來報導極少。現在德意志政府雖為社會黨人，然德意志之社會黨也各有派別，自開戰後一年，派別更顯極端派的，李普克納希，即反對現政府的，一人組織斯巴達苦司黨。最近荷蘭來電謂此黨之政綱有六端：

一、凡非勞動者的軍隊全解散

二、組織勞動者的軍隊

三、取消各種士官

四、取消已有之政府以勞兵會代之

五、取消國會及各種議會，另選舉一中央議會。由中央會議選出行政會議，行政會議即受中央會議之監督

六、逾一定以上之公債全取消

看這政綱，前三條是解散軍隊的正當辦法，至勞兵與中央議會，電報中也未說明，我們無從推測。至取消公債，大約只有資本家受最大之損失。現在的情形是臨時政府主張召集國民立憲會議，軍人不贊成，而緩和派的報紙仍主張召集舊國會，他們的理由是假使現在重新選舉要多費時日，發生擾亂，全國陷於無政府受列強的干涉。

《和平會議的阻礙一》

秦閩鄂三省的南軍本是護法軍的支隊，各處靖國軍本部曾經南

〔註78〕當然也有少數幾無評論的「大事述評」，如第4期《參戰軍改為國防軍》，第5期《新國家之消息》，第6期《德國之消息》，第7期《平和會議與國際聯盟》，第10期《戰費之推測》、《和平會議開幕的消息》，第12期《歐戰賠款問題》、《處置德國戰艦問題》，第13期《巴黎和平會議的消息》，第16期《對德媾和條件的大概》，第17期《匈牙利新政府的消息》等，但這類述評數量很少，而且其中通常都加了類似「按語」的簡短文字。

〔註79〕吳永貴認為，《每週評論》第一期，「基本上還是『述』多『評』少」，從第二期方才「明顯增加了『評』的力度」。參見吳永貴：《〈每週評論〉的媒介空間與評論維度》，《中國編輯》2018年第2期，第85～90頁。

方承認。總副司令于右任、張鈁也曾受南方任命的，怎能坐看北軍指為土匪，聽他攻擊而不救呢？惟錢能訓近日致西南的電報尚說，軍政府是「庇匪」，說陝閩軍是「公敵」，這樣偏執***算得真心希望和平嗎？

第一則《德國政狀》，按語後列舉六項政綱，末段對所列政綱進行解讀評析。這種述評形式成為《每週評論》「大事述評」的「標配」。第二則《和平會議》，全文百字左右，既述且評，述評融合，針對事實，直接發問，這種類似「隨感」的「大事述評」數量雖不多，但卻是篇幅短小類「大事述評」的代表。〔註80〕

再看第2期《嗎啡與日本》：

《嗎啡與日本》

上海字林西報通信員之報告「一九一三年嗎啡由日本輸入大連一埠者，凡六噸有奇，價值八四00000元，此種貿易乃日本政府所認可，而日本銀行實為其後援。大連以外嗎啡之輸運皆日本郵局為之，以日本郵局之小包不受檢查也，計嗎啡自日本輸入中國者一年約有十八噸」。

濟南東站售賣嗎啡者，中國官吏干涉之，而日本警察及要求賠償。在南方售賣嗎啡者皆持日本護照，稱為臺灣人受日本政府之保護。

近年來，波斯鴉片多為日本購去，上海禁止發售鴉片之日，即日本政府布散鴉片種子於朝鮮廣為播種之時。今年一月至九月三十號由日本轉入青島之鴉片凡二千箱，每箱抽稅40金，不見於海關統計。皆入日本政府之手，以大連青島兩處海關出入皆日人也。

這個報告是沒有虛詞的，我們政府對於這個*藥要是不能取締，最好開一種國際會議討論取締的方法。嗎啡的輸入比槍炮的輸入益加屬害，政府對於槍炮不能嚴禁，所以各地的土匪槍彈火藥是足用的，其害不過擾亂治安，但是這嗎啡深入我們國民的骨髓裏，那還了得嗎？

該篇述評第一段引上海字林西報的消息為評論「由頭」，進而列舉兩處「事實」，末段展開進一步的評論與質疑。以現代新聞評論標準視之，該篇述評已

〔註80〕如第2期《和平會議須公開》、第4期《波蘭之奮發》、《俄國包圍過激派之運動》，第9期《和平會議中之暗潮》，第10期《日本勞動者之自覺》等。

經頗具現代新聞評論的意蘊了。

從「大事記」到「大事述評」，改變是評述新聞時事的寫法，不變的是陳獨秀對新聞時事的「熱衷」，這反映出陳獨秀高度自覺的新聞述評意識。如果說，《新青年》「大事記」尚有「調味劑」的意味，那麼《每週評論》不僅將名稱由「大事記」改為「大事述評」，欄目位置也一躍成為週刊頭版頭欄，評述寫法也由「述」轉「評」，將重心落在了對新聞時事的解讀與評論上，這也意味著「大事述評」在新聞與評論分野的新聞評論的專業化道路上做出了可貴的嘗試。由此，「大事述評」方能成為中國新聞評論史上新聞述評體裁的「代表」與「典範」。

（三）社論：「政論」的時評化

陳獨秀主辦《新青年》時雖刊發了眾多的政論，但嚴格來說，陳獨秀刊發「社論」則起於《每週評論》。《新青年》沒有「社論」欄，《每週評論》創刊即設「社論」欄〔註81〕。更為「巧合」的是，「社論」一欄也只存在於陳獨秀主編的前25期，胡適接辦後雖也發表類似「社論」的文字，但「社論」欄「社論」字樣被取消，直到第35期刊發李大釗《再論問題與主義》時，才在文前冠以「論說」兩字。這多少表明，在胡適看來，以「論說」替代「社論」更為合適，也反映出陳獨秀與胡適對「社論」的不同態度。《每週評論》共刊載40篇「社論」，陳獨秀獨撰17篇。〔註82〕其時北大同仁徐寶璜認為，「社論」是新聞紙「正當發表對於時事之意見，以代表輿論或創造輿論之地也」。他還認為，其時中國報界撰寫社論的人，常常是撰寫新聞的人，均為署名發表，因此所謂「社論」實為「一人之見」，歐美報刊社論由社論編輯部集體寫作，是「編輯部之公意」。徐寶璜還指出，社論寫作有「三個必須」：必須「以新聞為材料」、批評必須「透徹」、文字必須「簡明」。他還認為，新聞紙要「完滿」完成評論時事的「職務」，務必做到「言論公開」、「代表輿論」與「指導輿論」三點。〔註83〕徐寶璜留學美國時曾專攻新聞學，其《新聞學綱要》是以美國的新聞學

〔註81〕《每週評論》創刊號《本報簡章》中，列出了報紙擬辦的一些欄目，其中前三項為：國外大事述評、國內大事述評、社論。

〔註82〕此外23篇分別歸屬若愚（王光祈）5篇；質心1篇；赤、赤子（張申府）4篇；寄生1篇；涵廬（高一涵）3篇；元1篇；明明、常（李大釗）3篇；仲密（周作人）2篇；一湖1篇；另有兩篇未署名。

〔註83〕本段所引文字均出自徐寶璜：《新聞學綱要》，《民國叢書第一編45》，上海書店，1989年影印，第115～120頁，第184～188頁。

知識考察中國的報業現狀，上述關於社論的專業表述可以用來考察北大同仁陳獨秀的「社論」實踐。以徐寶璜的標準來考察陳獨秀的「社論」實踐，除了「個人之論」而非「編輯部公意」外，陳獨秀的「社論」無疑是「成功」的。

以新聞為材料，即是要求評論要以新聞時事為對象，講求評論的時效性，亦即社論「時評化」。陳獨秀的「社論」自然以新聞時事為對象，不僅如此，其評論對象主要指向政治時事（亦即本文所謂「政論」的時評化）。《我的國內和平意見》（共六篇）評論對象為其時國內「第一大事」——「南北和議」。即使政論色彩較濃的《歐戰後東洋民族之覺悟與要求》、《人種差別待遇問題》、《朝鮮獨立運動之感想》、《我們究竟應當不應當愛國》等文評論對象也是新聞時事。《歐戰》以國內外時事為證討論人類平等主義（對外）與拋棄軍國主義（對內）等應有的戰後覺悟與要求；《人種》評論的是日本特使在巴黎和會所提的民族平等議案；《朝鮮》針對朝鮮「三一運動」而論；《愛國》則針對山東問題發生後徒然高起的「愛國聲浪」發論。上述評論對象均為其時新近發生的國內外政治時事，時效性大大增強，這明顯有別於《新青年》政論所論的文化、社會與政治議題。

批評必須「透徹」，意指社論寫作必須有獨到見解，原原本本，侃侃而談，不能僅是「一事之表」。〔註84〕以之考察陳獨秀的「社論」，可以發現，「社論」符合徐寶璜的寫作要求。在寫作層面上，陳獨秀的社論都針對新聞時事而發，對所論時事能「原原本本」照錄與轉錄，對新聞事件缺少全面瞭解則使用「大概」、「推測」、「照這種情形」等語詞。「社論」闡發的也是其個人的獨到意見，或鞭辟入裡，或抓住一點，抓住問題要害展開批評。如《除三害》中將「軍人」、「官僚」與「政客」列為「三害」，無疑抓住了其時政治亂象的根本。再如《燒煙土》、《為什麼要南北分立》列舉並評論各方所提意見，在此基礎上，提出個人的意見，引發讀者深入思考。再如《我們究竟應不應當愛國？》雖重拾舊文《愛國心與自覺心》的論調，但考慮其時由「山東問題」引發的「愛國聲浪」，陳獨秀「我們愛的是人民拿出愛國心抵抗被人壓迫的國家，不是政府利用人民愛國心壓迫別人的國家。我們愛的是國家為人民謀幸福的國家，不是人民為國家做犧牲的國家」的結論所具有的獨到性就不言而喻了。侃侃而談既指陳獨秀社論寫作中對論題的自信，也指其社論寫作的邏輯性與一氣呵成。「社論」常

〔註84〕徐寶璜：《新聞學概要》，《民國叢書第一編45》，上海書店，1989年影印版，
　　　　第118頁。

以「我」、「我們」第一人稱直接發論（這幾乎成為一種慣例），經常使用反問、設問句式，甚至有的「社論」通篇以反問、設問為主，更為重要的是，陳獨秀這種「我」「我們」的「責問」不是無故指責，而是以邏輯為武器，剖析所評時事或言論中的荒謬不端與自相矛盾之處。以《請問蔣觀雲先生》為例：

《請問蔣觀雲先生》（《每週評論》第 6 期）

國事這樣糾紛，立在主人地位的國民，理當出頭過問。所以開合法國民大會的辦法，我們並不反對。但是蔣觀雲先生寄某君的信中，所論國民大會，我們頗有不解的地方，現在寫出幾條，要請蔣先生指教：

（一）先生所主張的國民大會，是合法的選舉組織，還是不經選舉的自由集合？

（二）選舉的組織，自然是合法。但是中國土地如此之大，人口如此之多，交通如此不便，若侯國民大會來解決時局，是否時勢所許？

（三）若是自由集合，這會員的資格，是如何規定，從何處得來？國民有可以不守法律的萬能嗎？

（四）若由教育會，商會，省議會，推選野賢組織，那非教育會，商會，省議會的國民，便沒有推舉代表的資格嗎？那在野而不賢的老百姓，便沒有說話的資格嗎？這賢不賢的標準，又是何人用何法來核定呢？

（五）若是野賢自由集合的團體，便打起國民大會的招牌。那我們各黨各派非野賢的老百姓，都也來集合一個國民大會。那時有了「雙包案」「三包案」的國民大會，好說那個是真那個是假呢？

（六）蔣先生自己說「其意以為共和國家，主權在民。議員為人民代表，不許更有第二種人主持國是。吾以為共和國家，論理此言極是。」何以又罵他們是「議員皇帝」呢？

（七）集會演說，做報評論，發電主張，不都是老百姓講話的法子嗎？何以必須設個非法的國民大會，才算是能講話呢？

（八）老百姓的發言權，固然無人能來剝奪，但是一部分的老百姓可以自居為全體老百姓來發言嗎？

上文中，陳獨秀以邏輯為武器，用八個反問層層剖析了蔣觀雲召集國民大

會言論的矛盾與謬誤，既指出蔣氏言論中的「自相矛盾」——「議員皇帝」，也指出蔣氏言論中的各種邏輯含混之處。陳獨秀雖然沒有提出個人有關召集國民大會的建議，但其所論所評顯然是召開國民大會乃至保障民眾自由表達與集合權必須注意的要點，義正詞嚴，一氣呵成，批評可謂「透徹」。

　　《每週評論》「社論」欄的創立標誌陳獨秀由政論轉向社論，實現了「政論」的時評化。儘管陳獨秀的「社論」是個人之論，非如徐寶璜的集體之論，但其主要針對政治時事發言，在尊重新聞事實的基礎上，抓取事件本質，堅持批評，講求邏輯，文字生動簡明，在深入剖析政治時事的同時，能夠啟人思考，引發輿論。陳獨秀也由此從「思想領袖」轉為「輿論領袖」。

（四）隨感：針砭時事的短評

　　毋庸置疑，陳獨秀是這一時期「隨感」寫作的「大家」，甚至相較於魯迅，陳獨秀也稱得上是「隨感」「第一人」。《新青年》刊發的 133 篇「隨感」中，陳獨秀 58 篇，魯迅 27 篇。《每週評論》前 25 期刊登的 178 篇「隨感」中，陳獨秀 127 篇，占總數的 71%，甚至有多期「隨感錄」均由他獨撰。僅從數量來看，任何對「隨感」的討論都不應該「忽視」陳獨秀，不寧唯是，相較於魯迅、錢玄同等「新青年同人」，陳獨秀的「隨感」不僅別具特點，也有其獨特的發展過程。

　　從內容來看，陳獨秀「隨感」的批評對象呈現出由社會文化事件轉向政治時事的變化取向。陳獨秀的「隨感」始於《新青年》第四卷第 4 期（1918.4）設立的「隨感錄」，至《每週評論》創辦（1918.12.22）前，陳獨秀共刊發 13 則隨感，評論對象主要是學術、國粹、信教、迷信等社會文化現象〔註85〕，政治時事不是其評論的主要對象。《每週評論》創辦後，陳獨秀開始批評現實政治，「隨感錄」隨之也成為其批評現實政治的一個「主陣地」，「隨感」的批評對象也以新聞時事尤其是政治時事為主。這一點從「隨感」標題即可看出，如《兩團政治》《倒軍閥》《誰是匪》《中國和平的障礙》《多謝倪嗣沖張作霖》《四大金剛》《亡國與親善》等等。

　　需要進一步指出的是，陳獨秀出獄復編《新青年》後，他在《新青年》發表的 45 篇「隨感」總體延續了其批評時事的「取向」。如《新青年》第七卷第

〔註85〕如《學術與國粹》、《國會》、《元曲》（《新青年》第四卷第 4 期）；《韓世昌》、《自由正義與和平》、《科學與神聖》、《學術獨立》、《陰陽家》（《新青年第五卷第 1 期》）；《聖言與學術》、《基督教與迷信鬼神》、《社會裁制力》、《偽善的基督教國民》、《信神與保存國粹》（《新青年》第五卷第 2 期）。

1 期與第 2 期刊登的 16 則「隨感」中，《法律與言論自由》、《過激派與世界和平》、《段派、曹陸、安福俱樂部》、《保守主義與侵略主義》、《裁兵？發財？》、《學生界應該排斥底日貨》、《約法底罪惡》等「隨感」僅從篇名看，即是批評政治時事。《「籠統」與「以耳代目」》、《留學生》、《〈浙江新潮〉──〈少年〉》、《青年體育問題》、《闊處辦》等篇目雖看似批評社會文化現象，但與初期批評學術、信教、國粹與迷信的「隨感」相比，內容更偏向新聞時事。《籠統》對士大夫留學生的批評，《留學生》「東洋留學生和中國文化史未必有什麼關係，和中國賣國史卻是關係很深了」；《闊處辦》「所以身為大學生不得不投降安福部，不得不聽安福部命令擁護胡仁源」；《青年》「庚子年『神拳』勾當，我們已經上夠了，現在馬師長底武藝我們也領教了」等文字。因此，陳獨秀這一時期的「隨感」顯然以批評政治時事為主。

從寫作特點來看，陳獨秀直白爽快的「隨感」文風也更符合「新聞媒體」的寫作要求。相較於文學寫作，新聞寫作有其自身的特性。儘管其時中國報刊的新聞專業化才剛剛起步，但受制於新聞媒介的版面與讀者要求，新聞評論文字則務求簡練，表達務求直白，這是新聞評論寫作的一個基本要求。以之考察陳獨秀的「隨感」，可以發現，與錢玄同「頗汪洋，而少含蓄」〔註86〕與魯迅「造語曲折」乃至「隱晦曲折」〔註87〕的「隨感」文風相比，陳獨秀「究竟爽快」〔註88〕的文風或在審美意蘊上稍遜魯迅，但其說理直白，文筆簡練，一針見血，直逼問題本質，切合了新聞評論寫作直白簡練的基本要求。

「隨感」自應以「感」為主，陳獨秀的「隨感」多為百字左右的短篇文字，如何在百字左右的篇幅完成說事賦感需要高超的文字技巧。陳獨秀「隨感」的主要篇幅多為簡述事實，「賦感」所佔篇幅甚少，甚至有的「隨感」通篇都是列比事實，不發一「感」；所發之「感」多為「隻言片語」的「點睛之感」，形式上多為「反問」句式。如以下三篇「隨感」：

《嗚呼特別國情！》（《每週評論》第 7 期）

租界上的領事裁判權和警察權，海關的協定稅法，世界上受外

〔註86〕魯迅：《兩地書十二》，《魯迅全集》（第十一卷），人民文學出版社，2005 年，第 47 頁。

〔註87〕魯迅：《兩地書三二》，《魯迅全集》（第十一卷），人民文學出版社，2005 年，第 99 頁。

〔註88〕魯迅：《致周作人》，《魯迅全集》（第十一卷），人民文學出版社，2005 年，第 409 頁。

國這種不平待遇的，現在只有我們中國一國。若問各國何以待我們
這樣特別，他們必定爽爽快快答道，就是你們常說的「中國有特別
國情」的緣故。

《中日親善》（《每週評論》第 11 期）

歐洲和會，已有反對秘密外交的趨勢。而口口聲聲說中日親善
的日本，偏偏不許我們宣布中日秘約。此次歐戰，乃是公同對敵的
義舉。所以出力的各國，不曾向塞、比，波蘭要求酬報。而口口聲
聲說中日親善的日本，偏偏要把山東的鐵道礦山，做青島交換的條
件。中日親善，原來就是這樣！

《東局千零十三號》（《每週評論》第 13 期）

本來參戰軍裏面，許多日本人執行重要職務。他們偏偏不肯承
認，硬說是參戰軍裏沒有日本人。請看電話簿上東局千零十三號電
話，是參戰軍訓練處阪西室，不知這位板西是哪國人？

《嗚呼》在簡述事實的基礎上進行「合理推定」；《親善》在直陳事實的
基礎上，發「中日親善，原來就是這樣」的點睛之感；《東局》在列舉事實
的基礎上，發一「反問」。可以說，以上方式是陳獨秀主要的「賦感」形式。
一定意義上，這種「賦感」與其說是「賦感」，不如說是陳述事實與質問現
實。這種列舉事實、陳述事實、質問事實的「隨感」方式，使陳獨秀的「隨
感」更類似新聞專業化所強調的「以事實說話」的評論筆調，而非文學意義
上的雜感。也緣於此，陳獨秀雖少用文學筆法，但卻能夠抓住要害，針針見
血，尤其是其對事實的直接質問，更能引發讀者的反思與質疑，收到啟蒙之
效。

儘管陳獨秀是其時「隨感」實踐的「第一人」，其後政黨時期的「寸鐵」
與「隨感」也一脈相承，然而，相較於魯迅及其雜文在中國文學史上的重要地
位，陳獨秀的「隨感」並不彰顯。儘管其中的原因頗為複雜，但在其時報刊評
論向「新聞本位」轉軌的歷史語境下，陳獨秀「隨感」的新聞評論性是毋庸置
疑的，也是大獲成功的，這是難以掩蓋的史實。在此層面，陳平原所謂「隨感
錄」是「政治表述的文學化」〔註89〕固然不錯，但具體到陳獨秀的「隨感」實

〔註89〕陳平原認為，「隨感錄」的橫空出世，凸現了『五四』新文化人的一貫追求——
——政治表述的文學化。參見陳平原：《觸摸歷史與進入五四》，北京大學出版
社，2005 年，第 91 頁。

踐，稱為「政治表述的時評化」更為恰當。

由上文可知，陳獨秀有著主動自覺的新聞評論意識，這在五四《新青年》同人中是領先的，無論是從《新青年》「大事記」到《每週評論》「大事述評」欄目的演變，還是由《新青年》「政論」向《每週評論》「社論」的轉變，甚至兩份報刊「隨感」欄的設立與遷演，都反映出陳獨秀積極主動的新聞評論意識。陳獨秀的新聞評論實踐也是立體的、多樣的，新聞述評、社論與隨感構成了其立體化的新聞評論實踐，新聞述評主要以國內外大事，尤其是國外大事為主，為民眾剖析國內外政治大事；社論主要對國內政治大事發表意見，激揚文字，揮斥方遒，由此頗具意見領袖的氣象；隨感則針對各種政治「瑣事」置評，說理直白，文筆洗練，針針見血，直逼問題本質。陳獨秀的新聞評論實踐也引領了其時報刊新聞時評化的潮流，其新聞評論重在對新聞時事本身的解讀與評論，甚至有的述評與隨感已經頗具現代新聞評論的格式與韻味，也因如此，「國內外大事述評」、「隨感錄」等評論類欄目一時成為仿傚的楷模。〔註90〕不寧惟是，從《新青年》的嘗試、探索到《每週評論》的引領風騷，陳獨秀五四時期新聞評論實踐的歷程不僅與其時報刊評論向「新聞本位」的轉軌是「同步」的，其新聞評論性文字構成了兩份刊物報刊新聞評論實踐的「主體」則意味著陳獨秀在相當程度上「引領」了其時報刊新聞評論實踐的「潮流」。

五四時期是一個時局瞬息萬變的時期。國際上爆發了第一次世界大戰，國內則因袁世凱復辟帝制的失敗開啟了軍閥混戰的政治亂局。一戰的結束讓民眾看到了一些希望，希望借由巴黎和會收回國權，實現民族平等；希望通過南北和議消弭內戰，再造共和國家。此種情形不僅要求報刊提供及時的新聞信息，而且要求媒體評析時事，幫助讀者認識國際國內瞬息萬變的時局。由此，報刊評論向「新聞本位」「轉軌」勢所必然。在此背景下，陳獨秀主動立於「船頭」，以瞭望者的姿態投身報刊新聞評論實踐，臧否時事，為其贏得了「隻眼」帶來「光明」的美譽。

因為陳獨秀五四時期新聞評論實踐研究成果的缺乏，本文討論的出發點主要建立在學界有關五四時期新聞評論實踐的普遍表述上，對陳獨秀新聞評論性文字的分析也因篇幅原因而缺少完整、細緻地「呈現」，部分論述的參照

〔註90〕方漢奇、寧樹藩主編：《中國新聞事業通史》第 2 卷，中國人民大學出版社，1996 年，第 31 頁。

標準也選擇性地建立在時人徐寶璜、魯迅的相關論述以及當下有關學者的研究結論上，這一定程度上影響了本文討論的效度。儘管如此，通過上文分析，我們還是能夠發現在中國新聞事業承上啟下、推陳出新的語境下，陳獨秀以其獨具創造力的新聞評論實踐為報刊評論的「新聞本位」化發展做出了重要貢獻。如果我們承認《新青年》與《每週評論》在中國新聞評論史上的歷史地位，那麼理當承認陳獨秀五四時期新聞評論實踐在中國新聞傳播史尤其是報刊評論史上也應佔有重要的地位，這是一個必然的邏輯。

第三節 「隻眼」帶來「光明」：五四時期陳獨秀傳播思想分析

1919 年 6 月 11 日，陳獨秀被捕入監。李大釗在《是誰奪了我們的光明》引用一位讀者的來信說，「我們對於世界的新生活，都是瞎子。虧了貴報的『隻眼』，常常給我們點光明，我們實在感謝。現在好久不見『隻眼』了。是誰奪了我們的光明？」〔註91〕陳獨秀以「隻眼」即能給讀者帶來「光明」，表明他已經成為名副其實的「輿論領袖」，不僅如此，這一時期的言論實踐也反映了陳獨秀的思想軌跡，這是他由輿論領袖向政治領袖過渡的「第一步」。

儘管「隻眼帶來光明」針對的主要是《每週評論》時期陳獨秀的報刊言論，但如果放寬考察的視域，可以發現《每週評論》雖是陳獨秀基於一戰結束後新的歷史情境創辦的刊物，其辦報實踐和思想雖有新的發展，但這一時期陳獨秀的報刊實踐和思想實是連續的。事實上，《每週評論》助力《新青年》掀起了中國歷史上最為動人的思想革命，提供了無盡的話題。而《新青年》的創辦一定意義上得益於編輯《甲寅》以及《愛國心與自覺心》發表的獨特經歷。由此，我們可以用「隻眼帶來光明」概括五四時期陳獨秀的報刊思想。此處主要矢志啟蒙、堅持批判及社會責任三個方面展開論述。

一、矢志啟蒙：介紹西方學說，改造青年思想

民元初年的政治社會現實不僅沒有按照民主共和的道路前進，而且大有退回封建帝制的可能。政象日亂、一切如故的社會政治現實，不僅讓知識精英

〔註91〕李大釗：《是誰奪了我們的光明》，《每週評論》第 30 號，1919 年 7 月 30 日。

無所適從，也讓普通民眾產生「今不如昔」的感覺。中國社會亟需補課，如果民眾思想沒有根本轉變的話，「共和的招牌」是掛不長久的。陳獨秀開始重拾清末新政時期啟蒙報刊實踐，不同的是，他由原來的面向底層社會轉向青年學生與知識精英，終至掀起了中國近現代史上最為動人的思想革命。

（一）介紹西方學說、改造青年思想：兩份刊物的啟蒙宗旨

本書稿在「啟蒙運動」的含義上使用「啟蒙」一詞。本書的啟蒙運動是指18世紀發生在歐洲的啟蒙運動，以及以此作為參照，近代中國發生的兩次具有啟蒙運動性質的文化、思想運動——一次是為配合清末新政，由清政府主導的，社會各界參與的面向底層社會的思想啟蒙；一次是五四時期，《新青年》引領的，諸多新文化刊物參與的面向知識青年的思想啟蒙。

應該說，18世紀歐洲西方啟蒙運動的發生具有一定的內生性，中國的兩次啟蒙運動則更偏向於外生性，既出自於救亡圖存的需要，也受制於由技藝到制度再到文化的「學習路徑」。這決定了中國的啟蒙運動，主要通過輸入西方知識資源，推動社會的思想、文化改造，這表明獲取的新思維主要以西方知識資源為主。這也意味著，中國傳統的知識資源不得不接受西方知識資源的檢驗。在西方現代文明的視角下審視中國的落後與愚昧，批判必然成為重要的「審視」方式。這種「審視」是「殘酷」的，導致了中國傳統知識資源的式微，最終淪為「學術資源」。然而，批判既是啟蒙的內在要求，也是理性主義的一種表現，更具有一定的歷史必然性。

就近代中國的兩次啟蒙運動而言，輸入西方知識資源以獲取新思維，批判傳統知識資源以改造思想文化，構成了啟蒙運動的兩個主要內容。以此考察陳獨秀五四時期的報刊實踐，可以發現，《新青年》、《每週評論》兩份刊物都貫徹了思想啟蒙的傳播宗旨。

《新青年》創刊之初，即「以改革青年思想，輔導青年修養」為本誌「天職」，又以「介紹西方學說，改造社會」為「本誌唯一之宗旨」。可見，「介紹西方學說」成為改革青年思想，改造中國社會的利器。這也表明輸入學說，改變思想成為《新青年》的辦刊宗旨。在發刊詞《敬告青年》一文中，陳獨秀旗幟鮮明地提出了「六義」，不僅要求青年人學習西方文化，成為「自主」、「進步」、「進取」、「世界」、「實利」、「科學」的「新青年」，以此建設國家於二十世紀；而且要求青年人改變「奴隸」、「保守」、「退隱」、「鎖國」、「虛文」、「想像」等傳統崇古的思維方式，樹立中西對比的現代思維方式。由此，拉開了《新

青年》「介紹西方學說」，「改造青年思想」，進而「改造社會」的序幕。

《青年雜誌》時期，相較於輸入學理，雜誌更偏重於思想性。陳獨秀、高一涵、易白沙、汪叔潛、李亦民、高語罕等人的論說，均以改革青年思想為主要目的。即使是探討學理的文章，也或是譯介西方學說，或是挖掘中國傳統學說，或是中西對比，其目的仍在於思想的改革與批判。從第二卷開始，《新青年》在注重思想性的同時，加大了西方學理的輸入，而且文章的思想性也注重通過思想的爭辯得以展現。既有直接面對青年發言，提出思想革新主張的論說；也有針對儒學孔教的學理性的批判文章，且批判力度更強，傳播效果更好；還有「純粹」的學理性文章，而且在學理輸入的範圍及深度上也有了拓展。同人雜誌時期，不僅學理的輸入更為系統，而且更加多樣化。專號的設立有助於系統探討相關學說。輸入的學理幾乎囊括當時盛行的各種哲學、社會思潮。《新青年》八九兩卷雖為中共發起組的機關刊物，但如果從輸入學理，教育青年，改造社會的角度考察，仍然遵從了創刊之初的宗旨。總體來看，《新青年》的確實現了陳獨秀希望通過西方學說的輸入，改革中國青年的思想，進而實現改造社會的辦刊目的，反映了陳獨秀對思想啟蒙的矢志追求。

《新青年》與《每週評論》作為姊妹刊物，儘管辦刊宗旨相同，但相對來說，《新青年》偏重於輸入「西方學說」，採取了「以哲學文學為是」的輸入標準，《每週評論》偏重於輸入「西方公理」，傾向於社會、政治思潮的輸入。

通常認為，創辦《每週評論》，是陳獨秀、李大釗、張申府等人談政治的需要，因為《新青年》作為一份月刊，出版週期長，多為理論文章，而且以「哲學文學為是」，並不主張牽涉現實政治。這種論點具有一定合理性，但這個觀點誇大了談政治與不談政治的界限。《新青年》也是談政治的，只是從思想、文化的角度討論政治，對評論現實政治的興趣並不大。《每週評論》開始評論現實政治，但這種評論是以「公理戰勝強權」，以及「輸入新思想、提倡新文學」的宗旨為基礎的。因此，與其說是直接的介入政治，不如說是通過評論實現政治社會思潮的思想啟蒙。換句話說，評論是政治思想啟蒙的一種手段。從這個角度出發，可以發現，創辦《每週評論》其實也緣於《新青年》同人深入開展思想啟蒙的需要。

事實上，從政治角度展開思想啟蒙，既是《新青年》從文化角度展開思想啟蒙的延續和必然，也是思想啟蒙的內在要求，對於肩負啟蒙與救亡雙重任務的五四新文化運動而言，尤其如此。當然，政治思想啟蒙並不等於赤裸裸的政

治宣傳，《每週評論》不僅輸入了形式各樣的世界性的社會思潮，報刊同人的主張不盡一致的特點，正反映了《每週評論》的思想啟蒙的特性。儘管《每週評論》發行時間較為短暫，共發行了35號以及3號特別附錄，但其時主要的世界性社會思潮，如民族自決、社會主義、勞工神聖、平民主義等主要的世界性社會思潮都被予以引介，並被積極予以討論，而且這種輸入也是頗有成效的，不僅在傳播馬克思主義方面頗有成效，而且與五四運動的發生、發展也有著密切的關係。在這一點上，《每週評論》與《新青年》確實存在不同的啟蒙分工。

那麼《發刊詞》中的「公理戰勝強權」的八字宗旨與發行廣告中的「輸入新思想，提倡新文學」是否一致呢？本書認為，兩者表達雖有差異，但在本質上卻是一致的，就「平等自由」是啟蒙運動的本質追求而言，兩者恰恰是一致的。如何看待《發刊詞》中表達的具體差異呢？首先，從媒介特性來看，《每週評論》是份週報，《新青年》則是月刊，報紙和雜誌的媒介特性，決定了《每週評論》發行週期較短，文章篇幅也以短篇為宜，內容要有較強的現實針對性。《每週評論》作為一份週報，時效性無法與日報相比，那麼這種現實針對性只能通過新聞述評的方式得以實現。其次，從辦刊旨趣來看，採取「批評現實」的話語表達方式，不僅是思想啟蒙的內在要求，也是《新青年》同人的善舞之處。事實上，學理的闡明離不開對現實的批評，《新青年》能夠成為一代名刊，引領一場運動，《每週評論》也確實做了不小的貢獻。值得注意的是，「批評現實」與「談政治」的關係。《每週評論》的確談了政治，但是「談政治」並不能完全等同於「批評現實」，換句話說，「談政治」只構成了「批評現實」的一部分。這個判斷通過閱讀《每週評論》文本即可以得出。由此出發，所謂「即便是『談政治』，也還是有所保留。這種潛意識裏的保留，反映到實際中，就是無法徹底劃分思想啟蒙與政治時評的界限」〔註92〕的結論，多少顯得偏頗。《每週評論》的「批評現實」是一種思想啟蒙意義上的批評，思想啟蒙的立腳點決定了這種評論必然有別於新聞專業主義視角或是政治學視角的政治時評。《每週評論》更傾向於針對現實政治採用批評的話語表達方式對青年讀者進行思想啟蒙。關注政治現實、批評政治現實，輸入世界性的政治社會思潮，引導青年讀者關注政治，關注國家，進而尋求改造政治的方法，這是「主張公理，反對強權」的本意。

〔註92〕尤小立：《五四新文化派的政治轉向及其思想差異——以〈每週評論〉時期為中心的分析》，《南京大學學報：哲學人文科學社會科學版》，2006年第6期，第87～96頁。

事實上，正是因為是從思想啟蒙的視角討論「政治」，才確立創刊之初「公理戰勝強權」的宗旨，而對「公理」與「強權」的聚焦，也必然出現由「公理戰勝強權」到「強力擁護公理」的轉變，這表明了《每週評論》的宗旨實是討論「公理」與「強權」。

儘管存在上述區別，但兩份報刊共同推進了五四新文化運動的發生與發展，不僅為讀者帶來了新的知識，而且也解放了思想，促進了讀者思維方式的轉變。

（二）理性之光：「民主」與「科學」

思想啟蒙的特徵之一是理性。儘管刊物的言論有時確實相當激烈，有些問題的討論並沒有太大的學理價值，比如世界語問題、廢除漢字問題、廢除舊戲問題，據以立論的基礎是簡單的進化論。[註93] 但是，存在的這些問題並不能否定刊物具有的理性的啟蒙精神。此處主要聚焦於陳獨秀提出的「民主」與「科學」，分析指出其背後體現的理性的光芒。

主流話語的建構往往出於意識形態的需要，而主流話語的威力則在於為其所表徵的事物提供「合法性」，使之成為一種習焉不察的話語表達。「《新青年》高舉民主與科學兩面大旗，發起了五四新文化運動」的主流話語表述，已經使《新青年》擁護的「民主」與「科學」成為一種習慣性表達，這在一定程度上掩蓋了《新青年》擁護的「民主」與「科學」的本義。

陳獨秀在《〈新青年〉罪案之答辯書》明確提出「民主」與「科學」是《新青年》擁護的對象。如同題名所示，該文是為了駁斥反對者把雜誌「看作一種邪說、怪物，離經叛道的異端，非聖無法的叛逆」而作的。原文節選如下：

> ……他們（反對本誌的人）所非難本誌的，無非是破壞孔教，破壞禮法，破壞國粹，破壞貞節，破壞舊倫理（忠、孝、節、義）。破壞舊藝術（中國戲），破壞舊宗教（鬼神），破壞舊文學，破壞舊政治（特權人治），這幾條罪案。
>
> 這幾條罪案，本社同人當然直認不諱。但是追本溯源，本誌同人本來無罪，只因為擁護那德莫克拉西（Democracy）和賽因斯（Science）兩位先生，才犯了這幾條滔天的大罪。要擁護那德先生，便不得不反對孔教、禮法、貞節、舊倫理、舊政治。要擁護那賽先

[註93] 比如，陳獨秀、魯迅雖沒有參與世界語的討論，但他們都在通信中簡單地表示了態度，相信討論世界語的必要性在於語言的進化。

生，便不得不反對舊藝術、舊宗教。要擁護德先生又要擁護賽先生，便不得不反對國粹和舊文學。大家平心細想，本誌除了擁護德、賽兩先生之外，還有別項罪案沒有呢？若是沒有，請你們不用專門非難本誌，要有氣力、有膽量來反對德、賽兩先生，才算是好漢，才算是根本的辦法。……

　　西洋人因為擁護德、賽兩先生，鬧了多少事，流了多少血，德、賽兩先生才漸漸從黑暗中把他們救出，引到光明世界。我們現在認定，只有這兩位先生可以救治中國政治上、道德上、學術上、思想上一切的黑暗。若因為擁護這兩位先生，一切政府的壓迫，社會的攻擊笑罵，就是斷頭流血，都不推辭。〔註94〕

　　由上述節選內容，可以看出，該文雖是一篇答辯書，但兼具總結及宣言的性質，反對者反對的正是此前雜誌著力傳播的主要內容，引文末段則表明雜誌將繼續推進反對者所反對的內容，「斷頭流血，都不推辭」。

　　當代對「民主」與「科學」的探討，已經具有了宏大敘事〔註95〕的色彩。宏大敘事提供了一種「連貫意義」的「民主」與「科學」的「發展史」，以這種「連貫」的視角考察「民主」、「科學」在各個階段的內涵，固然有益，但多少忽視、遮蔽了個體多樣性。這種情況也發生在對《新青年》擁護的「民主」與「科學」的含義的考察上。如前所述，這是陳獨秀面對一些人對《新青年》的攻擊而寫下的一篇辯駁性的報刊文字。辯駁性的報刊文字，意味著「態度」必須鮮明，「現場感」必須濃烈。因此，該文不是一篇態度平和、辯論學理的論文。這是在展開論述之前必須明確的。

　　應該說，陳獨秀的上述論斷確實「簡單」，有淪為「口號」、「方向」的嫌疑〔註96〕。然而，正如前文指出的，該文是一篇辯駁性的報刊文字，「簡

〔註94〕《〈新青年〉罪案之答辯書》，《新青年》第六卷第 1 期，1919 年 1 月。

〔註95〕宏大敘事本意是一種「完整的敘事」，用麥吉爾的話說，就是無所不包的敘述，具有主題性，目的性，連貫性和統一性。文藝理論批評中，經常使用這個詞語。

〔註96〕這是張全之在《在「民主」與「科學」的背後——重讀〈新青年〉》（《福建論壇・人文與社會科學版》2003 年第 1 期）提出來的。他認為，《新青年》本身沒有大量的闡述「民主」與「科學」的文字，陳獨秀提出「民主」與「科學」，只是響應了「時代思潮」，利用已獲廣泛支持的「民主」、「科學」的兩個權威性命題來打擊對手，因此他提出的「民主」與「科學」只是一種「口號」、「方向」，只能表明陳獨秀以後的立場，不能用來涵蓋整個《新青年》雜誌。應該說，當前這種觀點很有市場。

單」不可避免而且必要。然而，問題不在於「簡單」與否，而在於《雜誌》所討論的孔教、禮法、貞節、舊倫理、舊政治、舊藝術、舊宗教、國粹、舊文學等問題能否與「民主」、「科學」直接「掛鉤」，具有「民主」、「科學」的意味，甚至於直接構成「民主」與「科學」的「質素」。

「民主」與「科學」，作為一種觀念，本身並沒有單一準確和一致認同的涵義。實際上，在人類漫長的歷史中它們有著非常不同的意思和內涵，即使今天在不同社會和經濟體制下對它們的理解也存在著很大的差異。儘管概念難以確定，但是構成「民主」、「科學」的質素還是可以確定的。就民主來說，平等與自由；就科學來看，質疑與理性都是其構成的質素。不僅如此，如同「民主」與「科學」之間的緊密相關性，平等、自由與質疑、理性也是密不可分的，不平等的「自由」不是真正的「自由」，喪失理性的「質疑」是「野蠻」的「質疑」，理性質疑的根基在於思想的自由與平等。以這個角度考察《新青年》，無論其討論的問題，還是討論的態度，還是體現了自由平等、理性質疑的精神的〔註97〕。作為一份思想文化刊物，《新青年》構築的「話語空間」的開放性，在中國報刊史上即使算不上「無與倫比」，也算是「最開放」的刊物之一，這種開放性正是源於其「自由平等」、「理性質疑」的精神。事實上，《新青年》已經成為探討「民主」、「科學」在中國發生、發展無法迴避的重要內容，如果僅是樹立了口號，沒有豐富內涵的話，這種「無法迴避」的特性也是不成立的。就內容來看，雖然其時爭議激烈，其後飽受詬病，但《新青年》討論的內容還是體現了「自由平等」、「理性質疑」的精神，即就「反孔非儒」、「割裂傳統」的兩大「罪名」，新世紀以來的相關研究已經對此做出了澄清〔註98〕。

《新青年》提出的「民主」與「科學」，是一種思想意義上的「民主」與「科學」，其蘊含的自由平等、理性質疑的精神不僅是「民主」與「科學」的基石，也是進入現代社會的要件。這既是《新青年》對五四「新青年」的影響，

〔註97〕《新青年》的言論態度將在下文詳細展開，此處不做詳細說明。由於種種原因，有些問題批判錯了，比如戲劇問題，有些問題今天看來似無討論的必要，比如世界語問題，但是，並不能因此否定雜誌體現的自由平等、理性質疑的精神。

〔註98〕參見以下幾篇論文：嚴家炎，《「五四」「全盤反傳統」問題之考辨》，《文藝研究》2007 年第 3 期；李新宇，《新文化運動為何「復孔孟」──以陳獨秀為例》，《東嶽論叢》2007 年第 1 期；何玲華《在歷史語境中審視──〈新青年〉雜誌陳獨秀反儒非孔再論》，《天府新論》2003 年第 2 期；黃林非，《論〈新青年〉的反孔非儒》，《北京青年政治學院學報》2005 年第 3 期。

也是其於中國歷史的真正意義。離開這個視角，討論《新青年》的「民主」與「科學」的侷限是不合適的。

如前所述，《新青年》存在的這些問題，緣於時代的侷限。如就文化而言，文化是具有保守性和排他性的，「文化的傳統愈深厚，這種保守性與排他性就愈嚴厲」〔註99〕，魯迅「鐵屋子」的比喻指向的正是這種文化的保守性和排他性，而「鐵屋子裏的吶喊」也正是《新青年》的言論態度。就「救國」與「啟蒙」而言，李澤厚已經指出了「救亡壓倒啟蒙」之於其後歷史的重要意義，事實上，「啟蒙」也是緣於「救國」的迫切需要，正是《新青年》同人深刻的「救國」情懷，才讓他們聚集在《新青年》旗下，利用其時有利但很短暫的社會環境，展開了一場並不徹底的思想啟蒙運動。在迫切的心態下進行為時短暫的文化反思，這是《新青年》同人的實際境遇。僅從以上兩點而言，《新青年》存在的問題也是可以予以同情的理解。

如果對《新青年》存在的問題予以同情的理解，那麼我們就能承認《新青年》的理性的啟蒙精神。比如對儒學孔教的批判與反思，對婦女問題的關注，對青年自覺、覺醒的強調，對個人主義的倡導，對白話文學的學理探討與文學實踐，對美學、宗教、教育的探討，對西方哲學、社會科學的引介等等。事實上，《新青年》之所以能成為新文化運動的元典，成為各方爭奪利用的「符號」，這與《新青年》的理性的啟蒙精神是分不開的。此外，從讀者的角度來看，無論是日後的左翼，還是日後的右翼，其在青年時代都受到了前七卷「以哲學文學為是」的《新青年》的影響，這種對道路的不同選擇，正是緣自《新青年》的理性光輝。

二、徹底的批判精神與發人深省的見解

批判之於人類社會的必要性，就在於世界上遠沒有完美無缺的事物，為了推動事物由低級向高級不斷地發展，就需要用批判的視角去觀察世界。批判也是啟蒙的一個內在要求。康德認為，啟蒙就是「人們走出由他自己所招致的不成熟狀態」，而走出不成熟狀態必須依賴「理性」（無論是「邏輯理性」還是「實踐理性」）的確立〔註100〕，這表明理性是啟蒙的一個根本特徵，理性的確立則

〔註99〕余英時：《五四文化精神的反省》，王躍、高力克編：《五四：文化的闡釋與評價——西方學者論五四》，山西人民出版社出版，1989年，第33~47頁。

〔註100〕儘管學界對「理性」存在不同的闡釋，但這種討論現象本身已經表明「理性」在啟蒙中的特定地位，以及理性是啟蒙的必由路徑。

需要借助於反思與批判，這是毋庸置疑的。

在五四新文化運動中，陳獨秀將思想啟蒙的批判精神發展到了一個新的高度。就批判的對象而言，文化不僅是陳獨秀批判的重點，而且呈現出由國民性到傳統文化的發展演變；就批判的方式而言，中西對比、講求邏輯是其主要的批判方式，但又呈現出由簡單到複雜的發展變化，理性色彩愈趨濃厚。由此，陳獨秀的批判不僅是徹底的，而且其結論往往鞭辟入裡，警醒世人。

（一）徹底的批判精神

批判精神，則是指這種獨自的批評能力不是偶發性的，而是一種常態性的存在，反映出主體從事批評實踐的內在自覺性，只有自覺地常態地批評實踐，才能稱為批判精神。《甲寅》時期，陳獨秀發表了《愛國心與自覺心》。該文所具有的批判色彩是毋庸置疑的，事實上，該文是一篇面向知識精英的批判文章，其時知識精英對該文由叱責到接受的轉變態度，既預示著陳獨秀創辦《新青年》面向青年展開啟蒙的必然性，也預示著陳獨秀即將從事的文化批判必然是阻力重重。

《新青年》時期，陳獨秀將思想啟蒙的批判精神發展到了一個新的高度，《新青年》對思想文化領域展開了較為全面的、徹底的批判。目前學界幾乎一致認為，文學革命、反孔非儒、白話文運動、提倡民主和科學、反對迷信構成了《新青年》的主要內容。而上述內容的展開均與對中國傳統思想文化，尤其是儒家思想的批判有關，文學、白話文作為現代思想的傳播媒介，挑戰了古文、儒家經典的正統地位；民主、科學作為現代文明的發生器，則挑戰了孔教、儒學的三綱五常；封建迷信作為傳統文化的附生物，反對迷信也意味著對傳統文化的挑戰。此外，胡適的無後觀，周作人的貞操觀，《新青年》同人對靈學、舊戲的批判，也都對中國傳統文化，尤其是儒家文化進行了挑戰。最為重要的是，陳獨秀、魯迅、吳虞、易白沙等人對孔教儒學的直接開火。可以說，中國傳統思想文化尤其是儒家文化的各個方面，都被納入《新青年》批判的範圍，這直接導致了儒家傳統思想文化由傳統中國的「知識資源」淪為「學術資源」。可以說，在中國新聞傳播史上，《新青年》對中國傳統文化進行的批判具有「惟一性」，甚至可以說是空前絕後的。作為雜誌主編與靈魂，《新青年》的批判精神無疑最鮮明地體現在陳獨秀身上。

《每週評論》，作為《新青年》的姊妹刊物，也貫徹了《新青年》的這

種批判精神。需要特別指出的是，這種批判精神在《每週評論》及《每週評論》被封後《新青年》輸入「公理」的過程中，也有所體現。兩份刊物對「公理」的輸入，並不是單純、被動的「接受」，其中也包含了對西方「公理」的評價，這種評價本身也具有批判的意義。馬克思主義在中國的傳播就體現了這一過程，《每週評論》對馬克思主義的引介，到《新青年》六卷五號所謂「馬克思主義專號」對馬克思主義的「爭鳴」〔註101〕，再到《新青年》八、九兩卷對馬克思主義的獨尊與對各種無政府社會主義的批判，這些都表明新青年同人的批判的接受態度，而這種批判的接受態度在陳獨秀身上也有鮮明的表現。

（二）比較與邏輯並重的批判方法

所謂批判的方式，主要是指批判所使用的方式方法，更具體地說，是指陳獨秀進行文化批判時所使用的方式方法。透過陳獨秀的文章，可以發現，中西對比、講求邏輯是他採用的最主要的批判方式。

中西對比，是指將西方的知識資源作為參照系，以此考察中國的社會發展問題。知識的獲取可以通過多種途徑予以實現，但是，認知的深化卻一定要通過比較的思維方式，無論是古今對比的縱向比較，還是中西對比的橫向比較，都可以促進認知的深化。中國傳統文化的崇古特徵決定了古今對比是中國人主要的思維方式。鴉片戰爭的爆發，西方雖然逐漸成為中國社會發展的參照系。〔註102〕然而，直到五四新文化運動，國人才自覺以西方文明作為參照系，利用西方的知識資源考察中國的社會發展問題。中西對比是陳獨秀五四時期文化批判的重要方式，將國人中西對比由自發推進到自覺狀態。

《愛國心與自覺心》是一篇面向知識精英的批判文章，文中以歐美人的國家觀──「為國人共謀安寧幸福之團體」──為前提，對國人盲動的愛國主義進行了批判，提出愛國心必須建立在自覺心的基礎上，倡導理性的愛國主義。陳獨秀不僅對西方國民（如德意志、奧地利、日本）的愛國心進行了分析，也

〔註101〕具體情況可參見，韓晗：《「被中心」還是「被邊緣」？──以〈新青年·第六卷·第五號〉為中心的考察分析》，《長江論壇》2011年第1期。

〔註102〕鴉片戰爭讓傳統中國認識到西方世界的「真實存在」，但這種存在更多地體現在「船堅炮利」上，西方並沒有成為中國社會發展的參照系。甲午戰爭雖讓日本及日本仿傚的西方的政治文明進入了中國士人的思考視野，並以此作為變法維新的理論來源之一。但是，這種對比既不全面，而且也因為戊戌變法的曇花一現而沒有廣泛普及。

對殖民地、附屬國（如朝鮮、土耳其、墨西哥、中國）的國民的愛國心進行了分析，並指出兩者的不同之處。在此基礎上，分析中國人的愛國心，提出「殘民之禍，惡國家甚於無國家」這一發人深省的結論。儘管文中有些論述存有偏頗之處，但也表明陳獨秀對西方知識的接受與批判的態度，這也讓陳獨秀中西對比的批判方式具有了「深度性」，這也預示著中西對比的批判方式將在《新青年》上成為主導的批判方式。

《新青年》開篇文字《敬告青年》所陳「六義」即是中西對比的「範例」。陳獨秀將「自主」、「進步」、「進取」、「世界」、「實利」、「科學」列為西方文明的特徵，「奴隸」、「保守」、「退隱」、「鎖國」、「虛文」、「想像」則是東方文明的特徵。這種對比雖有些簡單，但如果從思維方式的角度考察「六義」，「六義」要求青年人改變傳統崇古的思維方式，樹立中西對比的現代思維方式；如果從思考視野的角度來看，「六義」則要求青年人擴大思考的視野，要具有世界主義的眼光。在這個列國競爭的世界沒有實現大同之前，陳獨秀的「六義」仍有其參考借鑒的意義。

中西對比的批判方式也貫徹在《新青年》及《每週評論》兩份報刊上。改革青年思想，進而改造社會，確實需要引進的西方知識資源，而中國傳統文化的根深蒂固，也意味著中西兩種知識資源必然存在激烈的「碰撞」，這也決定了中西對比的批判方式的有效性。《新青年》同人也確實讓這種中西對比的批判方式成為批判中國傳統文化的主導方式。無論是《新青年》倡導的內容，如文學革命、白話文運動、民主和科學，還是《新青年》所批判的內容，如反孔非儒、反對迷信、婦女貞操，都是在中西對比的視角下展開的，都是以西方的知識資源作為參照系，來審視中國的社會問題，這最終造成了中國傳統知識資源淪為學術資源，也促進了西方知識資源在中國的「接受」，在此過程中，陳獨秀雖不是肇始者，但卻是里程碑式的人物，而這確與其中西對比的批判方式存有密切的關聯。

講求邏輯是指行文要「有明確自覺地邏輯意識」〔註103〕。胡適認為，邏輯文是「一種修飾的、謹嚴的、邏輯的有時不免掉書袋的政論文學」〔註104〕，

〔註103〕徐鵬緒、周逢琴：《論章士釗的邏輯文》，《東方論壇》，2002 年第 5 期，第 13～22 頁。

〔註104〕胡適：《五十年來中國之文學》，《胡適文集》第 4 卷，北京大學出版社，1998年版。

章士釗是邏輯文的最典型的代表作家。〔註105〕在《甲寅》刊發政論文字的作者通常被歸入「甲寅派」，如李大釗、高一涵。如前所述，陳獨秀雖然參與編輯《甲寅》，但只寫了《愛國心與自覺心》一篇論說，該文也並非邏輯嚴密的政論，陳獨秀也沒有被歸入「甲寅派」。然而，《愛國心與自覺心》仍是一篇具有分水嶺意義的文章。與章士釗、張東蓀等人撰寫的結構嚴密的邏輯文相比，儘管該文論說邏輯並不嚴密，反而因其頗具文學色彩而給讀者留下了較多的想像空間，但是，該文已經表現出一定的邏輯意識，文章花了約五分之三的篇幅對愛國心與自覺心的關係進行了邏輯推演，即所謂「假令前說為不謬，吾國將來之時局，可得而論定矣。」

《新青年》時期，陳獨秀的文章體現出鮮明的邏輯意識。如《再論孔教問題》，「吾國人學術思想不進步之重大原因，乃在持論籠統，與辨理之不明。近來孔教問題之紛呶不決，亦職此故。余故於發論之先，敢為讀者珍重申明之。」〔註106〕又如《答佩劍青年》「來書捧誦數四，一一訴諸邏輯之境，覺不犯矛盾律者幾希矣。」〔註107〕又如《駁康有為〈共和評議〉》文末，陳獨秀對康有為的「忠告」，「（一）凡立論必不可自失其立腳點，康氏倘直主張其君主制，理各有當，尚未為大失；今不於根本上反對共和，而於現行制度及目前政象，刻意吹求，是枝葉之見也，是自失其立腳點也。（二）凡立論必不可自相矛盾，他人攻之，猶可曰是非未定也；自相矛盾，是自攻也，論何由立？今之青年，論事析理，每喜精密，非若往時學究可欺以籠統之詞也。康氏倘欲與吾人尚論古今，慎勿老氣橫秋，漠視余之忠告。」〔註108〕再如《質問〈東方雜誌〉記者——〈東方雜誌〉與復辟問題》，「以上疑問（指文中陳獨秀提出的 16 個『敢問』——筆者注），乞《東方》記者一一賜以詳明之解答，慎勿以籠統不中要害不合邏輯之議論見教；籠統議論，固前此《東方》記者黃遠庸君之所痛斥也。」〔註109〕又如《再質問〈東方雜誌〉記者》，「……但以《東方》記者珍重徵引辜氏生平所力倡之言論宗旨，且稱許之，遂推論其與辜為同志。倘謂此二者內

〔註105〕 胡適曾說，「自一九〇五年至一九一五年，這十年是政論文章的發達時期。這一個時代的代表作家是章士釗」。參見胡適，《五十年來中國之文學》，《胡適文集》第 4 卷，北京大學出版社，1998 年版。
〔註106〕 《再論孔教問題》，《新青年》第二卷第 5 期，1917 年 1 月 1 日。
〔註107〕 《答佩劍青年》，《新青年》第三卷第 1 期，1917 年 3 月 1 日。
〔註108〕 《駁康有為〈共和評議〉》，《新青年》第四卷第 3 期，1918 年 3 月 15 日。
〔註109〕 《質問〈東方雜誌〉記者——〈東方雜誌〉與復辟問題》，《新青年》第五卷第 3 期，1918 年 9 月 15 日。

包外延自不相同，所推論者陷於謬誤；則此等邏輯，非記者淺學所可解矣。」
「《東方》記者謂可以邏輯之理審察之，則所謂邏輯者，其《東方》記者自己
發明之形式邏輯乎？……若舉前二者以喻後者為之例證，所謂因明與邏輯，得
謂為不謬於事實之喻與例證乎？」〔註110〕

　　上述引文雖多為駁論性文字，但這些駁論性文字恰好證明了邏輯意識已
經成為陳獨秀為文時的自覺實踐。因為，陳獨秀在以邏輯作為批判武器的同
時，也必然要求自己講求邏輯，注意行文邏輯的完整自洽。考慮到陳獨秀的駁
論文也是《新青年》大獲成功的重要原因，我們可以說邏輯意識已經成為陳獨
秀《新青年》時期作文的自覺實踐。相較於章士釗用古文寫作的以時事政治為
對象的邏輯文，陳獨秀以白話文寫作的討論思想文化的邏輯縝密的文章也應
佔據一定的歷史地位。

（三）發人深省的見解

　　發人深省的見解，不僅是指見解獨特，而且能夠警醒世人。這首先要求主
體在從事批評性話語實踐時，對所批評的對象以及所運用的論證資源必須有
著「完整」地理解；其次要求主體的批評話語，必須具有一定的原創性。當然，
這兩個要求又是密切關聯的，任何批評性的話語實踐，要得出具有原創性意義
的「創見」，就必須對其所批評的對象以及所運用的論證資源有著「完整」的
理解，否則不僅無法產生「創見」，反而容易產生「謬見」。要獲得對所批評的
對象以及所運用的論證資源的「完整」理解，就必須採用批判性的接受態度（亦
可稱為討論學理的態度）。當然，這並不意味著採用批判性的接受態度，就必
然能夠獲得「完整」的理解，但這確是獲得「完整」理解的正確路徑。

　　以此考察陳獨秀的報刊實踐，可以發現，陳獨秀的批評性話語實踐往往能
夠發人深省，體現出很強的原創性。陳獨秀能夠成為中國近現代最傑出的啟蒙
思想家之一的重要原因，即在於其思想的創見性，這也是其報刊實踐能夠引領
時代潮流的重要原因。前文相關章節對此有所分析，此處無意重複引證。本書
此處想通過他人對陳獨秀的「評價」，證明陳獨秀對中國思想界的貢獻，以此
從側面論證「發人深省的自發見解」的論點。毛澤東在1919年7月《湘江評
論》創刊號上撰寫了《陳獨秀之被捕及營救》一文，讚揚陳獨秀「為思想界的
明星」，並高喊「我祝陳君萬歲！我祝陳君至堅至高精神萬歲！」傅斯年於1932

〔註110〕　《再質問〈東方雜誌〉記者》，《新青年》第六卷第2期，1919年2月15日。

年陳獨秀被捕之後，發表《陳獨秀案》，稱陳獨秀為「中國革命史上光焰萬丈的大彗星」；陳獨秀逝世後，昔日政敵吳稚暉在輓聯中說他「思想極高明」而「政治大失敗」；高語罕的輓聯為，「喋喋毀譽難認！大道莫容，論定尚須十世後；哀哀蜀洛誰悟！慧星既隕，再生已是百年遲。」陳銘樞的輓聯為「言皆新制，行絕詭隨，橫覽九州，公真健者！謗積邱山，志吞江海，下開百劫，世負斯人！」高語罕又在《哭獨秀》中寫道：「獨秀，你死了！獨秀你死了！你是獨行傳中的好老。你事事識得機先，你句句說的到靠，你的言和行沒有什麼不相當，四十年來的社會鬥爭史，會給你寫下一幅幅真的小照！」程演生的挽詞中有，「健筆開聾瞽，英聲動市廛」的文字。王森然聽聞陳獨秀死訊後，也寫下了「嗚呼先生！滿腔熱血，灑向空林，一生有毅力，無用武之地，吾不反為先生惜，吾驚為民族哭矣。」上述人物身份各不相同，發表文字的時間也前後不一，但均認為陳獨秀於中國的思想界多有貢獻，這也足以表明陳獨秀批評性話語實踐所具有的「發人深省的自發見解」的特點。

　　這裡還有一個問題需要檢討，即殷海光所說的「五四的父親太淺薄，無法認真討論問題」。殷海光給他的學生張灝的一封信中這樣說道，「這種人堅持獨立特行，不屬於任何團體，任何團體也不要他。這種人，吸收了五四的許多觀念，五四的血液在他的血管裏奔流，他也居然還保持著那一代傳衍下來的銳氣和浪漫主義色彩。然而時代的變動實在來得太快了，五四的兒子不能完全像五四的父親。這種人認為，認為五四的父親太淺薄，無法認真討論問題，甚至被時代的浪潮衝退了色，被歲月磨掉了光彩。而五四的父親則認為他是一個欠穩健的時代的叛徒，有意或是無意的和他疏遠起來。」〔註111〕應該說，殷海光作為中國自由主義人物譜系中的殿軍之將，不僅是深受「五四的父親」影響的「五四的兒子」，而且其報刊實踐也深深地嵌入了自由主義精神。因此，他的這種體認具有一定的合理性。確實，「五四的父親」，如陳獨秀、胡適、魯迅等人的思想也存在這樣，那樣的不足，他們對中國問題的「體認」，對西方知識資源的「接受」也存在一定的「盲區」。然而，這是一種任何人都無法避免的「認知侷限」，「先知先覺」固然可能存在，但「全知全覺」則根本不存在。因此，陳獨秀等人留給後世的最可寶貴的財產是他們的批判精神，而且，如果他們提出的問題在現代社會仍然是一個「問題」的話，那麼他們的思想命題也必

〔註111〕殷海光：《殷海光書信集》，上海三聯書店，2005年，第195～196頁。

然是有效的，仍需要後世予以「認真」的「對待」。

應該說，對陳獨秀、胡適、魯迅、李大釗等「五四父親」的「淺薄」、「無法認真討論問題」進行討論是必要的。然而，在缺乏批評性話語實踐以及缺少對中國問題深刻認知的情況下，對陳獨秀等人所進行的「純粹」學理批評，多少具有「後見之明」的意味，既缺乏「效度」，也算不得「真正的對話」。在這一點上，殷海光的結論與當下的一些批評存在根本的差異。

在五四時期面向青年與知識精英的新文化運動中，陳獨秀進一步發展了其早期的批判性的話語實踐，並將將思想啟蒙的批判精神發展到了一個新的高度。其徹底的批判精神，中西對比講求邏輯的批判方式讓其往往能夠讓其在舉國喧囂之時，發出冷靜、讓人警醒的見解，由此帶來青年的覺醒，推動中國社會由傳統進入現代。

三、憂國憂民的情懷與強烈的社會責任

陳獨秀從事報刊實踐活動的根本追求是挽救國家、拯救民眾，但他鮮明地將多數民眾的幸福安康作為國家可愛與否的前提，這不僅是對傳統愛國主義的發展，也是他先後兩次轉向革命的思想根源。陳獨秀的報刊實踐中滲透了強烈的社會責任意識，而且這種社會責任意識指向的不是某個特定的階層，而是「真正」的絕大多數的民眾。他勇於批判各式「輿論」與「黨見」，希望以此促進理性民意的生成，謀益多數人的幸福。

（一）愛國憂民的情懷

愛國是指熱愛國家，憂民是指心憂黎民，愛國憂民，是指建立在對民眾生存予以人道主義關懷之上的一種愛國主義情結。憂民是對普通民眾生存狀態的一種人道主義關懷，是中國儒家思想、傳統文化的一個重要內容，「仁」的思想內涵、施「仁政」的要求，就體現了這種基本訴求。愛國主義，作為一種個人或集體對「祖國」的積極和支持的態度，既暗示「祖國」是道德的標準和價值，也暗示個體應將個人或團體利益置於國家利益之下，必要時甚至獻出自己的生命。應該說，愛國主義在近代中國民族獨立、國家解放的過程中起到了積極作用。

愛國憂民是指將憂民作為愛國的前提，認為國家是否可愛應以其能否謀益民眾幸福為標準，這既繼承了中國傳統文化中心憂黎民的人道主義關懷，又突破了傳統「忠君主義」及其現代變種「愛政府」的愛國主義，不但在其時具

有鮮明的時代意義，而且對後世也具有一定的啟發意義。這是陳獨秀報刊實踐的根本追求，也貫穿了陳獨秀報刊實踐的始終。

陳獨秀在《愛國心與自覺心》提出的「殘民之禍，惡國家甚於無國家」的論點，表明「憂民」已成為「愛國」的前提條件。如前所述，該文對愛國主義的認知，不僅在其時具有強烈的現實意義，引起知識精英對愛國主義的深刻反省，而且對後世對愛國主義的認知，也深具啟發意義。

如前所述，《新青年》與《每週評論》的報刊宗旨，在本質上是相同的，都是思想啟蒙報刊，體現了陳獨秀「介紹西方學說」，「改革青年思想」，進而「改造社會」的報刊宗旨。其中，改造社會是陳獨秀報刊實踐活動的根本目的，也是介紹西方學說，改革青年思想的根本原因，而輸入西方學說，改革青年思想則是改造社會的路徑。將思想的改造與國家社會的改造緊密地結合在一起，表明其積極探討愛國憂民的實現路徑，這就讓陳獨秀愛國憂民的情懷具有了實踐性的意義。這一時期，陳獨秀在《新青年》與《每週評論》上先後發表了3篇直接討論國家與國民關係的文章，分別為《我之愛國主義》、《我們究竟應不應當愛國》、《國慶紀念底價值》。這三篇文章均承繼了《愛國心與自覺心》一文所提的觀點，但又有所發展。由這三篇文章不僅可以管窺兩份刊物所體現的愛國憂民的情懷，也可以發現陳獨秀由辦刊到轉向革命的思想軌跡。

與《愛國心與自覺心》一文相比，《我之愛國主義》雖沒有進一步闡釋國家是否可愛應以國家能否謀益國民幸福為標準的觀點，但是該文具有以下三方面意義：一是延續了對國民性的批判，認為國家滅亡的根本原因不在強敵、獨夫，而在「國民之行為與性質」；二是指出保國為民的烈士行為固然可貴，但這種愛國行為「乃一時的而非持續的，乃治標的而非治本的」，更為重要的是國民自身的道德建設；三是該文具有道德改造的意味，他認為，愛國主義「不在為國捐軀，而在篤行自好之上，為國家惜名譽，為國家弭亂源，為國家增實力」，要求青年注重勤、儉、廉、潔、誠、信等倫理道德修養。應該說，陳獨秀將國民尤其是青年的道德建設，作為真正的、持續的、治本的，能夠挽救國家危亡的愛國主義行為，不僅是對愛國主義行為的新的解釋，也具有思想改造的意義。〔註112〕

《我們究竟應不應當愛國》是在五四運動發生後，愛國聲浪陡然高漲，愛

〔註112〕 《我之愛國主義》，《新青年》，第二卷第2期，1916年10月，本段引文均見於此文。

國主義成為「天經地義」、「不容討論」的背景下發表的。該文旨在批判盲動的愛國主義，倡導理性的愛國主義，從這一點看，該文沿用了《愛國心與自覺心》一文的相關論述。針對「我們究竟應不應當愛國」，陳獨秀在文末給出了自己的回答，就國家而言，「我們愛的是國家為人民謀幸福的國家，不是人民為國家做犧牲的國家」；就民眾而言，「我們愛的是人民拿出愛國心抵抗被人壓迫的國家，不是政府利用人民愛國心壓迫別人的國家」。應該說，這個觀點既對國家提出了要求，也對民眾提出了要求，這就突破了《愛國心與自覺心》一文對國家的單向要求，也體現出對民眾盲動愛國主義的批判色彩。〔註113〕

《國慶紀念底價值》發表於《新青年》八卷二期，這時的《新青年》已經成為中共共產主義小組機關刊物。文中，陳獨秀提出了「國家應該造成多數幸福」的國家觀，不僅認為這才是國慶紀念的真正價值，而且認為只有「社會主義的政治」才主張「實際的多數幸福」。應該說，這種國家觀雖承繼《愛國心與自覺心》，但已將「為國人共謀安寧幸福」的觀點發展為「多數人的自由幸福」，而且更進一步，認為社會主義是造成多數人自由幸福的必然道路。

上述三篇文章內容雖不同，但其主旨均與其愛國憂民的思想密切相關，對國家、民眾兩者關係的探討，既反映了陳獨秀愛國憂民思想的發展軌跡，也標誌著陳獨秀愛國憂民傳播思想的最終形成。事實上，無論是將國民尤其是青年的道德建設作為「治本」的愛國主義行為，還是要求民眾講求理性的愛國主義，都具有國民思想改造的意味。而且這種探討具有道德改造的實踐性意義，尤其引人注意的是，陳獨秀將國民的自由幸福作為社會形態發展演變的唯一條件的論述，雖缺乏嚴密的學理推演，但這個論點充分表明了造成多數國民的自由幸福是陳獨秀一生的追求，這就將其愛國憂民的思想觀點發揮到了極致。

陳獨秀批判盲動愛國主義，提倡理性愛國主義，最終將愛國主義與改造國家、自我改造聯繫在一起的發展演變軌跡，體現出從認識到批判再到改造的發展意義。將民眾的自由幸福作為愛國及國家合法性的前提，則使得陳獨秀的愛國憂民思想具有強大生命力，至今仍有一定的啟迪意義和現實針對性。

（二）強烈的社會責任

所謂強烈的社會責任意識，是指陳獨秀的報刊實踐中所表現出的對社會、對國家、對國民的強烈的社會責任感。在陳獨秀的報刊實踐中，滲透了強烈的

〔註113〕　《我們究竟應不應當該國》，《每週評論》第 25 號，1919 年 6 月 7 日。

社會責任意識，而且這種社會責任意識指向的不是某個特定的階層，而是「真正」的絕大多數的民眾。這種社會責任感不僅體現在他對輿論與黨見的批判上，也表現在他對新聞傳播相關問題的論述中。

簡單來說，所謂輿論，是指多數人的意見；所謂黨見，是指政黨意見。陳獨秀在提倡思想言論自由的同時，對輿論與黨見展開了批判。需要指出的是，此處的「批判」，不是全面否定，而是建立在對輿論、黨見合理性進行確認的前提下展開的批判。前提有兩個：第一為政黨必須謀益多數人的幸福，否則政黨言論只是一黨之見，並不代表輿論，需要予以批判；第二，思想必須自由，否則代表多數意見的輿論雖號稱多數，但只是盲見，同樣需要予以批判。這就可以解釋一些「矛盾」現象，陳獨秀既反對「輿論」，又重視「輿論」，陳獨秀批判政黨運動、政黨言論，但只要政黨運動能夠與國民運動結合起來，能夠謀益多數人的幸福，他就能夠接受，這顯然是他轉向馬克思主義，組建中共的一個重要的原因。

在五四時期，在《答汪叔潛》《答李亨嘉》《為什麼要南北分立？——南北人民分立呢？還是南北特殊勢力分立呢？》《國慶紀念底價值》《反抗輿論的勇氣》等幾篇文字中，陳獨秀對「輿論」、「黨見」展開了鮮明地批判。

在《答汪叔潛》（《新青年》第二卷第一期，1916 年 9 月）中陳獨秀提出了三個觀點：一是近世國家是建立在國民總意的基礎上，憲法的制定必須反映國民總意，憲政的實施必須尊重輿論。二是憲政國家，實行政黨政治是必然的，但各政黨的黨見並不等同於輿論，黨見只是輿論中的一小部分而已，黨見雖能引發輿論，但黨見並非輿論本身。三是憲政實施有二要素，即「庶政公諸輿論」與「人民尊重自由」，否則即使是優秀政黨掌權，也不能稱立憲政治，因為其與多數國民無關。需要指出的是：陳獨秀是在國民運動與政黨運動的層次上討論「黨見」與「輿論」的，因此文章是在國民總意的意義上使用輿論這個詞，亦即輿論必須代表國民總意；二是國民總意指的是一種「尊重自由」條件下的多數國民的民意，因此也是理性的國民總意。

在《答李亨嘉》（《新青年》第三卷第 3 號，1917 年 5 月）中，陳獨秀認為，因為國民偷安苟且、目光短淺，所以不可能產生真正的民意。如果定要採用少數服從多數的施政方式，結果只能導致「布舊除新」。陳獨秀宣稱「重在反抗輿論」為雜誌宗旨，他認為李亨嘉所謂的「代表輿論」是「同流合污媚俗阿世之卑劣名詞」，因此《新青年》拒絕這一稱謂。可見，陳獨秀反抗的輿論

並不是真正的民意，而是因民眾素質低劣產生的「同流合污媚俗阿世」的虛假的「多數民意」。

在《為什麼要南北分立？——南北人民分立呢？還是南北特殊勢力分立呢？》（《每週評論》第 14 號，1919 年 3 月 23 日）中，陳獨秀認為，「若真正是多數民意，或者還可以分立。若是少數野心家不正當的政見，便萬萬沒有分立的理由了。」可見，陳獨秀是在「真正的多數民意」的意義上使用「輿論」一詞。

在《國慶紀念底價值》（《新青年》第八卷第二期，1920 年 11 月）一文中，陳獨秀為了論證共和政治並不能造成多數人的幸福，只有社會主義才能造成「實際的多數幸福」，對資本主義社會的輿論進行了批判。他認為，共和政治的金錢政治本質限制了真正的多數民意的表達，也使得資本家可以操縱輿論、製造輿論。與《答汪叔潛》一文相比，這種論述是典型的馬克思主義式的政治話語，在某種意義上，陳獨秀已將輿論等同於資本家的意見，這多少也意味「黨見」具有轉化為「輿論」的可能性。當然，陳獨秀討論輿論的前提並沒有變，即真正的輿論必須反映多數人的意見，必須保證多數人的自由幸福。

《反抗輿論的勇氣》是一篇隨感，發表於中共一大召開前夕。陳獨秀當時還在廣州，一面忙於批判無政府主義，以宣傳馬克思主義；一面忙於闢謠，與廣州、上海報界的造謠作鬥爭。該篇文章批判的對象是群眾輿論，他認為，群眾輿論因群眾心理的盲目性也表現出盲目性的特徵，雖能造就事功，但大半是不合理的，有害於社會進步，因此需要「公然大膽反抗輿論」。這表明陳獨秀理想中的群眾輿論應是合理性的，能夠推動社會進步。當然，這也暗示了陳獨秀本人即是公然大膽反抗群眾輿論的人。

可以看出，陳獨秀對「輿論」、「黨見」的論述與批判的前提是輿論必須是多數國民的理性民意，能夠謀益多數人的幸福。應該說，他對黨見與輿論的區分，對輿論與民意的區分，對群眾輿論盲目性的批判，都具有鮮明的現實針對性，不乏灼見真知；他的國家、政黨應該謀益多數人幸福的理想追求，則讓他勇於反抗輿論的行為也具有了引領輿論的意味，為其革命轉向後將「黨見」轉化為「輿論」提供了可能性。

這一時期，陳獨秀相關文字也涉及到對記者、報刊職能的論述，從相關論述中，我們可以體會到陳獨秀對記者、報刊所應承當的社會責任的強調。

在《元曲》（《新青年》第四卷第四期，1918 年 4 月）這篇隨感中，陳獨

秀認為，新聞記者是「國民之導師」，需要具備「常識」，不能聽風是雨，傳載謠言。根據文中的表述，「常識」首先是指基本的現代科學知識，即歐美日大學均設有戲曲科目，以及西醫的科學實驗證明；其次「常識」是指基本的推理能力（邏輯思維能力），如果記者既不具備基本的現代科學知識，也無法獲取第一手信息，那麼就要對所報導的對象進行邏輯推理，以此斷定報導對象的真偽。如果「元曲」為「亡國之音」，那麼「周秦諸子、漢唐詩文」均無「研究之價值」，而印度、希臘、拉丁文學，「更為亡國之音」。

在《關於北京大學的謠言》（《每週評論》第 13 號，1919 年 3 月 16 日）中，陳獨秀對張厚載「傳播謠言來中傷異己」的行為進行了批評，指出「據理爭辯」是記者應有的言論態度，記者應該尊重事實，不能「閉著眼睛說夢話」，否則喪失了「新聞記者的資格」。不光如此，如果使用「倚靠權勢」、「暗地造謠」這「兩種武器」，那麼只能表明記者「發生人格問題了」。

在《討論社會實際問題底引言》（《廣東群報》，1921 年 2 月 12 日）中，陳獨秀認為，「在言論上指導社會是新聞家一種職務」，但是記者的言論態度應該嚴肅、合法，不能「時常造謠言攻擊個人的陰私」，報導的問題也必須是「實際問題」，「若是離開了實際問題，專門空發議論」，那麼這種新聞自由是一種「滑稽的假的言論自由」，不要也罷。只有「敢於」討論「實際問題」，並且「堂堂正正地發表主張」，才是「真的言論自由」。

《影畫戲院問題》（《廣東群報》，1921 年 2 月 19 日）是「討論社會實際問題」中的一篇。陳獨秀認為，影畫戲院問題之所以重要，是因為它是一種社會教育形式，然而，偵探片熱映則是不好的現象，因為它不僅能養成機詐作惡的心理，還能教人機詐作惡的方法，如「上海閻瑞生殺害妓女蓮英底案中，完全是模仿影戲」，所以需要禁止。

在《答馮菊坡先生的信》（《廣東群報》，1921 年 1 月 11 日）的首段，「因為不幸我所見過廣州報，不是無關重要的記載，便是發訐反對方面的陰私，或是用無條理的詭辯、謾罵來出風頭，像馮先生這樣有理性的討論，我第一次見著，所以我格外歡迎。」表明陳獨秀贊成理性的討論態度，反對不關痛癢、攻訐陰私以及詭辯謾罵的言論態度。

在《新出版物》（《新青年》第七卷第二期，1920 年 1 月）這篇隨感中，陳獨秀首先強調新雜誌應說「人」話，討論「人」的實際問題；其次辦刊要講求「經濟」，在同一地區創辦相同的刊物，是一種人力、財力的浪費，「像北京、

上海同時出了好些同樣的雜誌，人力上財力上都太不經濟了」；第三辦刊要有創造性，「許多人都只喜歡辦雜誌，不向別的事業底方面發展，這也是缺少創造力底緣故」，不能千篇一律，如果「看雜誌的同是那一班人」，就「未免太重複了」；第四，辦雜誌必須要有「一種不得不發的主張」，像這種「沒有一定的個人或團體負責任，東拉人做文章，西請人投稿」的「百衲雜誌」，「實在沒有辦的必要」。

　　由上述幾篇文字分析可知，陳獨秀對新聞從業者提出了以下要求：就記者職責言，記者是國民的導師，通過言論指導社會；就報導內容言，記者必須尊重事實，討論社會實際問題，杜絕傳播謠言；就報導態度言，記者必須理性立論，反對詭辯漫罵和依靠權勢；就創辦報刊言，既要有一種不得不發的主張，也要有創造性，百衲雜誌不僅沒有創造性，也是一種人力、財力的浪費。應該說，陳獨秀提出的這些要求可以歸納為一點，即要求記者要有強烈的社會責任感，既要在對國家、國民負責的心態下從事報刊工作，也要通過負責任的言論、報導推動社會的進步。

　　總體來看，陳獨秀報刊實踐中，滲透了強烈的社會責任意識，不僅滲透於陳獨秀本人的報刊實踐中，也表現在陳獨秀對新聞從業者所提的要求中，更體現在他對輿論與黨見的批判中。其負責的對象不是一黨一派，也不是少數群體，而是處於清末民初中國社會轉型期的絕大多數思想混沌而易盲從的底層民眾，這種社會責任感不僅是崇高的，而且也具有了壯烈的犧牲與悲劇精神。

小結

　　五四新文化運動時期是陳獨秀報人生涯的巔峰，他以《新青年》與《每週評論》掀起了中國近代史上最為動人的思想革命。「汝南晨雞，先登壇喚」，《愛國心與自覺心》預示著陳獨秀將以思想家的身份，迎來屬於他的時代，新文化運動即將全面展開。隨後創刊的《新青年》，對中國傳統文化進行了「徹底而全面」的反思，不僅引領了新文化運動，也造就了新文化運動的「元典」，這也讓中國傳統知識資源最終淪為學術資源。《每週評論》的創辦，標誌著陳獨秀開始談論現實政治，這是思想啟蒙意義上的「談政治」，「隻眼」即能帶給讀者「光明」，陳獨秀的迅速「覺醒」帶動了五四青年的快速「覺醒」，而五四運動的發生也讓陳獨秀看到了「直接行動」的希望。經過近一年的「思索」，陳

獨秀最終於 1920 年 5 月～8 月，系統接受了馬克思主義，成為一名馬克思主義者，八九兩卷《新青年》也隨之成為中共上海發起組刊物。

　　陳獨秀的轉向是必然的，是中國知識分子面對危機的必然選擇。陳獨秀轉向馬克思主義最為根本的原因則在於，馬克思主義的勞農專政學說與其謀求絕大多數國民幸福安康的追求相契合。《愛國心與自覺心》一文鮮明提出了國家可愛與否應以能否謀益國民幸福為標準，一戰後俄國建立的勞農專政，以及西方各國因防範「過激主義」而改善勞工待遇的各項舉措，讓陳獨秀看到了國家謀益多數國民幸福的可能性。《貧民的哭聲》對中國、西方貧富懸隔原因的分析，對貧民悲慘生活狀況的關注以及對軍閥、官僚、政客的批判，也表明陳獨秀一旦轉向政治，謀求大多數人的幸福，他就必然會選擇馬克思主義，這事實上是其轉向革命的思想根源。由此，陳獨秀不僅是一位思想啟蒙者，也是一位革命家，其社會活動的終極目標都是為了救國救民。